A E
& I

Último verano de juventud

Autores Españoles e Iberoamericanos

Jorge Javier Vázquez

Último verano de juventud

Planeta

Diagonal, 662-664, 08034 Barcelona
www.editorial.planeta.es
www.planetadelibros.com

Diseño de la colección: © Compañía

Primera edición: septiembre de 2015
Depósito legal: B. 17.885-2015
ISBN: 978-84-08-14473-1
Preimpresión: J. A. Diseño Editorial, S. L.
Impresión: Cayfosa
Printed in Spain - Impreso en España

El papel utilizado para la impresión de este libro es cien por cien libre de cloro y está calificado como **papel ecológico**

A la Mari, por confiar en mí.
A P., por compartir su vida conmigo.

Un sábado, a las doce y media del mediodía, recibí un mensaje de Jimmy Jiménez Arnau. Decía así: «Por comentarios que haces de ti acerca de cosas que nos hacen felices, te siento muy hastiado de casi todo. Siendo tan joven como eres y teniendo tanto talento, debes creer y soñar con lo que no te haga daño a ti mismo. ¿Por qué no te pones a escribir? Y disculpa mi atrevimiento. Abrazos, JIMMY».

Tardé tres meses en hacerle caso.

1

LA APARIENCIA DEL ORDEN

Tengo cuarenta y cuatro años, aunque estoy convencido de que tengo cuarenta y siete porque he decidido que a esa edad iniciaré una nueva vida. En tres años finalizo mi contrato con la cadena para la que trabajo y si renuevo, volveré a hacerlo con la condición de no presentar un programa diario. Llevo seis años y medio presentando uno de más de cuatro horas —el anterior duró cinco años— y a veces siento que comienzan a flaquearme las fuerzas. Intento entregarme, pero me cuesta permanecer atento a lo que sucede. Mientras mis colaboradores hablan, yo aprovecho para conectarme al iPhone y evadirme. Cuando acaba el programa procuro no hacer demasiado examen de conciencia porque la conclusión sería devastadora. No me parece honesto comportarme así en el trabajo.

No debí renovar el año pasado, pero me faltó valor. Me ofrecieron una considerable cantidad de dinero por seguir tres años más y no supe negarme. Me cegué. Solo Fermín, mi novio, entendía que tuviera dudas. El resto de mi familia —con mi cuñado Eduardo, que además es mi administrador, al frente— se escandalizó cuando planteé la posibilidad de retirarme por un tiempo. Intentaba explicarles que mi trabajo era muy duro y que estaba cansado de tanta exposición, pero ellos se miraban unos a otros como si les estuviera hablando en chino mandarín y hacían gestos negativos con la cabeza. Daba la impresión de que me tomaban por loco. Mi hermana Ana, la mayor, era la más beligerante.

—Pero ¿tú qué te piensas? ¿Que no hay trabajos duros? ¡Mira yo, que llevo treinta años en la misma empresa!

Su ejemplo no me servía, aunque no se lo dije porque no es muy dada a atender a razones. Cuando intentas explicarle algo, te suelta un «no, si yo te entiendo, pero...». Ese «pero» indica que vuelve a lo suyo sin replantearse mínimamente sus esquemas.

Si hubiera hecho caso a mi novio, ahora no estaría deseando que el tiempo que me queda para finalizar el contrato pasara lo más rápido posible.

—Fermín, ¿qué te parecería si en vez de renovar nos tomáramos un año sabático?

—A mí me harías el hombre más feliz del mundo.

—Podríamos jugar a vivir una temporada en varias ciudades: tres meses en París, otros tres en Londres, luego Miami. No sé si quiero seguir trabajando en la tele. También hemos de valorar qué pasará si no renuevo. A lo mejor nos toca venderlo todo y marcharnos a vivir a un apartamento.

—¿Y dónde está el problema?

Esa es una de las cualidades que más me gustan de Fermín: su escaso apego a las cosas materiales. Vivimos muy bien gracias a mi trabajo, pero para él es mucho más importante que nuestra relación funcione. Lo tiene claro: prefiere sacrificar comodidades e invertir en afectos.

—Sabes que no me gusta que trabajes tanto. No te dejas ni un minuto libre, no sabes aburrirte. Piénsalo, yo te voy a apoyar en todo lo que hagas. Pero no olvides que cada vez llevas peor un montón de cosas, entre ellas la popularidad.

La popularidad era una de ellas, tenía razón. Aunque también se instalaba en mí un sentimiento de nostalgia anticipada: me estaba despidiendo de mi juventud. Se me estaba yendo el tiempo. Sentía que mi trabajo me absorbía demasiado y me impedía dedicarme a otras cosas, y eso me inquietaba.

Sucedió ese mismo verano, en una terraza de Hoi An, un pueblo precioso de Vietnam. Fermín se fue a dar una vuelta y yo me quedé tomando un café. De repente apareció un grupo de mochileros jóvenes, guapos, riéndose con una intensidad que provocó en mí el efecto contrario. No fue tristeza, era algo más indefinido. Melancolía, nostalgia, quizá. Parecían despreocupados, dueños de su vida, de su tiempo. Los envidiaba: mis vacaciones no eran más que un espejismo porque a los pocos días tendría que volver obligatoriamente a Madrid para reincorporarme a mi previsible existencia. Echaba de menos un punto de locura. Incluso en el terreno sexual. Creía que no estaría mal que apareciera alguien con la intención de desordenar las sábanas de mi cama.

Sin embargo, firmé. Haciendo oídos sordos a mi novio, firmé y renové. ¿Fue para bien?

Como tengo cuarenta y cuatro pero pienso que en realidad tengo cuarenta y siete, me siento mayor. Mayor y gordo. Mayor, gordo y feo. Físicamente, la idea de lo que quiero ser y lo que en realidad soy no concuerda. No tengo un físico ni una genética agraciada. No soy guapo —cómodo de ver a lo sumo— ni alto, aunque jamás haya tenido complejo de bajito. Peso diez kilos de más, retengo líquidos y mi cara parece una hogaza, de puro redonda. Me gustaría pesar quince kilos menos, ser fibrado y marcar mandíbula. Detesto mi torso, tan ancho, los brazos sin forma y una barriga que se hincha y se deshincha a su antojo. Yo no sé a cuántos especialistas habré visitado ya para ver si encuentran el porqué de esos continuos cambios de volumen, pero ninguno ha dado con la solución.

Se diría que a Fermín no le importan esos cambios físicos a peor, y cuando ve que al examinarme frente al espejo me pongo triste, se coloca detrás de mí, intenta darme un beso en el cuello que yo rechazo y pronuncia una frase que me cuesta creer:

—A mí me parece que tienes un cuerpo muy bonito.

En ese aspecto, como en otros, Fermín es mucho más generoso que yo. No es que su cuerpo me haya dejado de gustar, pero, desde luego, no me gusta como antes. Cuando lo conocí era un chico delgado, no musculoso pero sí musculado, con unos pectorales marcadísimos que me volvían loco. Hacía deporte y tenía cuidado con la alimentación. Desde hace algún tiempo está un pelín descuidado tanto con una cosa como con la otra. No se corta a la hora de beber y come guarradas a discreción. Antes eso no le engordaba, pero ahora —tiene tres años menos que yo, tampoco son tantos— sucumbir a esos placeres le está empezando a pasar factura. A veces se muestra incómodo con su barriga y amenaza con hacerse una liposucción, pero lo normal es que se la agarre, suelte una carcajada, diga que eso es consecuencia de su felicidad y vaya a por una cerveza para celebrarlo. A mí esos arranques de alegría me ponen de los nervios. Preferiría que tuviera un mínimo sentimiento de culpa, aunque también es verdad que no me haría ninguna gracia vivir con un tío que estuviera siempre quejándose de lo mal que tiene el cuerpo. Vamos, que me resultaría imposible compartir existencia con alguien como yo.

Me entristece estar gordo, pero lo que más pena me da es saber que nunca seré como soñé ser. Me cuesta estar a dieta, pasar privaciones, beber poco. Quisiera comer postres, darle al alpiste sin medida y aun así tener un cuerpo digno. Pero en mi cuerpo los milagros no existen.

Estamos de vacaciones en Mauricio, Semana Santa, las únicas que vamos a tener en todo el año porque en septiembre estreno una obra de teatro. Me paso el día pesándome y diciendo que no a copas de vino, coulants de chocolate con helado de vainilla y tentaciones varias.

Dispuesto a poner remedio a mi desparrame corporal, me planté hace dos semanas en la consulta de una nutricionista. Me obligó a subir a una báscula y la máquina infernal no solo dictaminó que me sobraban una barbaridad de kilos, sino que además tenía una edad metabólica de cincuenta y nueve años. Cincuenta y nueve. Por si cuarenta y siete no bastaban. Una ruina, vamos. Me puse a dieta estricta y en dos semanas adelgacé cerca de dos kilos.

—Deberían haber sido más —me recriminó la nutricionista con maneras propias de comandante de las SS.

Le contesté que para mí el resultado era estupendo y que lo peor sería sobrevivir a las vacaciones. Me iba con mi novio a Mauricio y no quería que las privaciones enturbiaran nuestra semana de descanso.

—Oye, pues si te quiere, que se sacrifique un poco por ti —me aconsejó con un leve acento vasco.

—Si el que no quiere sacrificarse soy yo, que me estás quitando hasta las ganas de ir. ¿Ni una copa de vino me dejas?

—¿De vino, dices? Qué va, hombre, qué va. Por ahora nada.

Le puse cara de perro perdido y sonrió (poco). Yo creo que es borde para que los gordos que vamos a verla no cojamos confianza y por pena nos deje comer un trocito de pan, una copa de vino o un pastel de chocolate. El caso es que estoy bebiendo mucho menos que en otras vacaciones, aunque por las noches tengo que hacer esfuerzos titánicos para no sucumbir al milhojas de vainilla. Ayer estuve a punto de caer y cuando al final decidí que no me lo tomaba, me dio el bajón.

—Estoy cansado de tanta renuncia. Me quedo sin fuerzas —musité en plan moribundo en el lecho de muerte.

Fermín se rebotó.

—Deja de decir tonterías. No soporto esos arranques de tristeza. Estás haciendo cosas para estar mejor y ya lo estás consiguiendo. Tienes la cara más afilada y no estás tan hinchado.

Me puse en guardia.

—O sea, ¿que antes estaba gordo? Pues bien que te lo callabas. E incluso me decías que no cuando te lo preguntaba.

—Solo te digo que estás mejor ahora. Y es lo que estás buscando porque cuando hagas teatro lo vas a notar. Tienes esa meta, ¿no?, ¡pues ve a por ella! También te digo que a mí me la pela cómo estés. Pero no te pongas triste por esas tonterías, porque si no, me voy a cabrear.

Al llegar a la habitación me subí a la báscula. Sería la decimocuarta vez que lo hacía a lo largo del día. Tres veces menos que el día anterior.

—¡No te peses ahora, que te vas a asustar!

—No, no. Si pesándome ahora sé más o menos lo que pesaré nada más levantarme. Tranquilo.

El resultado no era el que yo esperaba después de un día de privaciones. Le pedí a dios —a cualquiera, me daba igual, un dios mauriciano mismo— que tuviera que despertarme muchas veces para ir a mear. No importaba que durmiera a trompicones. Necesitaba deshacerme de líquidos.

Nada más levantarme me pesé: 84,7. Había adelgazado cien gramos de ayer a hoy. Bien. La decepción llegó cuando después de ir al baño volví a pesarme y me puse en 85. Quien lo entienda, que me lo explique.

Hemos contratado una excursión para esta mañana: cuatro horas en lancha al razonable precio de quinientos euros. Un timo. Dos negritos jóvenes —eufemismo, dos maromazos en realidad— nos llevan con mucho entusiasmo de paseo, pero más pronto que tarde se dan cuenta de que han topado con un par de siesos. Nos enseñan unos monitos encaramados a un árbol y se sorprenden de que no queramos fotografiarlos. Lo mismo sucede cuando nos acercan a unas pequeñas cataratas y a una cárcel enclavada en una isla diminuta.

—Tranquilos, no queremos bajar. Seguimos con la excursión.

—¿Os apetece daros un baño en alta mar?

—Sííí —decimos con la boca chica Fermín y yo, más que nada porque nos da apuro pronunciar otro «no».

El baño se queda en que Fermín me espera en la lancha tomándose una cerveza mientras yo hago unos cuantos largos. Pocos, porque tengo una infección en el oído izquierdo y el médico del hotel me ha dicho que cuanta menos agua me entre, mejor. Cuando me canso de hacer el vaina en el mar, me subo a la lancha con dificultad y me desparramo como un pequeño cetáceo en los asientos de la parte delantera.

—¿Queréis ir a una islita pequeña muy tranquila?

—¡Ay, sí!

Fingimos euforia. Nos da un poco de palo ser tan cardos con esos muchachos tan simpáticos.

La islita es muy pequeña, sí, y como la lancha puede acercarse bastante a ella, no tengo que dar la nota ni para bajar ni para subir. Una vez en tierra, los dos negritos desaparecen. Fijo que se han dado cuenta de que somos maricones, pero ¿pensarían que nos íbamos a poner a follar ahí como una pareja de adolescentes? No. La realidad, como siempre, es mucho más prosaica. Como no nos ha salido de los mismísimos visitar nada de lo que nos han propuesto, tienen que hacer tiempo para cumplir las horas pactadas de la excursión.

Aprovecho para pedirle a Fermín que me haga una foto para subirla a mis redes.

—No me saques las tetas, solo de hombros para arriba.

Sé por qué lo digo. Cuando llegamos al hotel —cuarenta y cinco minutos antes de la hora prevista, ¿nos rebajarán la parte proporcional que no hemos cumplido?—, la subo con un texto que dice: «Ensayando para *Supervivientes 2015*». Un pequeño guiño al programa que voy a presentar por tercera vez dentro de una semana y media. En poco menos de un cuarto de hora la fotografía provoca más de quinientos comentarios: «Feo y gordo», «Cosa mal hecha de hombre, que jode la retina a cualquiera que lo vea», «Feo, gordo y calvo», «No enseña el cuerpo porque echamos a correr», «Enano y feo». Son solo algunos de ellos. Otros, con todo el cariño del mundo, intentan ayudar, aunque más bien terminan de rematarlo: «No es guapo, pero hace bien su trabajo», «La belleza está en el interior» y así.

¿Me duele? Sí. Me duele porque no puedo cabrearme con los que me llaman gordo. Lo estoy. Eso es lo que me encabrona, que ya no me puedo refugiar en el tópico de que «la tele engorda». A mí mismo cuando estoy trabajando me cuesta verme en los plasmas habilitados en el plató. Rechazo mi imagen. No me gusto.

Caigo en la cuenta de que mi trabajo lo ve muchísima gente, cerca de tres millones de personas de media cada programa que presento. Y que te vean no quiere decir que les gustes. Cientos de ellos, miles, me insultarán cuando aparezca en sus televisores. Pero no quiero ponerme triste, que entonces Fermín se cabrea. Al fin y al cabo, son gente anónima y su opinión no debería importarme. Me enfadan muchísimo más algunos whatsapps que me envía mi hermana Ana. Rescato el último, que me ha sacado de quicio:

«La mama me ha dicho lo de tu dieta. Yo te veo más deshinchado. Que es lo que te hacía falta porque gordura no es. Así te encontrarás mejor para el teatro».

Cuando lo recibí, llamé a Fermín indignado:

—Pero ¿tú te puedes creer los mensajes que me envía mi hermana? ¿Acaso le digo yo cuándo ha ganado kilos? No entiendo que se tome esas libertades conmigo, quiero llamarla para enviarla a la mierda y decirle que esos mensajes me hacen daño. Bueno, lo de enviarla a la mierda no, porque se va a liar, pero lo de que me hace daño sí que se lo digo.

Al otro lado del teléfono Fermín se calló y no dijo ni mu porque sabía que al final no haría nada. Me cuesta enfrentarme a mi familia. Y sé que mi hermana lo hace con la mejor de sus intenciones, pero tiene que empezar a aprender que un silencio es, a veces, más sanador que un consejo.

—¿Sabes qué te digo, Fermín? Que voy a utilizar los whatsapps de Ana para el libro.

—O sea, que va a ser para ti como una terapia.

—¡Pues sí!

Con el tiempo me di cuenta de que ese mensaje en concreto tampoco era nada del otro jueves. Me pilló en un mal momento. Lo que sucedió es que con los mensajitos, mails o consejos varios de mi hermana, llovía sobre mojado.

Después de la (corta) excursión almorzamos —con poco vino—, volvemos a la habitación y tomamos él un café y yo un té verde porque es adelgazante. Al ir al agua nos cruzamos con un matrimonio de españoles con sus dos hijas. Se nos arrugó el morro. Cada vez que tenemos vacaciones, ponemos horas y horas de avión de por medio para coincidir lo menos posible con españoles. Y mucho menos en la playa. Si alguna revista me saca en bañador, tengo todos los números para convertirme en el hazmerreír nacional, y justo en este momento de mi vida no tengo la autoestima preparada para salir a flote.

Ser tan popular sale carísimo a no ser que te atraiga vivir pegándote continuamente baños de masas. Cuando los españoles me detectan suelen seguir todos el mismo patrón. Se acercan y dicen:

—Perdona, sé que es una molestia, pero ¿puedo hacerme una foto contigo?

—Lo siento, me gustaría, pero la cadena me prohíbe hacerme fotos fuera del plató de televisión.

Es una excusa que me he inventado a la que le he sacado mucho rendimiento. Ahora que la acabo de hacer pública, tendré que buscarme otra.

También tiran mucho de esta otra frase para lograr una instantánea.

—Mira, por favor, una fotografía, la última. Es que, si no, mi madre no se lo va a creer.

¡Madre mía! De verdad que se asombrarían si me entretuviera contándoles que antes de que ellos me lo pidieran he podido escuchar trescientos millones de veces la frase: «La última, de verdad, solo la última».

No me hago fotos. Ante mi negativa, las respuestas suelen ser:

—Pues entonces voy a dejar de verte.

A lo que yo contesto para mí cuando tengo un mal día: «Ojalá, así nos quitan el programa».

O:

—¡Qué antipático eres! ¡No pensé que fueras así!

Es decir, que veinte años de carrera en televisión se van a tomar por saco cuando te niegas a convertirte en carne disecada de smartphone.

El Viernes Santo me hace dos regalos: el resultado de la báscula —84,5 la primera vez que me pesé, a eso de las seis y media de la mañana, 84,4 una hora después— y la llamada de Juan Carlos Rubio, el autor y director de mi función.

—¿Mariquita mauriciana? ¿Qué paaaasa?

Siempre que nos llamamos, nos saludamos así: con el «qué paaaasa» muy exagerado, como de maricón verbenero andaluz, y con algún toponímico alusivo al lugar donde nos encontremos: «Sarasa de las marismas», «Mariquilla de la costa», «Bujarrón del norte» y demás.

—¿Te lo estás pasando bien en tus vacaciones?

—Sí. El sitio es bonito. Pero no espectacular.

—Bueno, es que tú ya has viajado mucho.

Lo dice sin doble sentido, sin ironía, como para hacerme entender que cada vez será más difícil que le pueda aplicar a algo o a alguien el adjetivo *espectacular*. La pérdida de la capacidad de sorpresa que va pareja a cumplir años. No hay más.

Aun así no era eso lo que me estaba pasando con Mauricio, que un poco también. Echando la vista atrás, me doy cuenta de que conforme va aumentando mi popularidad, Fermín y yo contratamos hoteles cada vez más caros y lejanos. No salimos de vacaciones; huimos de España. Y nos estamos haciendo expertos en lugares tan recónditos como exquisitos. Disfrutamos con ellos. Seychelles, Maldivas, Langkawi (Malasia). Sin embargo, esta vez estaba siendo distinto. Cierto es que nos alojamos en un lujoso Four Seasons, en una villa al borde del mar, pero no me encuentro cómodo con lo que me rodea.

El domingo de nuestra llegada ya nos tocó pelearnos. Fuimos a cenar al restaurante italiano del hotel y no nos permitieron pasar porque íbamos con Havaianas. Tuvimos que volver a la habitación para calzarnos unas deportivas. Entonces nos dejaron entrar y, una vez sentados y con mi mal inglés, intenté explicarle al camarero que no entendía que nos impidieran la entrada con chancletas, pero que sí pudiera haber niños corriendo entre las mesas.

—¡O que ese señor de ahí —señalé a un inglés que estaba sentado en una mesa de mi izquierda— pueda venir con esas zapatillas tan horrorosas!

—Bueno, pero es que son zapatillas que están cerradas —se excusó el camarero.

Creo que a partir de ese incidente saltaron las alarmas en el hotel: creyeron que habían detectado a la típica pareja conflictiva. No lo somos.

Por las mañanas desayunamos rodeados de matrimonios ingleses con hijos blanquitos, rusas envueltas en brillos supersónicos y mujeres árabes tan exquisitamente maquilladas como Rania de Jordania. Creo que nosotros somos los elementos folclóricos: los únicos gays. Los camareros del hotel nos saludan por nuestro apellido y memorizaron desde el primer día que no queríamos apio en el zumo y que Fermín tomaba leche de soja fría con el café.

Fermín y yo todavía somos jóvenes, pero advertía que estábamos haciendo una vida más propia de cincuentones que de cuarentones. Tampoco tenía claro cuál era la solución: ¿enrolarnos en uno de esos cruceros gays en los que la gente se pone hasta el culo? Hombre, para ir solo sí, pero en pareja me parece un coñazo. De copas, y no te digo ya de drogas, se tiene que ir sin novio. Los novios molestan porque espantan a posibles huéspedes.

El caso es que Juan Carlos, el director de la obra de teatro, estaba entusiasmado. Me llamaba para preguntarme si podíamos quedar el martes para hacer una lectura del texto porque tenía que empezar a pasárselo al escenógrafo y al director musical.

—¿Yaaa? ¡Qué ilusión me hace! ¿Estás contento?

—¡Mucho! Estoy disfrutando muchísimo, me lo estoy pasando teta. Y la presencia de Kiti como tu madre me está dando mucho juego. Vais a compartir un número musical que será la bomba, la gente se pondrá en pie, ya lo verás. ¡Eso sí que será espectacular!

Al colgar siento una ligera inquietud. Una punzada de envidia, para ser más exactos. Juan Carlos y yo estábamos muy felices porque Kiti Mánver había aceptado trabajar en la función: aparte de que ambos le tenemos muchísimo cariño, es una actriz colosal. Y ahí radica precisamente el peligro: que me aplaste en escena. Tenía que confiar en Juan Carlos, aunque, siendo como soy, me preocupaban de antemano los titulares del día siguiente al estreno. Inmediatamente se me vino uno a la cabeza: «La actriz sepulta al presentador». Y luego otro: «Kiti deja en ridículo a Jorge J.». Y otro más, incluso: «¿Es necesario que Jorge J. salga en su función?».

Sé que me están esperando. Y que me van a examinar con lupa. Suponía que tantos años en primera línea de batalla me habían inmunizado contra la mala leche, pero me equivocaba.

Con motivo de la presentación de *Iba en serio*—que así se llama mi espectáculo— organizamos una rueda de prensa en Madrid que fue todo un éxito. Cerca de cincuenta medios y varios programadores de importantes teatros se acercaron al Compac Gran Vía, que es donde representaremos la función en Navidades. Fue un miércoles glorioso. Sentí el cariño de los compañeros de la prensa que vinieron a cubrir el acto y los miembros del equipo —Juan Carlos, Kiti, Julio

Awad (el director musical) y yo— salimos entusiasmados. Hasta que llegó la mañana del sábado.

Intuía que uno de los periódicos más leídos del país me dedicaría un artículo negativo como premio a mi osadía. Acerté. Lo hacían incluso cuando trabajaba para ellos. Lo que no sabía es que fueran capaces de publicar un artículo que no podría participar en un concurso de mierdas por abusón. El titular ya lo decía todo: «¿Es cultura la vida de Jorge J.?». Entiendo que quien leyera el artículo dijese de buenas a primeras: «Pues claro que no. ¿Cómo va a ser cultura la vida de este tío?». Claro que, poniéndonos bravos, a priori la vida del Lazarillo tampoco tiene mucho poso cultural, y mira dónde ha llegado. La cuestión no es esa, está claro.

No contento con ese titular, el periodista lanzaba más carnaza: «*Iba en serio,* la comedia musical sobre su vida, se representará en teatros públicos pagados con los impuestos de los ciudadanos». Aquí la cosa se volvía más seria. Más viscosa. Desprendía un tufillo manipulador insoportable. Porque lo que intentaba vender el periodista era que las veleidades artísticas del famoso y rico rey de la telebasura correrían a cargo del sufrido contribuyente. A estas alturas de la película, el lector debía de estar ya cagándose —y con razón— en todos mis muertos. Sin embargo, el periodista faltaba a la verdad: precisamente en los teatros que se mencionaban en el artículo íbamos a taquilla, lo que quiere decir que el teatro se llevaba un tanto por ciento y yo, como productor, otro. Y tal y como se estaban desarrollando los acontecimientos —a seis meses vista del estreno las entradas estaban a punto de agotarse en el Cervantes de Málaga—, aquellos que contratasen mi espectáculo ganarían dinero.

Para dar mayor realce al artículo, el periodista contactó con dos actores tan entregados que cada vez que se suben a un escenario parece que conectan sin interrupción con Talía. Uno de ellos manifestaba: «Que lo lleven a un teatro público evidencia las pésimas políticas de difusión cultural llevadas a cabo por parte de los que nos gobiernan». El otro: «Es una irresponsabilidad por parte de los programadores públicos, que son funcionarios pagados por todos, llevar este tipo de montajes a sus escenarios. Telecinco es una cadena que tiene varias sanciones por vulnerar los horarios infantiles, así que allá ellos, pero el teatro debería estar al margen de estas cosas. No se puede contagiar de lo malo de la televisión. Pero respeto todos los gustos y también esos programas, que mi madre los ve y no voy a censurarla».

Para empezar, la que no tenía nada que ver con mi aventura teatral era mi cadena. Paradójicamente, el actor que la mencionaba acababa de trabajar para ella en una serie. Pero, además, ¿estaban dando a entender, o al menos así me lo parecía a mí, que los contribuyentes que pagan sus impuestos no tienen derecho a ver lo que les salga de las narices? ¿Acaso sabían que no se iba a obligar a nadie a ir a verme? ¿Habían valorado estos actores que existirían honrados contribuyentes que preferirían verme a mí en vez de una obra intensa hecha por actores intensos que solo entienden ellos mismos y sus intensidades? ¿Se les había pasado por la cabeza que habría gente que al ir a verme tal vez pisara por primera vez un teatro? ¿Se alegraban por ello? ¿O acaso consideraban que solo son dignas de pisar un templo artístico aquellas personas que conozcan las obras completas de Tennessee Williams? ¿No deberían estos actores llamar a Juan Carlos Rubio —autor y director con prestigiosos premios a sus espaldas— y disculparse, puesto que sin saber de qué iba la función ya la habían crucificado? Agradecí de veras las palabras que en el artículo me dedicaba Mario Gas: «No hay que condenar el montaje de antemano porque Jorge J. es una persona muy inteligente». Contribuyeron a aliviar mi ánimo.

Peor fin de semana pasó Juan Carlos. Lo llamé de buena mañana para comentar lo que se había publicado. No lo había leído. Se lo conté por encima. Me pidió tiempo para leerlo antes de emitir una opinión. Recibí al momentito un whatsapp suyo:

«Sin duda eres importante. Tanta molestia en destruirte».

A las dos horas, otro:

«Y yo me pregunto: ¿es cultura la vida de una chica playboy? Porque en la Royal Opera House van a estrenar una función sobre la vida de Anne Nicole, una de ellas. Los dos actores que hablan en el artículo deberían dirigirse al teatro y exigirle un poco de rigor».

Tres horas más tarde, dos más:

«Necesito urgentemente un listado de lo que es cultura o no. ¿Comerle la polla a un actor es cultura?».

Hasta que el lunes por la mañana no pudo más y estalló. Me llamó muy temprano.

—Mira, Jorge, estoy cabreadísimo. Ayer me quedé hasta las tres de la mañana redactando un artículo en respuesta a ese periódico. Me ha quedado precioso, pero no lo voy a publicar. Aunque nos cueste, vamos a callarnos. Hemos hablado con el programador de Málaga y nos ha recomendado prudencia. Confía en mí, en ti y en que hagamos un buen espectáculo. No alimentemos la bola, permanezcamos en silencio y pongámonos a trabajar.

—A la orden.

Un par de días más tarde recibí un último y definitivo mensaje de Juan Carlos referido a este asunto:

«X. me ha dicho que te diga que olé por invertir en teatro, que olé por lo mucho que vas y hablas de teatro en tus programas y que desde luego alguna gente de la profesión se debería meter la lengua en el culo».

Y así, como quien no quiere la cosa, el mensaje finalizaba de la siguiente manera:

«Bueno, como sabrás, X. es uno de los directores de teatro más respetados de este país y actualmente dirige uno de los de mayor prestigio.»

Sonreí. Lo que más me satisfizo de todo este asunto es certificar que si los del periódico pretendían montar una absurda polémica, no lo consiguieron. Se quedó en agua de borrajas. Lo que sí me gustaría saber es si los dos actores se llegaron a dar cuenta de que fueron los tontos útiles de un periódico cuya ideología estoy seguro de que desprecian.

Domingo de Resurrección. Peso: 83,5. Celebro mi propia resurrección de la carne: vuelvo a ser un poco más apetecible gracias a mi plan de adelgazamiento. Entre eso y que regresamos a Madrid una vez pasada con nota la dura prueba de unas vacaciones juntos, me siento satisfecho.

Estar en un lugar como Mauricio a solas con tu pareja es una situación de alto riesgo porque si te peleas, no hay escapatoria. Tienes que seguir conviviendo por cojones y el riesgo de ruptura se multiplica porque se hace difícil resolver un conflicto en un espacio en el que es muy complicado dejar de verle la cara al otro por un día. Fermín y yo sabemos mucho de rupturas: el 7 de septiembre cumplimos ocho años, pero juntos juntos, lo que se dice juntos, habremos estado tres cuartos de hora. Hemos roto tantas veces a lo largo de estos años que he perdido la cuenta.

Ayer estuvimos a punto de tener un roce porque él se empeñó en pedirme abracitos y besitos —lo dice así, en diminutivo— y a mí esa costumbre suya me saca de quicio. No me gustan, a no ser que sean en la cama. Soy muy poco cariñoso, lo reconozco, y como habíamos bebido un poquito, lo rechacé más seco que de costumbre. Y se cabreó. La cosa empezaba a pintar regular y ambos nos dimos cuenta, así que en cuanto tuvimos la más mínima ocasión claudicamos y las aguas volvieron a su cauce. No era cuestión de echar a perder unas vacaciones que nos habían servido para certificar lo bien que estábamos juntos.

Me río con Fermín. Pero reírme de verdad. Me río cuando hace bromas sexuales muy de estilo de revista antigua: «Cuándo voy a meter el pichón en tu nido» o «Cuándo voy a sellar la fuga». Me río cuando le veo ponerse montañas de dulces en el desayuno o cuando se enfada si no paro de pedirle cosas: «Ponme un café», «Vete a reservar las hamacas a la playa» o «Tráeme un poquito de agua, que tengo sed». Y hablamos. Todavía somos capaces de sentarnos a almorzar o a cenar y hablar. Sobre cine, sobre literatura, sobre nuestras vidas.

Estas vacaciones se nos han ido muchas charlas hablando de un posible cambio de casa. No llevamos ni cuatro años en la actual, en una urbanización a las afueras de Madrid. Estamos bien, pero hemos decidido que a los cuarenta y siete años, coincidiendo con el inicio de mi nueva vida, nos gustaría tener más terreno: una finca, preferiblemente cerca de una playa. Al principio a Fermín la idea no le hacía mucha gracia, pero poco a poco se ha ido sumando y hasta nos hemos puesto a investigar en diversas inmobiliarias. Acabé de convencerle cuando le expliqué que podíamos conservar uno de los pisos que teníamos en Madrid y dividir el tiempo entre la capital y la playa. El plan sonaba muy bien.

Fermín lo detesta, pero a mí me encanta mirar casas. Idear vidas nuevas. Comenzar un proyecto. Sentirme vivo, en definitiva. Todo eso me lo daba antes el sexo, pero ahora, a mis cuarenta y siete años —perdón, cuarenta y cuatro—, ya no. Vivo más tranquilo desde que lo he reconocido. El orgasmo esclaviza. Ganas libertad cuando no lo echas de menos.

Hemos hablado también de mi debut teatral. Poco, tengo que ir con cuidado con ese tema. Se altera, me riñe porque me estoy cargando de trabajo. Desde septiembre hasta diciembre tengo ocupados todos los domingos y los lunes, y en diciembre nos quedaremos sin vacaciones porque estaré en el Compac Gran Vía del 17 al 6 de enero. Lo que me está sucediendo es un sueño. Para él, creo que no tanto:

—Nos va a cambiar la vida, Jorge, no te das cuenta. Solo vas a descansar los sábados, un día a la semana, y te estás planteando lo del teatro como un trabajo más, cuando tendría que ser algo especial.

—Lo siento, pero no es así. Llevo soñando años con este momento.

—Pero el sueño se pinchará pronto, luego será como ir a la tele, ya lo verás, y te arrepentirás de no haberte dejado ni un fin de semana libre. Y por si eso no basta, no me haces caso y algunos domingos te pones dos funciones. ¿Te has parado a pensar en cómo me voy a sentir yo? ¿De qué manera nos puede afectar?

No. No lo había pensado. Yo entendía que si él era mi pareja, debía apoyarme y no estar bombardeando continuamente mis deseos. Ya había vivido antes esta situación con las firmas de libros que me organizaron para promocionar *La vida iba en serio,* mi anterior novela. Para mí fueron balsámicas. Llegaba a los sitios y me contaban que había gente esperando desde hacía más de cuatro horas. Volvía a casa exhausto pero feliz, sintiéndome muy querido. Sin embargo, Fermín me recibía enfurruñado porque decía que no me dejaba tiempo para mí cuando lo que de verdad sucedía es que me estaba reclamando tiempo para él. Hasta que un día me planté y con mucha mala leche reconcentrada le dije muy lentamente, mirándole a los ojos:

—¿Quieres dejar de quejarte por que las cosas nos vayan bien?

Y dejó de hacerlo. Pero ahora volvía a las andadas con lo del teatro.

Yo daba saltos de alegría cuando Sandra, nuestra distribuidora, me llamaba para comunicarme que se estaban cerrando nuevas fechas:

—¡Pasaremos la Semana Santa del 2016 en el Arriaga de Bilbao! ¡Y en febrero vamos al Lope de Vega de Sevilla! ¡Y en julio estaremos tres semanas en Barcelona, en el Tívoli! ¡Va a ser maravilloso, ya lo verás!

A veces me callaba y no compartía mi entusiasmo con Fermín porque me daba la impresión de que, cada vez que añadíamos una fecha, él veía más cerca una nueva ruptura. Aprendí a no exteriorizar emociones para proteger mi pareja. Si esto no es amor, que baje Dios y lo vea.

Yo intentaba no hablar, pero a veces se me escapaba algo, claro. Y él no cejaba en su intento de añadir un poquito de hiel a mi alegría:

—Jorge, lo que sí quiero que tengas claro es que yo no voy a hacer «pandi» con los del teatro, ¿eh? Si después de cada función tú te quieres ir a cenar con ellos, te vas, pero yo me iré al hotel y te esperaré en la habitación.

Faltaba medio año para meternos en la dinámica de una gira teatral y ya estaba diseñando su calendario de cenas. ¿Qué podía hacer? ¿Cuál era mi solución? ¿Matarme o matarle?

Algo de factura sí pasaba. No era broma eso de que me quedaba sin fuerzas.

Antes de ir a la nutricionista nazi fui a un homeópata que me recomendó mi amigo Pablo. Me recetó pastillas varias —que para Fermín no son más que «bolitas de anís que no hacen ningún efecto»— y un gel para estimular la testosterona porque le confesé que había perdido las ganas de follar.

—Pero ¿se te levanta?

—Sí, sí. Mucho menos que antes, pero lo malo es que no tengo ganas. Fíjate si estaré mal que no tengo ganas ni de hacerlo con otros.

Para mí, ese era el quid de la cuestión. La prueba del algodón. La auténtica madre del cordero. Que no tengas ganas de hacerlo con tu pareja es lo más normal del mundo, pero que no te entren ganas de pegarle un porrascazo a un niñato de veinticinco resulta, cuando menos, preocupante.

—A tu edad, Jorge, eso no puede ser. Y fíjate que tú has tenido que ser muy fogoso. Se nota porque tienes el dedo del pie que está justo al lado del gordo más largo que este.

—Pues tienes razón. He sido bastante puta.

—Sin embargo, desconfía de quienes tienen los muslos muy anchos. Esos no suelen ser muy buenos en el sexo.

Tomé nota. El saber no ocupa lugar.

Yo había follado mucho, aunque no sé si bien. Con Fermín follaba mucho al principio, ahora ya no. Cuando estamos inmersos en plena rutina laboral, una vez a la semana, normalmente los domingos. Hemos llegado a pasar hasta tres semanas sin hacerlo por culpa de algún inconveniente que hubiese aparecido el domingo de turno. A veces hacemos bromas sobre lo poco que follamos y entonces programamos un polvo entre semana. Fermín se levanta con tiempo antes de ir a trabajar —lleva a la perfección una escuela de canto que tenemos en Madrid— y resolvemos. Yo me lo paso bien. Supongo que él también. No me gustan los polvos largos. Esos son más propios del inicio de una relación o de una aventura. Con prolegómenos (palabra y concepto que detesto, porque la consideran básica en una relación sexual y en la mía hace tiempo que no existen). En ese aspecto soy más de la cuerda de Patricia, la subdirectora del *Deluxe,* que hace poco me dijo que un polvo que durase más de diez minutos ya no sería un polvo, sino gimnasia. Por la parte que me tocaba, suscribí su idea con entusiasmo.

Aprovechamos las vacaciones para follar más y ver series de televisión. En estas hemos visto *Looking,* ambientada en San Francisco y protagonizada por cuatro gays. Los protagonistas beben, se drogan, hacen tríos y frecuentan cuartos oscuros. Nada que yo no haya hecho. Pero me he dado cuenta de que ver cosas así delante de Fermín me violenta. Aparecen elementos, como el morbo, que nosotros ya no tenemos. ¿Él lo echará de menos? Yo, a ratos. Pero no se lo digo. Ni él a mí. No somos de esa clase de parejas que tienen que hablarlo absolutamente todo. Es más: yo creo que cuanto menos conozca tu pareja tus fantasías y deseos más ocultos, mejor. Así ni se asusta ni lo pasa mal por temor a no estar a la altura. Nada me produciría más cansancio que tener que hablar con Fermín de manera periódica sobre el estado de salud de lo nuestro.

No me encuentro cómodo viendo series o películas con problemas de pareja delante de él. Recuerdo que lo pasé especialmente mal con una de Meryl Streep y Tommy Lee Jones. La compré pensando que era una comedia inocua y luego resultó ser una bomba de relojería. Habla de una pareja que, después de treinta años juntos, se han convertido en dos perfectos extraños. A los ojos de los demás son un matrimonio modélico, pero de puertas para dentro reina entre ellos una frialdad acongojante. No se besan, no se tocan y, por supuesto, no tienen relaciones sexuales desde tiempos inmemoriales. Para intentar salvar los muebles deciden acudir a un profesional, que les recomienda añadir picante a la relación. Así, vemos a Meryl Streep intentando con escasa fortuna hacerle una felación a su marido en un cine, o poniéndose manos a la obra en el suelo de la habitación de un hotel por aquello de no hacerlo siempre en la cama. No les sale bien en ninguno de los supuestos. Fermín se quedó dormido viendo la película, pero en el tiempo que estuvo despierto no fui capaz de preguntarle qué le parecía por si me salía con que para darle emoción a nuestra vida sexual deberíamos empezar a plantearnos hacer un trío. Que es una reflexión que yo ya le he escuchado varias veces. Por ahora, me niego en redondo. Y fundamentalmente por dos razones: porque si quiero hacer un trío, no quiero que esté él, y porque no estoy preparado para ver cómo se lo folla otro.

—Jorge, es lo que hacen casi todas las parejas, acabaremos así.

Pues yo no quería. No por ahora. No me hacía gracia que nuestra cama se convirtiera en una jornada de puertas abiertas. Deseaba la libertad de tener mis propias historias y que él tuviera las suyas. Sin que cada uno se enterase de las del otro, claro. ¿Las tenía Fermín? No lo sé, francamente. En cuanto a mí, bueno, había tenido rollos. Escasos y poco importantes. Cuando caía con alguno me comía la cabeza, pero mis amigos decían que no me preocupara, que Fermín sabía cómo era y que toleraba mis fugaces aventuras. Y yo cada vez los creía más. Fundamentalmente, porque me convenía.

Hace poco estábamos viendo en casa *Mataharis,* una película que narra las historias de unas chicas que trabajan en una agencia de detectives. A una de ellas le encargan destapar una infidelidad.

—Fermín, ¿cómo reaccionarías si te dieras cuenta de que te pongo un detective?

Se calló unos instantes, fijó la mirada en un punto indeterminado del salón y su respuesta me dejó noqueado:

—Sufriría por ti. Porque creo que uno llega ahí después de haberlo pasado mal registrando correos electrónicos y teléfonos móviles. Y yo no quiero que tú sufras. Yo quiero que cuando estemos juntos estemos bien, pero no me importa lo que hagas cuando no lo estamos.

Después de escucharle, le quise un poco más.

Siempre que tratamos este tipo de temas, Fermín habla de verme feliz, no de que él pueda llegar a serlo estando con otros. Las aventuras parecen algo exclusivamente mío. Estaba siendo muy listo conmigo. Me estaba dando rienda suelta, libertad: es lo peor que te pueden dar en una relación, porque si metes la pata, sientes que al otro le estás faltando. Si tu pareja no deja de hacerte putadas, es más fácil quitarte el complejo de culpa por habértelo hecho con un tercero.

Estas vacaciones, durante una cena, tuve una revelación. No quería vivir obsesionado con la idea de follarme a otros. Ya me lo dijo mi amigo Pablo años atrás:

—Jorge, la vida no es una película porno.

Y tenía razón. Como siempre. No quería cerrar la puerta: me aterrorizaba imaginar que no habría más cuerpo por conocer que el de Fermín durante el resto de mi vida. Aun así no quería malgastar energías buscando cuerpos ajenos. Ya había derrochado suficiente por el camino. Seguía teniendo mis tonteos telefónicos, varios, llevaba a unos cuantos posibles amantes en rueda, aunque muchos menos que año y pico atrás, cuando la Gran Crisis. Ahora jugueteaba con un niñato al que conocía vía Facebook —no en persona—, con un examante que me invitaba a conocer su nueva casa —«Tiene cincuenta y cinco metros cuadrados, pero la mesa del salón es de Philippe Starck», matizó con una candidez que me llegó al alma— y con alguno que otro más. Aunque todos están dispuestos a quedar, yo no me veo capaz si no estoy bebido. Y bebido y con ganas me pillaban casi siempre los fines de semana con Fermín al lado. Entonces me resultaba complicado inventar una excusa para desaparecer un sábado por la noche sin haber avisado con antelación de que saldría de farra con mis amigos.

Luego está Ernesto, claro. Un productor de la cadena con el que coincido de vez en cuando por los pasillos. Ese ya es harina de otro costal, que diría mi madre.

De todas maneras, las ganas de tontear han ido desapareciendo conforme Fermín y yo hemos ido reduciendo el consumo de alcohol. Porque el alcohol, hora es ya de reconocerlo, estuvo a punto de romper nuestra pareja.

2

ALCOHOL Y QUÍMICA

El alcohol siempre ha estado muy presente en mi vida. Por las bondades que implicaba su ausencia, o por demasiada presencia. Antes, en mi casa no bebía nadie. Mi padre se tomaba un Bitter Kas sin alcohol como aperitivo todos los días excepto el domingo, que se permitía el lujo de enchufarse una copita de Baileys (bebida que, por cierto, a mí siempre me ha parecido de putilla).

A mi madre le aterraba que alguno de sus hijos cayera en el alcohol porque había un borracho en la escalera que trabajaba de noche y llegaba a su casa del revés por la mañana temprano después de haber hecho varias paradas y fondas en diversos bares.

—¡Ay, Jorge! Cómo ha llegado hoy el pobrecico. Dobladico ha entrado en el portal. Con lo buena persona que es y está echadico a perder, echadico a perder.

Mi madre sufría tanto viéndole que aprovechaba la más mínima ocasión para recordarme lo mal que podía acabar si bebía como él. Sin embargo, no la recuerdo advirtiendo a mis hermanas acerca de los estragos que podía llegar a ocasionar el alcohol. ¿Qué detectaría en mí la Mari?

Echando la vista atrás, me recuerdo borracho en bastantes momentos de mi vida, sobre todo los fines de semana. Cuando vivía en Barcelona, bebía para coger fuerzas y poder entrar en los bares de ambiente. Al trasladarme a Madrid bebía para intentar ligar, luego para poder dar rienda suelta a mi morbo y al final para sentirme mal y darle la razón a todos los que me consideraban el ser más abyecto de la historia de la televisión gracias al programa que presenté antes de *Sálvame*.

Los principios en el medio fueron francamente agradables. Muy pronto conquisté una popularidad llevadera. Conseguí caerle simpático a la gente porque les gustaba cómo comentaba las revistas del corazón con A. R. Era un chico tímido, que no se encontraba demasiado a gusto ante una cámara porque la consideraba un enemigo que podía descubrir sus complejos y vergüenzas. Muy vulnerable. Quizá atraje a la audiencia porque me veían como un crío. Y en cierto modo lo era.

Haber vivido tantos años a la sombra de un padre tan estricto como el mío me había convertido en una persona hiperresponsable. Tanto que hasta los veintiocho no me atreví a comerme mi primera pastilla. Ya estaba trabajando en televisión y fue como descubrir la piedra filosofal de la alegría.

Exploré ese mundo con Aitor, un chico del norte que empezó siendo un rollo y luego un ex con el que he disfrutado algunos de los momentos más divertidos de mi vida. Él también trabajaba en televisión. Éramos jóvenes, teníamos dinero y vivíamos en el divertidísimo Madrid de los primeros 2000. No sé si lo sigue siendo. Conforme he ido cumpliendo años sigo amando la ciudad, pero siento que ya no me pertenece tanto como antes, cuando la devoraba tan intensamente. Las ciudades son para los jóvenes, para los que se tiran a la calle en busca de ese bar donde reunirse con los amigos o de la discoteca que está de moda. Cuando eres mayor no buscas bares. Dedicas el tiempo a recordar lo bien que te lo pasabas en ellos.

Aitor y yo salíamos mucho. De lunes a jueves nos poníamos ciegos a gin tonics; las pastillas —el premio gordo de la semana— las guardábamos para gozarlas a partir del viernes. Éramos muy estrictos a la hora de colocarnos: no queríamos que nuestra afición pasase factura a nuestros respectivos trabajos. Drogarse entre semana era propio de «pastilleros», una definición que detestábamos porque nos remitía a gente colgada, a niñatos del extrarradio que bailaban como robots con la mandíbula desencajada. Aunque, para ser sinceros, en más de una ocasión acabamos como ellos: saliendo de nuestras casas un sábado por la noche y volviendo la madrugada del domingo al lunes, saltando de bar en discoteca, de discoteca en after, de after a otra discoteca y de ahí para casa. Exhaustos. Hechos polvo. Pero muy contentos.

No nos alimentábamos solo de bailes. Las pastillas nos ponían especialmente cachondos, así que podíamos llegar a una discoteca, morrearnos con alguien del que no sabíamos ni el nombre, llevárnoslo a casa y tirárnoslo sin descanso hasta el amanecer. Cada uno el suyo, nada de tríos, que para eso éramos muy nuestros. Yo era tan feliz estando empastillado que un sábado me ligué a uno en la discoteca Ohm —la de los bajos del Palacio de la Prensa—, me lo llevé a casa, hice lo que tenía que hacer con él y a las diez de la mañana lo despaché con pocos miramientos y fui a reencontrarme con Aitor a un after que había en los bajos de la estación de Chamartín, dispuesto a continuar la fiesta. Space se llamaba. Eso sí: antes pasé por un Vips para comprar los periódicos del domingo, que podíamos ser pastilleros, pero ante todo éramos periodistas.

Fue una época divertida, un tanto salvaje. Salíamos de casa con la intención de ser buenos y rara vez lo conseguíamos. Añoro cuando Aitor me podía llamar un lunes por la noche totalmente emocionado porque había visto en televisión imágenes de la boda de Mette-Marit.

—¡Jorge! Es que estaba tan guapa, de verdad, no te lo puedes creer.

Era la resaca de las pastillas, que nos dejaba medio atontolinados y con los sentimientos más absurdos a flor de piel. No fueron un problema para nosotros. Dejamos de tomarlas porque dejaron de divertirnos. Y porque nos sentíamos un poco ridículos dando botes sin ton ni son al lado de jóvenes con la mirada extasiada. Las pastillas eran para niñatos, y nosotros, por mucho que nos empeñáramos, hacía tiempo que habíamos dejado de serlo. Ni Aitor ni yo tuvimos por aquella época relaciones serias. Estábamos demasiado entretenidos pasándolo bien.

Lo peor vino después. Con el programa que presenté antes de *Sálvame*. Nació como un espacio que trataba con humor el mundo del corazón, universo al que hasta aquel entonces se le había dado en antena un enfoque casi místico. Comenzamos tímidos de audiencia, pero poco a poco la gente se empezó a enganchar y nos convertimos en líderes absolutos de la sobremesa. Lo producían mis amigos Pablo y Óscar. El programa nos encumbró, fue una auténtica revolución. Ellos crearon una nueva forma de contar historias en la tele y yo me convertí en un personaje muy popular. Los tres primeros años fueron espléndidos. Caímos en gracia. Pero de repente, de un día para otro, todo cambió. O así es como yo lo recuerdo con el paso del tiempo.

Sé que cuando este libro salga a la venta tendré que enfrentarme a numerosas entrevistas para promocionarlo, pero tengo miedo de que las preguntas solo versen sobre esta época de mi vida, que yo comparo con el inicio de *Historia de dos ciudades,* de Dickens:

«Era el mejor de los tiempos, era el peor de los tiempos, la edad de la sabiduría y también de la locura; la época de las creencias y de la incredulidad; la era de la luz y de las tinieblas; la primavera de la esperanza y el invierno de la desesperación. Todo lo poseíamos, pero no teníamos nada; caminábamos en derechura al cielo y nos extraviábamos por el camino opuesto».

Bebí muchísimo, me drogué demasiado y a punto estuve de echarlo todo a perder. Me salvó ese instinto de supervivencia que según Óscar siempre me ha caracterizado.

Durante aquella época fui a uno de tantos psiquiatras que he frecuentado a lo largo de los años y cuando me preguntó si en algún momento había estado a punto de quitarme la vida, no fui capaz de decirle que no.

Después de tres años en antena, el programa se olvidó de divertir y viró hacia lo sórdido. Y la audiencia no solo no desertó, sino que cada vez era más masiva. Como la audiencia nos legitimaba, considerábamos que no estábamos cometiendo ninguna equivocación. Pero las cometimos. ¡Más madera! ¡Es la guerra! Y nosotros la repartíamos.

De la noche a la mañana, repito, *de la noche a la mañana,* comenzaron a lloverme palos. Ganados a pulso. Y no supe gestionarlos.

Recuerdo que un día que estaba solo en casa me metí en un foro de televisión para ver qué se decía de mí. Me quedé paralizado. No era capaz de entender cómo podía suscitar tanto odio. O tanto amor también. No comprendía que mi trabajo despertara tantos sentimientos encontrados. Empecé a atacar a los que me detestaban y rechazaba a los que me dedicaban muestras de afecto. Me manejaba mejor en el desamor que en el cariño.

Salía a la calle y había gente que me insultaba. En cada bar o en cada discoteca a la que acudía los fines de semana no paraba de recibir comentarios desagradables por parte de muchísimos gays, que me consideraban la vergüenza del colectivo. Comenzó a resultarme muy complicado relacionarme con la gente si no estaba bebido. Con resultados deplorables, claro.

Nunca he tenido demasiada destreza para ligar: o era muy directo o, por el efecto de las copas, no se me entendía al hablar. Tampoco la popularidad me ha ayudado mucho que se diga: los tíos se me acercaban, me daban carrete, les invitaba a copas, yo bebía más que ellos porque me las tomaba más rápido para adquirir seguridad —error, profundo error—, y cuando pensaba que había llegado el momento de largarnos a la cama, me dejaban colgado y volvían con sus amigos. Supongo que para reírse del que sale en la tele, de mí, con frases tipo «¿Pues no se pensaba el enano ese que me iba a acostar con él?».

Muchas veces me he encontrado con chicos que han querido presumir delante de sus amigos y me han dicho:

—Tú intentaste ligar conmigo una noche.

«Lo más probable, lo intentaba con todos» o «Debía de estar muy borracho» fueron dos frases que incorporé a mi repertorio para salir del paso en esas situaciones.

Aitor, que siempre había sido más aguerrido que yo, comenzó a frecuentar locales donde tenías que quedarte en calzoncillos. Y si querías, hasta en bolas. Corría la coca, droga que yo había consumido de manera esporádica, pero a la que me agarré con ansia porque necesitaba tralla, una medicina que me ayudara a ser capaz de hacer cosas de las que tuviera que arrepentirme al día siguiente. Pasarlo mal. Sufrir en carne propia todo ese dolor que parecía que yo estaba provocando con mi trabajo.

Al principio solo frecuentábamos esos locales los sábados por la noche, para acabar una madrugada de farra. Pero, a mí, sentirme sucio solo una vez a la semana no me bastaba. Me sabía a poco.

Un día fui un miércoles. Había llegado a casa de trabajar, un mal día como otro cualquiera. Comencé a beber vino tinto. Cené algo. Me puse un chupito de vodka. Luego otro. ¿Quizá un tercero? No quise desperdiciar la borrachera a solas, viendo la tele, tumbado en el sofá. Me lancé a un local. Compré coca. Invité a uno en un baño, con el que me acabé enrollando. Después de toquetearnos un poco volvimos a la barra. Desapareció. Invité a otro a otra raya. ¿Nos enrollamos? Probablemente. Una vez perdido el control, podía suceder cualquier cosa. Regresé a casa pasadas las cinco de la mañana hecho una auténtica mierda. Objetivo conseguido.

Volví a ir el miércoles siguiente. Sin Aitor. Él prefería visitar el local los fines de semana porque había más gente. Yo entre semana porque había menos, así me ahorraba esos comentarios recriminatorios de otros que estaban allí en idénticas condiciones que yo y que además disfrutaban dedicándome miradas de asco que me decían «mucho salir en la tele, pero al final te gustan las mismas guarradas que a nosotros, cerdo».

Me distancié del mundo. Solo quería relacionarme con gente que viviera tan al borde del abismo como yo. Me costaba ir a Badalona a ver a mi familia por el esfuerzo que me suponía inventar una existencia placentera en Madrid. Todo era pura impostura cuando estaba con ellos. Iba muy poco, así que, cuando nos reuníamos, bebíamos para celebrarlo y yo al final no podía evitar ponerme un poco triste; les dejaba vislumbrar que mi vida no era tan envidiable como les intentaba hacer ver.

—No bebas tanto, hijo, que no te sienta muy bien. Se te cierran los ojos y se te pone la cara muy fea —me decía mi madre preocupada.

—¡Pero si no bebo tanto! ¡Es el cansancio! ¿Tú crees que si fuera tan alcohólico como piensas podría llevar el ritmo de trabajo que llevo?

—Bueno, bueno, pero a ver si me haces un poco de caso.

La Mari me aconsejaba continuamente que no bebiera, pero, siempre que tenía que hacerme un regalo, recurría a exquisitas botellas de Vega Sicilia. Para volverse loco.

Pablo y Óscar asistían con temor a mis cada vez más reiterados descensos a los infiernos. Se acostumbraron a que llegara los jueves hecho polvo a trabajar:

—Ha vuelto a pasar. No puedo controlarme. Necesito ayuda.

No sabían cómo dármela. Pablo, optimista por naturaleza, intentaba hacerme ver que a lo mejor debería empezar a disfrutar de eso que yo llamaba «recaídas», en vez de fustigarme y castigarme tanto. Óscar se limitaba a mirarme con inquietud, porque me veía sufrir. Creo que no compartía las tesis de Pablo, tan hedonista él.

Comencé a preocuparme. Cada vez me costaba más controlar el asunto. Mi tiempo empezó a girar sobre dos peligrosos estados que influían en mis emociones: la borrachera y la resaca. No me veía capaz de soportarme sin algún componente —droga, alcohol— que alterase mi existencia. Necesitaba enfrentarme continuamente a algo o a alguien.

Acudí a un psiquiatra que ayudó al padre de una amiga a aceptar su inminente muerte. Hablaba mucho. Me decía que tenía que dejar de meterme. Que las cosas serían mucho más sencillas si dejaba de beber porque entonces no me darían ganas de meterme. Palabrería. Pura palabrería. De toda esta mierda me salvó la Mari.

Un miércoles acabé tan pasado en un local que a las siete de la mañana del día siguiente me vi desnudo en una sucia casa del centro rodeado de otras seis personas, tan pasadas y desnudas como yo. Bebíamos, nos metíamos y nos toqueteábamos. Cruces de lenguas, lametones en los sexos, mordiscos en los pezones, penetraciones, GHB, ketamina, poppers, porros, lo que apareciera. Todos me parecían horrorosos, con esas mandíbulas dislocadas, las miradas perdidas, pronunciando palabras inconexas, intentando mantener conversaciones presuntamente graciosas. Fui al baño. Después de mear me vi la cara en un espejo y me costó aceptar que la ruina que se veía reflejada era yo. Y entonces juré por la salud de mi madre que jamás volvería a verme en una situación semejante.

Sé que puede parecer una ñoñería, pero al final fue una promesa así de naíf la que me sacó de un mundo que me estaba destruyendo, aniquilando. Me vestí y me largué de la casa sin que nadie me pidiera que me quedara. No estaban en condiciones de echarme de menos.

Un año después aparecería Fermín en mi vida. Llegó en el momento preciso. Si hubiese llegado antes, no lo habría visto. No tenía la mirada preparada.

No me arrepiento de haber vivido aquella etapa. Coincidí con gente tan perdida como yo. Buscábamos encontrarnos transitando caminos equivocados. No hice ningún amigo, pero me sentía cómodo entre ellos. No juzgaban. No juzgábamos. Aprendimos a no hacerlo por un mero instinto de protección. Llevábamos unas vidas que para la mayoría podrían calificarse, cuando menos, de indeseables.

Digo que no me arrepiento. También soy fruto de mis excesos y mis resacas. Ambas cosas me han hecho más compasivo. Indulgente con las debilidades del resto. Mejor persona. He conocido el peligro, esa inquietante y poderosa sensación que da el saber que en una caída puedes llegar a no ser capaz de levantarte. No estoy enganchado a ella, a lo mejor en un tiempo lo estuve. He sentido alguna vez, quizá demasiadas, hasta asco de mí mismo. Nunca temor a la humillación pública, porque la gente con la que coincidía, tan oscura como yo, respetaba mi anonimato. Todo cambió con la llegada de los móviles con cámara y las redes sociales.

Yo ya estaba con Fermín, con el que durante una temporada mantuve una relación de fin de semana porque se largó fuera de Madrid a montar un negocio que le salió mal. Como entre semana estaba solo, aprovechaba para salir con mis amigos y no fueron pocas las veces que acabábamos liándola. Tenía que pasar: una noche me dejaron en una discoteca porque yo tenía ganas de más y ellos estaban deseando irse a casa a descansar. Yo también estaba cansado. Y bebido. Combinación letal. Me tumbé en un sofá de la discoteca y me quedé dormido con una copa en la mano. La gente empezó a fotografiarse delante de mí como si fuera la Fontana di Trevi. Tardaron nada y menos en subir las fotografías a las redes.

Cuando las vi, me quise morir. Mi hermana Ana comenzó a enviarme mails muy dramáticos advirtiéndome de lo delicada que era la situación, pidiéndome que tuviera más cuidado porque a ella no le gustaba verme así, que sentía mucha pena porque podía acabar muy mal. Eduardo, su marido, llamaba a Fermín preocupado por lo que pudiera pensar mi madre:

—Fermín, tengo que hablar con ella, prevenirla, porque si se entera, lo va a pasar muy mal. Si es que no puede hacer esas cosas, es una persona conocida, a ver si tiene un problema grave. No sé, qué pensarán, por ejemplo, los alumnos que vayan a su escuela de canto de Madrid, puede ser algo muy negativo. Estoy preocupado, Fermín, muy preocupado.

Fermín intentaba quitarle hierro al asunto, desdramatizar, echarme un cable:

—Mira, Eduardo, esas cosas pasan. ¿Quién no se ha quedado dormido en un sofá después de una borrachera? No le digáis nada porque él lo pasa mal, le da mucho apuro que os podáis avergonzar de él.

—No nos avergonzamos, pero es que eso no está bien hecho, no está bien hecho. Tengo que hablar con su mamá, a ver cómo se lo cuento.

Había bebido y me había quedado dormido en un sofá. Tampoco había entrado en una discoteca y me había liado a tiros con los allí presentes. El asunto no era para montar un cónclave, pensaba yo. Así lo entendía también mi otra hermana, Esther, más cómplice con estas situaciones. La llamaba y me desahogaba. Le agradecía que no me riñera.

Fermín intentaba filtrarme la información, protegerme. Que las preocupaciones de mi familia no llegaran a mis oídos. Pese a sus ímprobos esfuerzos, no lo consiguió. Me daba vergüenza llamar a mi madre. Y me sobresaltaba cuando sonaba mi teléfono y pensaba que era ella dispuesta a leerme la cartilla. Tenía cuarenta años y detestaba que me siguieran tratando como al crío de la casa. Me cabreaba conmigo mismo por no saber liberarme de esas ataduras tan infantiles, por no saber dar un puñetazo sobre la mesa y pedir que dejásemos de darle vueltas a un asunto tan idiota. A veces tenía la sensación de que en mi familia no sabíamos distinguir lo que era un problema y una auténtica chorrada. Algo que, por otra parte, era una suerte. Significaba que no habíamos tenido que hacer frente a episodios realmente duros.

Me parecía injusto que mi familia fiscalizara mi vida, porque yo jamás hacía algo parecido con las suyas. Me desvivía por ellos, intentaba estar al tanto de sus necesidades, para que en la medida de lo posible los asuntos que tuvieran que ver con la economía no significasen un motivo de preocupación. Los quería. Muchísimo. Entendía que censurándome no me pagaban con la misma moneda. En mi opinión, querer a una persona pasa a veces por permanecer en silencio y tragarte el dolor que te pueda provocar su sufrimiento. No quiere más el que está constantemente encima de ti mostrándote lo que él considera el camino adecuado, porque los caminos de la felicidad no son universales. Por mucho que a veces nos cueste reconocerlo. Es más: a veces ni existen.

Fermín me veía sufrir con la situación. Y no le gustaba. Estábamos un sábado en casa, las dichosas fotos llevaban circulando por la red una semana y yo no levantaba cabeza. Hartos de zapear de canal en canal de televisión, íbamos a empezar a cenar. Se levantó del salón, fue a la cocina y volvió con una botella de vino y dos copas. Sirvió el vino. En cantidad considerable. Comencé a intuir que estaba a punto de suceder algo. Así fue. Fermín decidió que había llegado el momento de contarme por qué él y la pareja que tenía en aquel momento —lo bautizamos como «lo Otro», porque significó tan poco en su vida que no quería ni recordar su nombre— perdieron todo el dinero que durante dos años habían ahorrado para viajar a Nueva York.

La versión oficial, según me contó Fermín a los pocos días de conocernos, era que su padre se había puesto muy enfermo. Pero la historia no fue tal y como me la contó entonces, sino como me la explicó esa noche de sábado:

—Llevábamos dos años planeando nuestro viaje a Nueva York, casi desde el principio de nuestra relación. Prometía ser el viaje perfecto. Para mí era cumplir un sueño. Tendría unos quince años cuando escribí a la embajada americana solicitando información y a los pocos meses recibí un sobre con alguna postal, un mapa y muchísima propaganda de la NASA.

»Lo Otro y yo dedicamos mucho tiempo a organizar el viaje con una precisión enfermiza: excursiones obligadas, paseos con su mejor franja horaria, tiendas que debíamos visitar, restaurantes que no podíamos perdernos, museos. Incluso habíamos comprado entradas para un musical.

»Tomamos la decisión de guardar todos los meses una cantidad de dinero para que llegado el momento el gasto fuera más llevadero. Su madre se enteró y nos regaló dos huchas de barro con forma de cerdo. Precioso, ¿verdad? Así que cada mes, después de pagar nuestras respectivas facturas, procurábamos asegurarnos de que los dos habíamos *engordado* a nuestro cerdo.

»Faltaban dos días para nuestro perfecto viaje a Nueva York. Fernando llegaba para pasar unos días en Barcelona; lo hacía de vez en cuando, así que le dije a lo Otro que iría a buscarlo a la Estación de Francia y que pasaría la tarde con él. Ese mismo día empezaban mis vacaciones, ya tendría tiempo al siguiente de ponerme tranquilamente con la maleta.

»Quedar con Fernando siempre era divertido. Hacía siete años que ya no éramos pareja, pero seguíamos siendo amigos. Me gustaba verlo porque con él me sentía yo mismo. Era como estar en una burbuja donde podía respirar mi aire, sin papeles aprendidos. Pasamos la tarde bebiendo, poniéndonos al día, riendo, bebiendo más... No dejamos de visitar ni uno solo de los bares del Born que tanto nos gustaban. Fernando se iba a quedar esos días en casa de un amigo que vivía justo en la zona y debía pasar por allí para dejar la bolsa y para que le diera una copia de las llaves, porque su amigo trabajaba en una discoteca y por cuestiones de horario era complicado coincidir con él. Como su amigo iba a cenar, acabamos cenando juntos. Creo que no comí nada, sino que me dediqué a beber más cerveza y más vino. Tras la cena, el amigo se fue al trabajo y Fernando llamó a otro de sus amigos: Kiko, un sevillano al que yo no soportaba y con el que continuamos la fiesta.

»Kiko se empeñó en ir a un bar de esos en los que tíos mayores se disfrazan de mujer con vestidos feos, pelucas aún más feas y mucha purpurina. Así que después de recorrer varios locales bebiendo, riendo, bailando y bebiendo más, acabamos en uno de ellos. Íbamos muy borrachos, Jorge, borrachísimos. Todo habría sido distinto si nos pudiéramos haber metido dos rayas, pero, ¡joder!, qué difícil es encontrar un camello cuando de verdad lo necesitas.

Estaba absorto escuchando la historia de Fermín. No sabía dónde quería llegar. Por qué me contaba todo esto precisamente ahora.

—Fernando conocía al encargado del bar —continuó—. En alguna ocasión el tío se había querido acostar con él, pero no era del gusto de Fernando. Ni del de Fernando ni del de nadie con un mínimo de amor propio, pensaba yo. Era el tipo de gay al que nosotros mismos, los maricas, ponemos la etiqueta de «marica mala». Todo en él era repulsivo, desde su mirada hasta lo que dejaba intuir su interior. En fin, que sin ánimo de excusar mi comportamiento por lo cerdo que era todo, el tipo y el local, me dediqué a beber como solo se puede beber cuando estás muy borracho, robando incluso cervezas de una nevera que me encontré de casualidad detrás del escenario en uno de mis viajes al lavabo. ¡No sabes las juergas que armábamos los tres cuando aparecía en la pista con los bolsillos llenos de botellines!

»En uno de esos viajes al lavabo encontré, encima de mi nevera, los micrófonos con los que *cantaban* los artistas. "Qué suerte", debí de pensar, "un trofeo para colocar en la estantería de mi habitación fruto de una cogorza triunfal". Cogí uno.

»Sentados en una mesa, hice a Fernando y a Kiko partícipes del souvenir que pretendía llevarme a casa. Entre risas me dijeron que estaba loco, que para qué coño quería eso, que lo volviera a dejar en su sitio porque el encargado los conocía. No lo hice, pero porque me olvidé, Jorge. Estaba tan borracho que me olvidé. Permaneció envuelto en mi cazadora.

»No sé cuánto tiempo transcurrió, pero de repente se paró la música y una voz comenzó a retumbar por los altavoces reclamando un micrófono que se había extraviado, que, por favor, si alguien lo encontraba, lo comunicara. Como nadie decía nada, el encargado amenazó con impedir a todo dios la salida del local hasta que no apareciera el puto micrófono.

»La vergüenza no me dejó reaccionar. Y luego solo me acuerdo de que en el local quedamos Fernando, el sevillano y yo. Me enzarcé con el encargado y al levantar mi chaqueta el puto micrófono cayó al suelo. Íbamos a irnos, pero un tío tipo armario se plantó en la puerta y nos dijo que de allí no se movía nadie hasta que no aparecieran los Mossos d'Esquadra. ¿Te lo puedes creer? ¡Habían llamado a los Mossos! Al sevillano lo dejaron escapar, lo conocían en el local de otras muchas noches, y nos retuvieron a Fernando y a mí.

»Después del protocolo del DNI, llamar para ver si teníamos antecedentes y demás, llegó el turno de "a ver qué ha pasado aquí", pero ni a Fernando ni a mí nos dejaron participar. Al escuchar la versión del encargado se dignaron dirigirse a nosotros para explicarnos que había una diferencia entre falta y delito, que esa diferencia estaba en los quinientos euros y que el micrófono (que yo me había cargado) costaba mil doscientos euros. Nos leyeron los derechos mientras nos esposaban. Nos metieron en un coche de malas maneras. Yo no daba crédito. No había roto nada y el micrófono (luego haría un estudio en tiendas especializadas) no llegaba a los setenta euros.

»Cuando me metieron en el calabozo con una manta bajo el brazo y sin los cordones de las zapatillas, lo primero que pensé fue "Que no me llame lo Otro, por favor, que no se entere". Total, iba a ser poco tiempo. Por la mañana me despertaron pretendiendo pasarme un sándwich entre las rejas. "No, gracias", respondí.

»Me alegré porque ya era por la mañana, empezaban a moverse cosas en aquella especie de oficina y pronto vendría alguien a sacarme de allí. Un poco más tarde alguien pasó cerca de la reja y le pedí que me diera la hora: las cuatro de la tarde.

»Me quise morir. La abogada de oficio que vino a verme por la noche me explicó que habría un juicio rápido la mañana siguiente, que Fernando había dicho que él no había hecho nada y que si se confirmaba que el micrófono costaba lo que decían, habría cárcel, aunque tenía que estar tranquilo porque sin antecedentes lo normal era que no entrase. Le di el teléfono de lo Otro para que, por favor, lo llamara y le pidiera perdón de mi parte. Al día siguiente, mientras se celebraba mi juicio, tendríamos que estar volando con nuestro viaje perfecto en la maleta.

»Mi relación con lo Otro también era perfecta: vivíamos en un piso perfecto, teníamos el coche perfecto, él era médico y yo no estudié nada, pero al menos tenía buena planta, sabía comportarme en las reuniones familiares, era del todo presentable, calladito y quedaba bien. Con algo de buen gusto para vestir y para elegir la ropa que él debía comprarse. Sus amigos nos llamaban "los guapos".

»Salí en libertad con una bolsa de plástico negra en la que estaban mis pertenencias. Fernando estaba fuera, esperándome con otra bolsa como la mía. Y lo Otro estaba mirándome al otro lado de la calle. Fernando se acercó para darme un abrazo y me susurró al oído que le dijera que él no tenía la culpa.

»"Ni siquiera me ha mirado."

»Nos despedimos y crucé la calle. Con lo Otro no hubo reproches ni jaleos. Me acompañó hasta la moto en paseo de Gracia y me dijo que necesitaba estar un tiempo sin verme.

»Cuando sales de un calabozo y te aguarda una posible pena de cárcel, no esperas una palmadita en el hombro, claro que no. Esperas compañía, comprensión o al menos la oportunidad de explicarte. Esperas un abrazo de tu pareja y poder llorar, la oportunidad de llorar. Jorge, necesito que te des cuenta de que eso puedes hacerlo conmigo. Y, sobre todo, te pido por favor que dejes de sentirte mal por chorradas como las de las fotos.

No pude articular palabra. Me quedé en silencio unos instantes. Le di un trago a la copa de vino. Largo, generoso. Hasta entonces había sido incapaz de beber.

—¿Por qué has tardado tanto en contarme esta historia?

—Porque hasta hoy no la necesitabas.

A lo largo de la relación fui descubriendo otros aspectos de la vida de Fermín que me dejaron impactado. Fundamentalmente, los que hacían referencia a su familia. Conforme íbamos ganando confianza, los secretos que me desvelaba me parecían cada vez más sórdidos. Y no podía evitar acordarme de lo que me dijo mi madre después de que se lo presentara:

—Este chico tiene la mirada triste.

3

EL AMOR EN LOS TIEMPOS DE FERMÍN

Sí, Fermín apareció en mi vida en el momento oportuno. O al menos en uno de tantos momentos oportunos que tenemos a lo largo de ella. Me resisto a creer en las oportunidades únicas. Me parece una tontería pensar que, si un tren se nos escapa, no va a aparecer otro que nos lleve a nuestro destino. Tardará más o menos, pero aparecerá. Seguro. El caso está en que tengas paciencia y lo esperes. En la estación, claro. En la calle. No vale encerrarse en casa y lamentarse.

Llevaba cuatro años presentando el polémico programa que me encumbró a la popularidad. Fue una tarde de finales de agosto, en Barcelona, mientras apuraba mis últimos días de vacaciones. De casualidad, como dicen que suceden estas cosas. Entré a husmear en una tienda de ropa de lujo y ahí estaba él. Esperándome. O así me gusta creerlo.

Tiempo después Fermín me confesaría que yo ya le gustaba de la televisión; él a mí me gustó desde que lo vi. Vino hacia mí, se ofreció a atenderme y al instante comencé a imaginar lo agradable que podría llegar a ser la vida al lado de un chico como él. Alto, muy guapo, con una mirada limpia que poco tenía que ver con esos ojos mortecinos que estaba acostumbrado a encontrarme por las noches. Sonreía todo el rato. Empezó a mostrarme pantalones y camisas sin descanso y yo a todo decía que sí. Cuanto más tiempo pasaba, más sonreía él y más colado estaba yo. ¿Cuántas horas pude tirarme en la tienda? ¿Dos? ¿Tres? El caso es que, como es lógico, llegó un momento en que tenían que cerrar, y en un ambiente tan limpio, tan exento de humo de tabaco y sospechosas visitas al baño de las que se salía muy acelerado, no supe hallar ninguna excusa para alargar la situación.

—¿Te pido un taxi?

—Sí, por favor.

Supongo que Fermín advirtió que yo quería añadir algo más, pero en ese tipo de situaciones carecía de habilidad para manejarme a plena luz del día y sin una copa encima.

Dejé encima del mostrador la ingente cantidad de ropa que había comprado para que me arreglaran los bajos de los pantalones y los largos de las camisas —qué poco agradecido ha sido siempre mi cuerpo para la moda—, me despedí y antes de subirme al taxi giré la cabeza hacia la tienda. Como había sospechado —y deseado, para qué lo voy a negar—, él me estaba mirando.

Volví a Madrid para reincorporarme al trabajo. No dejé de pensar en él ni un solo minuto. Había pasado algo entre nosotros, de eso estaba seguro. Quizá por eso no me sorprendió en exceso recibir a mitad de semana una llamada de un número de Barcelona:

—Hola, soy Fermín. Te llamaba para decirte que ya están hechos los arreglos y que tienes la ropa preparada.

—¡Ah! Muchas gracias.

Breve silencio.

—¿Estás satisfecho con la compra?

—Sí, sí, mucho.

—¡Pues hemos traído más cosas!

¡Ahora! Se presentaba una oportunidad única de deslizar algún comentario propio de putita a ver si mordía el anzuelo.

—¿Sí? ¿Y tú crees que podría valerme algo? Perdona, es una idiotez de pregunta. Con la de gente que pasa por la tienda, como para acordarte de mi cuerpo.

—Me acuerdo perfectamente de tu cuerpo.

Bingo. Estábamos tonteando.

Intercambiamos tres o cuatro frases más intentando alargar la situación —estaba claro que ninguno de los dos quería colgar—, hasta que él pronunció una proverbial:

—¿Cuándo vuelves a Barcelona? Me encantaría enseñarte un bar superchulo.

—Pues precisamente voy este fin de semana. Estoy allí cada dos por tres para ver a mi madre.

Mentira. Mentira. Mentira. Mi madre nunca se queja de que no vaya a verla, aunque lo cierto es que me dejo caer bien poco por su casa. Pero él no tenía por qué saberlo.

Quedamos el viernes de esa misma semana a las puertas de ese bar tan chulo que estaba en la Barceloneta. Era la primera cita a la que llegaba sobrio en años y cuando lo vi no podía creer que alguien como él quisiera quedar conmigo. Me sentía más gordo y feo que nunca. Y con mucha pluma. Estaba esperándome con un casco de moto en la mano, muy masculino, sonriendo como siempre. Si alguna vez había fantaseado con tener un novio formal, él era, sin lugar a dudas, la persona ideal. Nada que ver con aquellos chicos con los que quedaba y lo pasaba fatal por temor a que algún conocido me viera con ellos.

En una vida sentimental tan desordenada como la mía ha pasado de todo y por su orden, pero quizá uno de los peores fue aquel que, después de acostarnos, me pidió setecientas pesetas para comprarse un bocadillo. De ese al que le faltaban tres o cuatro dientes mejor ni me acuerdo.

Fermín y yo nos dimos dos besos —¿demasiado cerca de la boca?, ¿sucedió así o fue una imaginación mía?— y entramos al bar. Serían las diez de la noche. No había nadie, era todavía muy temprano. Pequeño, de diseño, muy barcelonés, un tanto frío para mi gusto. Prefería la calidez de los locales madrileños, el jaleo que siempre hay en ellos, el cruce de miradas que se establece entre la gente.

Pedimos una copa y el encuentro se desarrolló mejor de lo previsto. Ni un solo silencio embarazoso. Ni una sola vez se me pasó por la cabeza preguntarme qué coño hacía yo allí. Al contrario: mientras él hablaba, yo era incapaz de adivinar cómo había sobrevivido tanto tiempo sin alguien como Fermín a mi lado. De vez en cuando se deslizaba alguna frase picantona —al hablar de porros él me confesó con cierto retintín que era «muy hábil» con las manos—, pero volvíamos inmediatamente al carril de la corrección. Tenía toda la pinta de que lo nuestro iba a ser algo más que un polvo. Porque cama, eso lo tenía yo muy claro, había seguro.

Acostumbrado a relacionarme con gente a la que le fascinaba mi trabajo y solo quería estar conmigo para ver si se le contagiaba algo de mi popularidad, Fermín me hablaba de cosas normales. De situaciones normales, de gente normal, de aspiraciones normales. No solo eso, sino que además trabajaba y era independiente. ¿Cuánto hacía que no conocía a alguien así? Rastreé en mi memoria y no obtuve respuesta.

—¿Damos una vuelta? —propuso cuando el bar empezó a llenarse de gente.

Otro punto a su favor: no se moría por que se le viese al lado de alguien conocido.

Fuimos hacia la playa y mientras caminábamos buscábamos proximidad física. Al sentarnos en la arena ya era evidente lo que iba a suceder. Ninguno de los dos fue el primero: comenzamos a besarnos porque era lo que deseábamos desde el primer día que coincidimos en la tienda. Yo no había querido rasurarme mis mismísimas partes y dejar bien aseada la zona porque no quería acostarme con él la primera noche; pretendía no romper ese presunto hechizo que se crea entre dos enamorados y alargar la espera hasta culminar el acto. Aunque no me había rasurado y había escogido unos calzoncillos horrorosos para no caer en la tentación de tener que quitármelos delante de él, no me pude contener y empecé a desabrocharle los botones del pantalón. Tampoco era tan fácil decir adiós en una noche a mis patrones de comportamiento. Él oponía cierta resistencia, pero conseguí desabrochárselos del todo. Justo en el momento en el que estaba a punto de bajarle los calzoncillos, se incorporó y puso el freno:

—No, aquí no. Nos pueden ver.

—Solo un poco...

—No. Vamos a quedar mañana. Es tarde.

Gruñí, pero me recompuse al instante: mi impaciencia no podía echar por la borda la única oportunidad decente que la vida me ponía delante después de muchísimos años.

Se ofreció a acompañarme para coger un taxi. Hicimos el camino de vuelta por la Barceloneta cogidos de la mano, sin dejar de mirarnos, de sonreírnos. Coincidimos con un grupo de juerguistas muy jóvenes que al reconocerme comenzaron a gritar:

—¡Eh! ¡Mirad! ¡El de la tele!

Aligeramos un poco el paso hasta llegar al bar en que habíamos empezado la noche:

—Mira, aquí justo al lado hay un hotel que me gusta muchísimo. Tenemos que quedarnos un fin de semana.

Si me hubiera muerto ahí mismo, habría dado por buena mi vida. Después de ese ofrecimiento había llegado el momento de volver a Badalona, a la casa de mi madre, y recapitular con alegría todo lo que había sucedido esa noche. No quería alargar más la situación por temor a que por algún incidente absurdo se torciera.

—No hace falta que me acompañes más, ya busco yo un taxi.

—¡Sí, hombre! Para que te pase algo por el camino. Hasta que no te meta en uno no me quedo tranquilo.

El orgasmo que perseguía en la playa lo obtuve ahí mismo. Más placentero, incluso.

Cumplió su palabra. Llegué a casa y justo cuando estaba a punto de acostarme sonó el teléfono. Era un mensaje suyo:

«Tengo arena por las partes más recónditas de mi cuerpo, pero no me quiero duchar porque me recuerda a ti. Huelo a ti y eso me impide conciliar el sueño, pero prefiero no dormir para seguir pensando en ti. Qué ganas de verte mañana.»

No contesté. Me vi incapaz de superarlo.

Sábado. Le tocaba trabajar todo el día, así que quedamos en un hotel de Barcelona para tomar una copa en cuanto finalizara su jornada laboral. Mi familia me vio muy feliz, pero yo no quise contarles el porqué. Almorzamos en casa de mi madre, me eché una siesta y luego me encaminé al lugar de la cita. Llegué yo antes y pedí un gin tonic. Fermín no tardó mucho en aparecer: en bermudas, con Havaianas y una camiseta. La viva imagen de una persona sana.

Vernos nos dio mucha más vergüenza que el día anterior. No recuerdo de qué hablamos, me parece que nos pasamos mucho tiempo jugando a insinuar qué haríamos si no estuviésemos tan rodeados de gente. De lo que sí estoy seguro es de que le pregunté si estaba con alguien «porque yo estoy empezando a sentir algo y no me gustaría llevarme un chasco, Fermín». Pero él me contestó que no y yo le creí.

Tres cosas quedaron claras esa noche: que no podíamos cenar juntos porque tenía un compromiso inamovible, que el domingo tampoco podía verme, y que en dos lunes se plantaba en Madrid para pasar el día conmigo. Tras tomarnos la copa tuvo que irse a toda prisa:

—Lo siento, hablamos mañana.

En vez de llamar a alguien para continuar la noche, yo volví a casa de mi madre dispuesto a guardar la ausencia. Mucho tenía que gustarme Fermín para sacrificar una noche de juerga y no despendolarme.

El domingo por la mañana le envié un mensaje, aunque no recibí respuesta. Recuerdo que pasé la mañana entera mortificándome por su silencio, en la cama, sin fuerzas para moverme. No entendía su desaparición repentina. A primera hora de la tarde me mandó un mensaje muy aséptico asegurándome que soñaba con nuestro lunes y no volví a saber de él hasta la noche. Recibí otro mensaje justo antes de coger el vuelo que me devolvería a Madrid:

«Hoy no he podido llamarte, pero mañana lo hago sin falta porque me duele no escucharte».

Le creí, aunque no acababa de entender por qué no podía hablar o escribirme con más frecuencia. Al fin y al cabo, era domingo y no trabajaba.

El lunes me envió una fotografía de su desayuno y un texto que decía: «Buenos días. Ojalá no tardemos mucho en compartir alguno. Rectifico: alguno, no. Muchos. Muchísimos. Te llamo al mediodía. Besos».

Me llamó, sí. A las dos y media de la tarde, justo cuando llegaba a la tele. Lo noté raro, con la voz apagada:

—Jorge, perdóname, no he podido hablar antes contigo. Es que… quiero decirte algo… Tengo novio.

Tardé muy poco en reaccionar:

—Te lo pregunté. Mira que te lo pregunté. Pues cuando te aclares, me llamas.

Y le colgué. Sin más. De una manera drástica, quizá exagerada. No le di opción a que se explicara. Me había mentido. Era un estafador sentimental. ¿Por qué tenía que humillarme así?

Si hubiera sido otro tío, no me habría importado, pero Fermín…, justamente él no podía hacerme esto. Había depositado muchas expectativas en nuestra historia. Que hubiera dado este quiebro me ponía muy triste. Por fin había encontrado a alguien que parecía dispuesto a rescatarme de las barras de los bares, y resulta que todo había sido un espejismo. Con su revelación, Fermín me expulsaba de un puntapié del paraíso y me devolvía de nuevo a ellas. A las noches de alcohol y tabaco.

Con su escueta confesión quedaba también inaugurada una de las semanas más tristes de mi vida.

Supongo que al otro lado de la pantalla nadie se dio cuenta, pero esa tarde hice el programa con el piloto automático encendido. No me enteré de nada. Me largué a casa en cuanto finalizó, y al llegar me tumbé en el sofá y fui incapaz de concentrarme en nada. Intenté leer, pero me resultó imposible. Puse la televisión, y no paraba de saltar de canal en canal, pasando los ojos de una imagen a otra y sin retener información alguna. Me fui a la cama pronto, sin cenar, y aunque no me costó dormirme, a las cinco de la mañana ya estaba con los ojos como platos, dando vueltas sin ton ni son hasta que decidí levantarme para enfrentarme a tareas inútiles —ordenar estanterías, armarios de ropa—, a ver si así me volvía el sueño. Pero no. Metí una película en el DVD y me la tragué sin pestañear. Y luego otra. Y otra más. Y las que hicieran falta hasta que llegase la hora de ir a trabajar, presentar el programa sin que se notara demasiado que estaba hecho polvo y volver a casa para repetir la misma rutina durante una semana entera. Escogía películas de llorar; detestaba las comedias porque no toleraba risas a mi alrededor.

Me gusta el drama, no lo niego, y en el registro de enamorado abandonado me sentía muy cómodo. Sin embargo, a diferencia de otras veces, tenía muy claro que la minihistoria vivida con Fermín no era como las demás porque él era distinto. Diferente. Incluso único. Además, sentía la imperiosa necesidad de que esta historia funcionara. Estaba recibiendo muchísimas críticas por mi trabajo y Fermín había aparecido como una terapéutica válvula de escape, una potente ancla que me ayudaría a engancharme a la tierra y no a buscar acomodo en esos lugares tan sórdidos a los que acudía para sentirme peor persona y así dar la razón a los que me consideraban la encarnación del diablo catódico.

No me ayudó mucho la visita a mi psicóloga de aquella época. Me planté en la consulta con ganas de desahogarme y comencé a contarle la historia recreándome hasta en los detalles más nimios. Era mi particular manera de certificar que no me la había inventado. Al llegar al momento en el que Fermín me dijo que le gustaría pasar conmigo un fin de semana en el hotel que había justo al lado del bar en el que habíamos quedado, la psicóloga exclamó ofendida:

—¡Qué sinvergüenza!

Se manifestó la mujer, no la profesional. Le debió de parecer intolerable que alguien con novio propusiera un plan a un desconocido.

Mis amigos Óscar y Pablo comenzaron a preocuparse. Estaban desconcertados, nunca me habían visto así. Ellos estaban acostumbrados a que apareciera un lunes por la redacción y les contara que había encontrado al hombre de mi vida, aunque el martes ya ni me acordara de cómo se llamaba. Si antes les tranquilizaba mi verborrea en asuntos amorosos, ahora les inquietaba mi mutismo. Intentaron quedar conmigo el miércoles después del programa, pero rechacé la oferta:

—No tengo fuerzas ni ganas, prefiero estar en casa —les comuniqué con voz queda.

—¿Por qué no le llamas? —me propuso Óscar.

—Porque ha sido él quien me ha engañado. Porque ha visto de qué manera le miraba y qué idiota me ponía las dos veces que he estado con él y no ha sido capaz de cortar el rollo. Se ha descojonado de mí. Ahora estará partiéndose de risa con sus amigos contándoles cómo ha engatusado al de la tele. Por eso no se quiso acostar conmigo el viernes que quedamos, porque no le gustaba, y eso que me dijo que el día que follásemos lo haríamos como cabras. Me lo dijo. Porque él me lo dijo...

—Vete a casa, anda —cortó en seco Pablo.

Pablo. El contenido Pablo. El que llevaba veinte años de feliz noviazgo con Luis. El que siempre ponía la gota de sensatez en todas las inverosímiles historias que podíamos llegar a vivir Óscar y yo.

—No sabes cómo está él, solo estás elaborando hipótesis que le convienen a tu estado de ánimo. A lo mejor Fermín también lo está pasando fatal.

—Mira, Pablo, cállate. Tú de esto, por mucho que te empeñes, no puedes opinar.

Esa era la frase que más le sacaba de sus casillas, no soportaba escucharla. Cuando Óscar y yo hablábamos de nuestros respectivos líos y él intentaba meter baza exponiendo una opinión, siempre le impedíamos continuar echando mano de esa frase, porque considerábamos que un hombre que lleva la tira de años con el mismo no puede colocarse en la piel de los que han tenido múltiples aventuras y creen conocer el comportamiento humano en cuanto a sentimientos y sexo se refiere.

—Muy bien. Como no puedo opinar, me largo a casa. Hasta mañana.

Intenté excusarme, pero poco. En ese momento tampoco me importaba que Pablo se cabreara conmigo: éramos amigos y sabía que acabaríamos arreglándolo, como había sucedido tantas veces. Me largué a casa a seguir con mi rutina de sofá, cama y películas a las cinco de la mañana.

Ante el temor de que durante el fin de semana me diera por apalancarme en un bar hasta que llegara el lunes, llamé a mis amigos Marisol y Antonio para poner tierra de por medio y largarnos a París. Les dije que los necesitaba, no hizo falta añadir nada. Siempre me he sentido a gusto con ellos, desde que nos encontramos años atrás en un viaje organizado a Jordania, entre charlas, porros y jaimas que se suponía que tenían que recordar a *Lawrence de Arabia* y que a la luz del día recordaban más a casetas de playa. Juntos habíamos pasado tanto que en algunas ocasiones las palabras ya casi estaban de más.

El viernes por la tarde, al acabar el programa, quedamos en Barajas, nos metimos en un avión y terminamos el día cenando en un restaurante desde el que se veía la Torre Eiffel. Fue ahí donde les conté la historia con Fermín.

Me la hicieron repetir veinte mil veces, obligándome a repasar todos los gestos, miradas, sonrisas, besos y conversaciones que se habían producido desde que nos vimos por primera vez en la tienda hasta que él me confesó que tenía novio. Barajamos la posibilidad de llamarle, de escribirle un mensaje y hasta de enviarle al cobrador del frac. Pero, como era muy tarde y nos habíamos pasado un poco con el vino, optamos por no tomar ninguna decisión y esperar hasta el día siguiente para diseñar una estrategia. Porque lo que estaba claro es que yo no podía seguir instalado en ese sinvivir.

El sábado por la mañana nos fuimos de compras al Mercado de las Pulgas, almorzamos por la zona y después rematamos la tarde en el Open, un bar de Le Marais que había descubierto en un viaje anterior con Pablo y Óscar. Allí estábamos cuando llegamos a la conclusión de que no podía seguir dándole vueltas y más vueltas a lo de Fermín. Se imponía actuar.

Le pedimos al camarero papel y bolígrafo y nos pusimos a redactar el mensaje que debía enviarle. Después de enfrentarnos a múltiples borradores le escribí el siguiente:

«Hola, Fermín. Te escribo desde París. He venido a intentar olvidarte, pero no lo estoy consiguiendo. Necesito saber si lo que nos pasó fue solo una invención mía o si en realidad había algo más. Me hubiera gustado tener las fuerzas suficientes para no escribirte, aunque está visto que no he logrado reunirlas.»

Cuando le di a la tecla de «Enviar» sentí una extraña liberación. Había pasado toda una semana machacándome a preguntas, y ahora la pelota estaba en su tejado. Necesitaba respuestas. Llegados a este punto, incluso el silencio sería una. Pero Fermín no tardó ni media hora en contestar:

«Gracias por escribirme. No sabía qué hacer. Perdóname por no haber sido sincero contigo, pero tenía miedo de que desaparecieras. No he dejado de pensar en ti en toda la semana. No te preocupes porque voy a arreglar mi situación. La única cosa que tengo clara es que quiero estar contigo».

Leí el mensaje y se lo releí a Marisol y Antonio unas veinte veces. Brindamos otras veinte veces por él, por mí, por nosotros como pareja, por Marisol y Antonio, por el amor como fuerza locomotora que mueve el mundo y creo recordar que hasta por la Virgen de Covadonga.

Llamé a Pablo:

—¡Pablo! ¡He recuperado al hombre de mi vida! ¡Le he escrito y me ha contestado!

Yo intentaba contagiarle mi felicidad, pero él permanecía en silencio. Hasta que me respondió de una manera muy seca:

—Perdona, yo de esto no puedo opinar.

Me quedé chafado. Estuve a punto de decirle «Lo siento», pero al escuchar un rotundo «Vete a la mierda», seguido inmediatamente por una riada de carcajadas, me relajé:

—Mira que eres pesado, ¿eh, Jorge? Cuando te empecinas no atiendes a razones. Estaba claro que él lo estaba pasando mal, ya te lo dije. ¡Anda! Disfruta de París y no bebas mucho.

No quise enviarle más mensajes. Preferí no meterme en esa dinámica porque, con lo sensible que estaba, podía empezar a comerme la cabeza si recibía alguno que no se adaptaba a mis expectativas. Hice acopio de paciencia, esperé y lo llamé al día siguiente. Esta vez todo tenía que ser distinto. Sabía que él merecía la pena.

Me desperté tan feliz como inquieto. Ahora sí podía hablar con él, tenía que hacerlo, me había escrito en un mensaje que quería estar conmigo. Le llamé al mediodía. Él estaba almorzando con lo Otro en un restaurante de la costa, pero aun así pasamos cerca de media hora charlando. Dejó a lo Otro esa misma tarde. A partir de entonces solo existiríamos él y yo.

El siguiente fin de semana quedé con Fermín a tomar una caña en un hotel céntrico de Barcelona, aunque yo había reservado habitación en uno maravilloso que había en la montaña del Tibidabo. Hablamos poco los días previos. Una llamada telefónica diaria tirando a breve: no queríamos agotarnos, correr el riesgo de los silencios largos, recurrir a conversaciones fatuas para rellenar espacios. Preferíamos abonar la espera, quedarnos con ganas, pasar el día entero deseándonos y utilizar esa breve conversación telefónica que manteníamos por la noche para apaciguar ansiedades.

Cuando nos volvimos a ver fuimos incapaces de hablar. Fue en el bar del hotel Pulitzer. Nos buscábamos con tal intensidad con la mirada, con las manos, con las piernas, que no pudimos ni acabar la caña. Lo intentamos, pero nos comía el deseo.

—Vámonos al hotel —suplicó Fermín.

En el hotel hice el amor por primera vez en mi vida.

Pasamos horas en la cama de la habitación. No queríamos corrernos. Necesitábamos tocarnos, abrazarnos, besarnos, pero no acabar. Hubiera sido demasiado fácil, demasiado obvio. Y lo que nos estaba sucediendo no era común. Cuando alguno de los dos estaba a punto de alcanzar el orgasmo, echábamos el freno, nos recuperábamos y seguíamos. Así hasta el atardecer, momento en el que ya no pudimos retrasar más el placer acumulado: habíamos parado para tomar una copa de champán, para almorzar, para volver a tomar otra copa de champán, para dormir durante unos minutos. Llegó un instante en el que era insensato no correrse.

Después de hacerlo y regalarnos una interminable sesión de besos, pasamos el resto del día en un parque de atracciones que hay al lado del hotel. Tras subirnos en la noria —no recuerdo que reparásemos en ningún paisaje que no fuera nuestra mirada—, fuimos a un chiringuito a pedirnos una copa. Con ella en la mano, y justo en el preciso momento en el que nos íbamos a besar, se iluminó el templo que corona la montaña. A partir de entonces, el Tibidabo se convirtió en el símbolo de nuestro amor. Es fácil verlo desde cualquier parte de Barcelona. Estuviéramos donde estuviéramos, levantábamos la vista, lo veíamos, nos mirábamos y sonreíamos como tontos. No hacía falta añadir nada más. Era una metáfora de nuestro amor: estaba presente en cualquier lugar.

Comenzaron así los cuatro meses más felices de mi vida. Sentía el amor como algo físico. No era solo ese nervio que te corre por el estómago cuando vas al encuentro de tu enamorado. Era también ese sentir escalofríos con una caricia. Sentirse dichoso cuando te dice algo bonito. Desear que no pase el tiempo cuando estás con él. Escucharle embobado cuando te habla de la música que le gusta, o de cine, o de libros. Enfurruñarte cuando menciona a un antiguo novio, a un antiguo ligue, una antigua aventura de una noche, porque no entiendes que pudiera existir alguien en su vida antes que tú. Gozar porque está a tu lado almorzando. Disfrutar cuando lo piensas. Emocionarte porque lo tienes. Sentir. Sentir. Sentir. Desde que te levantas hasta que te acuestas.

Bien mirado, es algo agotador, por eso dura tan poco. No hay cuerpo ni sistema nervioso que lo resista.

Todos los miércoles me cogía un avión para pasar con él una noche porque se nos hacía muy cuesta arriba estar más de cinco día sin vernos. Nuestro estado emocional no nos lo permitía. Los fines de semana los pasaba en mi casa o yo me iba a verlo a Barcelona. Yo vivía por aquel entonces en un piso de doscientos metros cuadrados en el centro de la ciudad, pero los treinta que medía el suyo —situado en un barrio no excesivamente céntrico— me parecían lo más cercano al jardín de las delicias. Lo llamábamos «la buhardilla» y fuimos muy felices en ese cuchitril.

A su familia la tratamos poco, la verdad es que él apenas los veía. Me presentó a sus hermanas un fin de semana que fuimos de visita, y sí me quedó claro que, aunque no eran de trato diario, eso no quitaba para que cada vez que organizaban un encuentro lo celebrasen como si fuera Fiesta Mayor. Se notaba que existía entre ellos una unión poderosa y un amor que les había servido de parapeto, de refugio... Aunque a esa reflexión no llegué ese día, sino tiempo más tarde. Fermín era muy parco a la hora de referirse a ellos: yo sabía que sus padres habían muerto y que tenía varios hermanos, pero poco más. No es que esquivara el tema, solo que no era de explayarse demasiado, y yo intuía que tampoco debía ponerme muy pesado a la hora de preguntar. Lo intenté varias veces y me encontré con varias salidas por la tangente, así que opté por no insistir.

Con mi familia era distinto: él con la Mari congenió enseguida. Como él seguía trabajando en la tienda, los sábados que yo me desplazaba aprovechaba para pasarlos con mi familia, que estaba encantada porque me veía más, y encima por fin parecía que el crío (yo) iba a sentar la cabeza.

Por la tarde iba a buscarlo al trabajo y solíamos salir a cenar, aunque también disfrutábamos quedándonos en la buhardilla y organizando cenas que bautizamos como «de putas»: langostinos, jamón, cecina, bresaola, salmón. Todavía hoy, casi ocho años después, seguimos utilizando la expresión «hacer cena de putas». Los domingos salíamos siempre a almorzar fuera, pero teníamos que volver pronto a casa para meternos en la cama y desfogarnos.

Fueron cuatro meses espléndidos. Recuerdo que una noche, mientras estábamos en mi casa, me dijo después de besarnos:

—Ojalá estés sintiendo lo mismo que yo. No te lo puedes perder.

Otro día, para hacerme ver que él estaba muchísimo más enamorado, comenzó a hablarme como si yo fuera un niño pequeño con dificultad para comprender una lección y él un paciente maestro:

—Yo sé que a ti te cuesta querer, que antes nunca te había pasado algo así y que estás un poco desconcertado. Pero no te preocupes. Aquí estoy yo para llevarte de la manita y enseñarte lo que significa estar enamorado.

Durante este periodo de tiempo solo hubo un nubarrón. Sucedió en Seychelles, justo el día antes de que finalizaran nuestras vacaciones. Estábamos empezando a tener puntos de vista encontrados sobre no recuerdo qué tema y jugando intenté darle una torta en la cara. Sin mediar ninguna explicación, se levantó de la mesa del restaurante donde estábamos almorzando y se fue a la piscina. Intenté hablar con él, pero no me contestaba. Se encerró en su concha durante horas, hasta que decidió de manera unilateral que nuestra relación se restableciera. Entonces fui yo el que no quiso. No me daba la gana tener que ceder justo cuando él lo deseaba. Nos hablamos poco esa noche y lo justo al despertarnos al día siguiente. Nos dirigimos al aeropuerto en silencio, facturamos sin mirarnos a la cara y en el avión me dijo que lo dejábamos.

—No estoy preparado. Necesito tiempo. No hice bien en empezar una nueva relación contigo, tendría que haber descansado entre lo Otro y tú.

—Pues me parece estupendo.

No tenía ganas de suplicarle. Me sentía fuerte. Sin embargo, no tardé mucho en comenzar a pensar que la situación se nos estaba yendo de las manos. Volví a sentir, aunque esta vez era angustia. ¿Una discusión tan tonta iba a llevarse por delante mi relación más seria? Además, nos quedaban diez horas para llegar a París, y ahí tendríamos que coger otro vuelo para Madrid. Me empezaron a parecer demasiadas horas de tensión seguidas. Debía reaccionar. Aproveché que se levantaba para ir al baño y le escribí una nota:

«No sé tú, pero yo quiero continuar».

La dejé en su asiento. Cuando volvió la leyó, sonrió y me miró:

—Menos mal que has dado tú el paso, porque yo no sabía cómo iba a poder estar sin ti.

Pedimos una botella de vino tinto a la azafata para celebrar nuestra reconciliación. Luego otra más. Y después una tercera. Se conoce que al resto del pasaje también le entraron ganas de celebrar nuestra vuelta como pareja, y la pobre azafata se tiró la mayor parte del vuelo sirviendo alcohol a discreción. Fermín y yo todavía nos reímos recordando las miradas de odio que nos dedicaba cada vez que pasaba a nuestro lado.

La luna de miel finalizó de golpe y porrazo a las puertas de las Navidades de ese año.

Todo comenzó la noche que se fue de copas con sus compañeros de la tienda, la típica cena de empresa que se organiza por esas fechas. Era jueves. El viernes por la mañana no recibí ningún mensaje suyo. No me inquieté. Pensé que se habría acostado demasiado tarde y que todavía estaría en la cama. Pero iban pasando las horas y yo seguía sin saber nada. Empecé a impacientarme. A enviarle mensajes. No sé cuántos. Me imaginaba cosas terribles: él se movía en moto por la ciudad, igual había tenido un accidente de tráfico o a lo mejor estaba en un hospital. A lo peor, muerto.

Pero no. Me llamó por la tarde.

—¿Se puede saber qué te ha pasado? Tengo un montón de mensajes tuyos.

—Perdona, me asusté. Como no decías nada...

—No me gusta que me vigilen, Jorge.

—No te estaba vigilando. Estaba preocupado, no sabía nada de ti y ayer saliste.

—Mira, creo que todo esto ha ido un poco rápido. Necesito tiempo.

Y me colgó.

Me quedé sin habla. En cuestión de segundos, todo lo que habíamos ido construyendo durante cuatro meses se derrumbó. Me pedía tiempo, otra vez me pedía tiempo, lo que suponía dejarme incapacitado para maniobrar.

No podía llamarle, me había pedido tiempo.

No podía pedirle explicaciones, me había pedido tiempo.

No podía quedar con él, estaba a su merced, a lo que él decidiera.

Me había pedido tiempo.

Y yo me volví loco.

El domingo habíamos quedado con toda mi familia en Badalona para almorzar en casa de mi madre porque era su cumpleaños y allí me presenté con una cara que era todo un poema, malo para más señas: llevaba dos noches sin dormir, sin dejar de llorar, martirizándome, preguntándome por qué. Llamando de manera compulsiva a Pablo y a Óscar en busca de ayuda, intentando comprender qué podía haber sucedido para que Fermín me pidiera otra vez tiempo, en qué podía haber metido la pata para que se viera abocado a tomar esa decisión. Después de muchísimas conversaciones que no nos llevaban a ninguna parte, no llegábamos a ninguna conclusión.

—Te ha pedido tiempo —me recordaba Óscar—. Solo te queda dárselo.

En casa dije que Fermín no había podido venir porque una hermana suya se había puesto mala, pero fui incapaz de aguantar la pantomima hasta el final. A los postres, con dos o tres copas de vino encima, confesé que había desaparecido. Por primera vez hice partícipe a mi familia de mis problemas amorosos. Intenté hacerme el fuerte —«Yo valgo mucho; si no me sabe apreciar, es su problema»—, pero a duras penas aguantaba las lágrimas.

—Ya verás como te termina llamando, no te preocupes —intentaba consolarme mi madre—. Ya te dije yo que a ese chico le pasaba algo, tiene la mirada muy triste.

Mi hermana Ana y mi cuñado me llevaron al aeropuerto porque al día siguiente, 24 de diciembre, me tocaba presentar un programa. Después, volvería a Badalona para celebrar la Nochebuena en familia. Hicimos todo el trayecto llorando. Primero empecé yo: no sabía qué estaba sucediendo, llevaba dos días sin tener noticias de él y su silencio estaba minando mi autoestima hasta niveles lamentables. Mi hermana y mi cuñado me vieron tan desesperado que se unieron a mi llanto. Cómo me vería también la señora que me vendió el billete del puente aéreo que en cuanto me tuvo delante del mostrador me plantó un clínex.

Al llegar a mi casa, en Madrid, descorché una botella de Veuve Clicquot y puse en fila varias pastillas de Trankimazin. Una detrás de otra. Abrí uno de los balcones que daban a la calle. No descartaba tirarme.

Me tomé varias copas de champán y una o dos pastillas. Por suerte me quedé grogui. Me desperté vestido, en la cama. Ese día hice el programa en muy malas condiciones porque me daba exactamente igual lo que le pasase a no sé qué familiar de no sé qué cantante, y casi arrastrándome llegué al aeropuerto para coger un vuelo que me llevara de nuevo a Barcelona.

Hablé poco en la cena y menos aún durante la comida de Navidad. Sentí el calor de mi familia, que intentó entretenerme con conversaciones ajenas a lo que estaba sucediendo. No lo consiguieron.

Por la tarde, mi hermana y mi cuñado volvieron a llevarme al aeropuerto. Yo ya no lloraba. Ni hablaba. Tampoco ellos. Al despedirme me abrazaron con temor, como si se les estuviera pasando por la cabeza que pudiera ser la última vez que me veían. Tal era mi estado que podía ocurrir cualquier cosa. Intenté despedirme de ellos con una sonrisa.

Sin embargo, mi proverbial instinto de supervivencia hizo acto de aparición en el momento justo. Una vez dentro de la terminal, tomé una decisión: iba a plantarme en la casa de Fermín y hablar con él. Tenía derecho a una conversación. Me la debía. No podía desaparecer por las buenas. Quería que me dejara diciéndomelo a la cara. No podía luchar con más interrogantes, con más dudas, con más inquietudes. Necesitaba una explicación. Si no lo encontraba en su casa, estaba dispuesto a dormir en la calle si hacía falta, hasta que apareciera. Esperaría todo lo que fuera necesario, pero tenía que verle.

Recobré fuerzas. Decidido, abandoné la terminal, cogí un taxi y me dirigí hacia la buhardilla. Llamé al timbre y me contestó. Estaba en casa.

Cuando me abrió la puerta, no fue capaz de mirarme a la cara. Se dirigió al salón, se sentó en el sofá y permaneció en silencio. No hablaba. Iba vestido con un pantalón de chándal, una camiseta raída y barba de cuatro días. No fui capaz de pedirle esas explicaciones: él estaba más hundido que yo.

Le pregunté cómo había pasado las fiestas.

—Solo he salido de casa para comprar el periódico.

—¿Has estado solo?

—Sí.

—¿Hay otro?

—No.

—¿Me sigues queriendo?

—Claro que sí.

—¿Quieres que continuemos?

—Sí.

Y seguimos juntos. Sin más.

No quise ahondar en lo que había sucedido. Cerré la crisis en falso por temor a perderlo, y me guardé mis preguntas, mis dudas, mis inquietudes, mis ansiedades e incluso mis reproches. Tenía que aceptar que, si deseaba seguir con Fermín, debía acostumbrarme a transitar por territorios delicados.

Esa noche me volvió a decir que me quería, que su vida sin mí no tenía sentido y que si no me hubiera presentado en su casa, hasta se le había pasado por la cabeza dejar su trabajo y largarse a vivir a un sitio donde no hubiéramos sido felices juntos. Le creí, pero desde entonces jamás volví a vivir tranquilo. Era el segundo aviso de estas características que me daba en muy poco tiempo: el primero, en el avión. No entendía qué extraño mecanismo regía su mente que le impedía pedir ayuda emocional cuando más la necesitaba.

Nuestra relación se convirtió en un continuo ir y venir, en dejarlo por un tiempo y en volver a estar juntos porque parecía que éramos incapaces de no despertarnos en la misma cama. Siempre era él quien tomaba la iniciativa de romper y yo comencé a habituarme a las rupturas. Cada vez me dolían menos, y las aprovechaba para coger con ganas mi vida de soltero: recuperaba viejas amistades, salía de juerga más de lo habitual, bebía sin contención y procuraba irme a la cama con todo aquel que se me pusiera a tiro. Siempre acabábamos volviendo, unas veces con más ganas que otras. Pero nunca éramos capaces de sentarnos a hablar e intentar examinar por qué no acabábamos de congeniar.

La última vez que me pidió tiempo me largué un fin de semana a Londres con unos amigos. Me lo pasé tan bien que, cuando el lunes me llamó para comunicarme que ya estaba listo para reiniciar la relación, yo le contesté muy convencido que el que necesitaba tiempo era yo:

—Bueno, no. No es que quiera tiempo. Es que no quiero seguir contigo.

Con un hilo de voz intentó decirme que no nos preocupáramos, que había muchos hombres y que seguro que cada uno de nosotros encontraría al que le iba a hacer feliz. Le dije que «Sí», que «Claro», que «Por supuesto». Estaba harto de sus tiempos y lo que deseaba era tomarme el mío. Fabular con su ausencia ya no me hacía daño.

Pasaron unos meses hasta que volví a saber de él. Fue a través de una amiga en común: un viernes por la noche, mientras estaba presentando un *Sálvame Deluxe,* me escribió para decirme que Fermín había tenido un problema gravísimo en el estómago y que había estado a punto de morir. Llevaba más de un mes ingresado en el hospital, aunque ya estaba fuera de peligro.

Aproveché una pausa de publicidad del programa para llamarlo. Hablaba bajito:

—Es que no quiero despertar a mi compañero de habitación.

Prometí llamarlo al día siguiente. Nada más colgar me envió un mensaje:

«Me ha hecho muy feliz hablar contigo».

Durante el programa estuve tan ausente que a los invitados les repetía preguntas que ya habían formulado los colaboradores.

El sábado le llamé y estuvimos charlando un buen rato, sin malos rollos, como dos buenos amigos, pero me daba mucha pena imaginármelo en una cama de hospital, sin familia que fuera a cuidarle. Solo. Estuve a punto de ir a verle, aunque no lo hice por temor a volver con él por lástima. No soportaba verlo sufrir.

Me dediqué a olvidarlo, puse todo mi empeño. Aun así solo lo conseguía a ratos. Incluso a trompicones, ahora sí, ahora no, durante cinco años había formado parte de mi vida. Era la persona que más me había querido y que mejor me conocía. Yo jamás había querido a nadie como a él, pero no lograba conocerlo.

Volvimos porque una noche de domingo, después de visitar varios bares, le envié un mensaje en el que le hacía saber que seguía enamorado de él. No tardó en contestarme:

«Sabes que no volveré a reír mientras duermo si no es contigo».

Eso era algo que me había impresionado mucho: una noche, mientras dormía, comenzó a reír como si fuera el hombre más feliz del mundo. Me quedé embobado mirándole. Fui tan feliz como él. Al día siguiente, cuando se lo conté, casi no daba crédito. Con el tiempo he llegado a pensar que, con la de cosas terribles que le habían sucedido en la vida, jamás imaginó que iba a conocer, ni siquiera de lejos, la felicidad. Pude llegar a esa conclusión después de completar las piezas del puzle de su existencia, que él me fue ofreciendo poco a poco, a cuentagotas. Fermín me conocía y sabía que, si hubiera intentado contármelo todo en una tarde, yo habría salido corriendo; no habría sabido gestionar tantísima tristeza. Me costó tiempo entenderlo, pero al final lo conseguí. Fermín no huía de mí, sino de él. No quería querer porque temía ser dejado. Abandonado. Herido. Olvidado. Y era incapaz de pedir ayuda porque no tenía práctica: jamás había tenido a quien pedírsela.

4

EL SERVICIO

Habíamos disfrutado mucho durante las vacaciones de Semana Santa en isla Mauricio, pero no nos importaba volver a casa. Aunque nos gustara fabular con la idea de mudarnos, estábamos muy a gusto en ella. Sin embargo, eso no siempre había sido así. Hubo una época en la que nos hicieron vivir como extranjeros en nuestro propio espacio, como si estuviéramos usurpándole a alguien un territorio que legalmente era nuestro. Un sinsentido.

La última ruptura con Fermín —hasta la fecha— tuvo lugar justo antes de que nos mudáramos a esta casa.

Antes de eso, él y mi amiga Marisol se encargaron de hacer varias entrevistas con el fin de contratar a un matrimonio de servicio que se instalaría con nosotros para ocuparse de todas las tareas del hogar. Sobre el tapete, qué bien pintaba todo.

Sin embargo, Fermín y yo rompimos antes de mudarnos. El motivo: el asunto catalán. Discutimos, yo le eché en cara que intentase hacerme comulgar con ruedas de molino, porque lo que yo estaba diciendo lo había estudiado en la facultad, y él se mosqueó porque creyó que le estaba reprochando que no tuviera formación académica. En resumen, que lo dejamos antes de tomar una decisión acerca de las personas que iban a trabajar para nosotros, así que fue Marisol quien se encargó de elegirlas. Escogió a un matrimonio español de mediana edad:

—Ella tiene pinta de madre. Te cuidará bien, ya verás, y te hará comidas ricas.

La bondadosa madre acabaría convirtiéndose en madrastra.

Llegué a mi nueva casa dispuesto a convivir con una pareja a la que no había visto en la vida. Creo que me vieron tan solo, tan desprotegido, tan incapaz de dirigir un hogar, que terminaron por adoptarme. Ella cuidaba de mí como si fuera su hijo. Al principio, con mucho cariño y dedicación. Se preocupaba de mi descanso, de mi alimentación:

—Coma un poco más, jefe —así se dirigía a mí—, que trabaja mucho.

Y me ponía platos generosos de todo: aperitivos, primeros, postres, galletitas para el café.

—A ver si mañana me puede hacer usted algo de verdura, que creo que estoy ganando un poquito de peso —le pedía yo de vez en cuando para compensar.

Y al día siguiente me plantaba en la mesa un plato de coliflor con bechamel.

—Riquísimo, sí, pero no sé yo lo de la bechamel... —musitaba delante de ella.

—Tranquilo, tranquilo, que el queso era light. No hay problema.

Aun así, lo último que quería a mis más de cuarenta años era volver a tener padres que velaran por mí, que estuvieran al tanto de cada uno de mis pasos e incluso de mis ligues. Me daba apuro traerlos a casa. Los trataban tan bien que me daban ganas de advertirles:

—Por favor, no se les ocurra coger cariño a ninguno porque estoy soltero y es bastante probable que pasen tantos hombres por aquí que esto va a parecer el Desfile de las Fuerzas Armadas.

Jamás había tenido servicio antes y pagué cara la novatada. No supe marcar distancias. Me daba vergüenza decirles que no pegaran portazos. Que él no silbara mientras trabajaba. Que no se fumaba en la cocina. Que recogieran el lavavajillas con cuidado, porque cada vez que lo descargaban parecía que estábamos sufriendo una invasión alemana y que los panzer habían entrado en la casa. Que por favor no hablasen tan alto y no se llamaran de esquina a esquina a voz en grito:

—¡Maridooooo! —decía ella.

—¡Esposaaaaa! —berreaba él.

Cuando volvía de trabajar intentaba por todos los medios que no se diesen cuenta de mi llegada, porque, de lo contrario, ella salía disparada para lanzarme una batería de preguntas relacionadas con el programa.

Se acodaba en la escalera y podía decirme:

—Pero, ¡jefe!, y entonces ¿qué le pasa al marido de Rosa Benito?

Y yo tenía que hacerle un breve resumen de lo que ella había visto toda la tarde —no se le escapaba nada, lo veía entero, las cuatro horas, yo no sé cuándo trabajaba—, y además rizar el rizo con una conclusión que no hubiese contado ya en la tele porque, si no, todo aquello le sonaba a pescado congelado y se sentía timada, defraudada. Como ella trabajaba para la persona que presentaba el programa de corazón más visto de la televisión española, consideraba que debía tener acceso a información privilegiada. Lo sentía como un derecho.

—¿Y lo de Matamoros? Porque eso que ha dicho…

La veía venir como la carga de un ejército y se me caía el salón encima.

Intentaba liberarme de su curiosidad subiendo lentamente y casi de puntillas las escaleras que me conducían al dormitorio, pero no siempre lo conseguía. Ella hablaba y hablaba. De todo y de todos. No tenía fin. Cuando acababa de cenar me escabullía al salón y antes de irse a dormir venían los dos a darme las buenas noches. Pero darme las buenas noches no consistía en decir «Buenas noches» y largarse, sino que se ponían a hablar conmigo de lo que fuera durante media hora o una hora. Lo que se terciara. Poco les importaba que yo estuviera viendo algo en la televisión. Ellos se apoyaban en la barra del bar y hablaban sin parar.

—Pues hoy he leído en el *Hola* que… —y allá que te iban.

Para esquivar sus visitas nocturnas recurrí a la trampa del móvil. Hacía como que hablaba por teléfono y ellos no tenían más remedio que despedirse de lejos, aunque siempre se esperaban por si caía la breva. Iban alejándose pasito a pasito a ver si yo colgaba, y entonces se acercaban poquito a poco para darle a la sinhueso un ratito antes de irse a la cama.

Y luego estaba la televisión. El aparato, digo, no el programa.

Maldito el día en el que acepté instalarles una en la cocina, que en mi casa se comunica con el comedor. Me pasé un año entero almorzando con las voces de los concursantes de *Mujeres y hombres y viceversa* retumbándome en los oídos, porque además disfrutaban escuchándola bien alta. Por las noches se quedaban viéndola con la puerta de la cocina abierta y entre el canal que ellos elegían y el que yo veía en la tele del salón, no me enteraba de nada, tal era el cruce de sonidos y conversaciones que se producía entre los dos aparatos. Cuando logré hacer acopio de fuerzas y les pedí que por favor retirasen la tele de la cocina y se la colocaran en su habitación, ella me miró con resentimiento. Como si se estuviera iniciando la expulsión del paraíso, de la tierra prometida.

Al principio hacían vida en un cuarto que daba a la cocina, pero con el fin de que tanto ellos como yo tuviéramos mayor independencia decidí habilitarles una zona en la planta baja de la casa. Cien metros cuadrados para ellos solos: habitación, cocina, salón, comedor. Ella se cabreó porque entendía que la echaban de su casa, que en realidad era la mía. No me lo dijo a mí, sino a mi entrenadora personal, a quien siempre que podía cogía por banda para ponerle la cabeza como un bombo:

—A mí no me gusta lo que está haciendo el jefe allá abajo para nosotros —le decía—. Con la humedad que hay y con el reúma que yo tengo. Qué mal, qué mal vamos a estar.

Mentira. Lo que pasaba es que percibía que yo tenía ganas de empezar a reconquistar mi casa. Y más después de que un día me soltara con una pachorra que me indignó:

—¡Jefe! Este verano todavía no he probado la piscina.

Como soy tan imbécil, a punto estuve de pedirle perdón y establecer horarios para que no coincidiéramos bañándonos, que ya solo me faltaba eso.

Las aventuras y desventuras que se sucedían en casa se convirtieron en objeto de chanza durante las reuniones que tenía con mis directores antes de cada programa. Sus risas fueron de campeonato un día que vieron cómo el matrimonio me traía en coche al trabajo. Cuando ya estaba a punto de entrar en la cadena, ella bajó la ventanilla y gritó a todo pulmón:

—¡Jefeeeee! ¡Que se olvida el bocadillo!

Recé por que me diera un infarto allí mismo. Raúl y David, mis directores, habían observado la escena desde lejos y se tiraron toda la tarde bromeando con la frase.

—¡Jorge! ¡Los donuts!

No era la primera vez que ella se subía en el coche junto a su marido. Él era un poco torpe y se perdía demasiado a menudo —en una de esas yo veía pasar los kilómetros por la ventanilla y casi me planto en Toledo; estoy convencido de que, si me callo y no digo nada, en vez del centro de Madrid, en un rato habría terminado asomando el Alcázar—, así que ella se subía con nosotros cada vez que pedía que me llevara a un sitio que no formaba parte de mis rutas habituales. Yo podía llegar a un restaurante con un señor y una señora en los asientos delanteros y más de una vez tuve que explicar que no eran mis padres.

Lo de que vinieran los dos a acompañarme al trabajo se acabó el día en que ella divisó a lo lejos a Mila Ximénez y antes de que se parara el coche abrió la puerta y se lanzó en tromba a por ella para pedirle un autógrafo y hacerse una foto. Mila hizo ademán de salir corriendo porque pensaba que una loca estaba a punto de abalanzársele. Creo que todavía no se ha recuperado del susto.

Ella era marimandona y profundamente quejica. Le molestaba que trajera invitados a casa porque había más copas y platos que fregar, y un día la pillé diciéndole a su marido que no entendía por qué tenía que ir a buscar a mi madre al AVE:

—¡Que se coja un «tasis»! —dictaminó con toda la mala leche que era capaz de expulsar. Que no era poca.

Las cosas estaban tomando un cariz complicado, desde luego, pero yo no tenía valor para enfrentarme a ellos y echarlos. Soñaba con que un día me levantaba y se los había llevado un tornado a Kansas. Estaba deseando que se fueran, pero no se largaban ni con agua caliente. Lo entiendo: se habían hecho los dueños de una casa con jardín y piscina y no estaban dispuestos a renunciar a su conquista. Yo molestaba poco. No pedía nada por no pasar un mal rato, y encima me iba a las dos de la tarde y no volvía hasta las nueve. Casi sin enterarme, había pasado de ser dueño a compañero de piso de un matrimonio.

La situación empeoró cuando me reconcilié con Fermín. A él nunca le gustó el matrimonio que escogió Marisol.

—Yo hubiera contratado a otros, Jorge. Había una pareja uruguaya que me encantaba. Además, se les notaba que necesitaban trabajar. A estos que tienes no les gusta el trabajo, ¿no te das cuenta?, están como a disgusto.

No le faltaba razón. Ella, que como ya he dicho se quejaba continuamente de todo, se encargó varias veces de recordarme que un trabajo como el suyo no daba dinero. Por si eso fuera poco, dentro de su particular escala de valores, trabajar para los demás significaba un desdoro.

Fermín no la soportaba, y hacía muchos menos esfuerzos que yo por disimularlo. Instaló una cafetera en nuestra habitación para evitar tener que verle la cara por las mañanas, recién levantado:

—Joder, cómo gritan. ¡Y qué brutos son, Jorge! ¿No te has dado cuenta de que ya se han cargado dos veces la encimera?

Sufría cada vez que tenían que encontrarse porque sabía que tarde o temprano acabarían discutiendo. Y yo rehuía el conflicto, no quería enfrentarme a las verdades de Fermín, aunque la situación empezaba a ser insostenible. Si lo dejaba un poco más, me veía haciendo acampada en el jardín, con el perro.

Quedábamos con amigos los fines de semana y acabábamos hablando del servicio.

—No soporto que cada vez que nos vayamos salgan los dos a despedirnos a la puerta de casa —explicaba Fermín mientras nuestros amigos se reían. Claro, es que ellos no lo vivían—. ¡Pero si solo falta que nos den un beso en la frente y nos digan «la paz sea con vosotros»!

Él echaba pestes y yo intentaba excusarlos, argumentando que en todas las casas pasaba lo mismo.

—No es verdad, Jorge, y lo sabes. Y también sabes que al final vamos a acabar peleándonos por culpa de ella. Y también sabes que tú la vas a proteger y que yo me voy a cabrear y a largar de casa.

Tenía razón, pero no se la quería dar. Mi vida se estaba convirtiendo en una pesadilla, y mi casa, en un espacio inhóspito por el que me apetecía parar lo menos posible porque parecía que en cualquier momento se iba a librar una batalla. Hasta que estalló la guerra.

Ellos estaban muy raros, revirados, más serios de lo habitual porque con Fermín en casa se veían menos libres para hacer y deshacer a su antojo.

—Hasta que llegó Fermín, estábamos muy bien aquí —me lloraba ella—. Pero ha sido llegar él y…

Inaudito. ¿Me estaba forzando a elegir?

En un intento de suavizar tensiones, les dije que a partir de las ocho de la tarde no quería ver a nadie trabajando en nuestras zonas. Tenían todo el día para dejarlas listas, porque Fermín y yo queríamos tener la libertad de pasear en calzoncillos sin temor a que nos viesen.

—¡Uy!, pues si es por eso, tranquilo, ¿eh? No se crea usted que yo me iba a asustar —replicó ella con vocecilla de mujer de mundo.

Al día siguiente aparecieron a las ocho y media en la cocina cargados con la compra de la semana.

—¡Por favor! ¡Les dije ayer que no quería que estuvieran por aquí a partir de las ocho de la tarde!

—Es verdad, es verdad.

Pero se notaba que no solo estaban pasándose mis indicaciones por el mismísimo forro, sino que nos estaban retando. Provocando. Echándonos un pulso.

Descargaron la compra y se retiraron. Por la noche, en la habitación, le dije a Fermín:

—Mañana me los cargo.

Él, que ya estaba en la cama, se incorporó.

—¿De verdad? Me vas a hacer el hombre más feliz del mundo.

Llamé a mi gestora:

—Por favor, Ana, arregla todos los papeles: mañana te presentas aquí y los despides. Estarás tú sola con ellos. —Luego colgué y me dirigí a Fermín—: Y tú mañana te llevas a Cartago al trabajo. No quiero que antes de largarse puedan dedicarle un comentario ruin. Que los conozco.

Ya lo habían hecho antes. Un día ella se puso de los nervios porque Cartago estaba malo de la tripa y se hizo sus cosas en casa.

—¡Los perros tendrían que estar en el campo! ¡Los perros, en el campo! —mascullaba sin cesar mientras le daba a la fregona.

Fermín se aguantó y no respondió por no incomodarme. Por prudencia.

Esa noche dormimos mal. Nos despertamos con ansiedad. Estábamos a punto de extirpar un mal que estaba dañando nuestra relación.

Antes de irse, Fermín tuvo un último enfrentamiento con ella. Fue a la pila de la cocina a lavar el cacharro donde comía Cartago, y la mujer, hecha una furia, intentó farfullar que aquel no era lugar. Ahí Fermín la miró con tanto desprecio acumulado que la mujer solo pudo pronunciar con un hilo de voz apenas «Perdón» y se retiró.

Una vez que Fermín y Cartago se marcharon, aguardé en mi habitación un tiempo prudencial. Llamé a un taxi y, cuando por teléfono me avisaron de que estaba en la puerta, bajé las escaleras de puntillas y salí huyendo de mi casa como un ladrón. Lo pasamos fatal, aunque lo recuerdo y no me extraña que nuestros amigos —que veían que aquello se iba de madre— se rieran. Vaya escena para quien me viese... Ahora le tocaba actuar a mi gestora.

Una hora y media después se presentó en casa para comunicarles que estaban despedidos. Según me contó luego, parecía que se lo esperaban. Su única preocupación era saber si les habíamos dejado arreglados los papeles del paro. Cuando se dieron cuenta de que estaba todo en orden, bajaron a por sus cosas.

—¿Y te puedes creer, Jorge —me explicaba sorprendida—, que no tardaron nada en recoger? Tenían las maletas preparadas, daba la impresión de que estaban deseando que los echarais. Le dije a ella que prestara atención porque se olvidaba tu libro, que además estaba firmado. Y entonces lo cogió, le echó un vistazo, suspiró con asco y me soltó: «Lo dejo aquí. No me ha gustado».

—¡Pues a mí no me dijo lo mismo! —repliqué extrañado.

Poco me importaban ya sus reacciones. Sabía que eran fruto del rencor.

Cuando por la noche Fermín y yo coincidimos por primera vez en casa sin la inquietante presencia de un matrimonio que había estado a punto de dirigirnos a una nueva ruptura, suspiramos, nos dimos un abrazo y tuvimos la sensación, por primera vez en mucho tiempo, de que era nuestra.

Después de Cartago adoptamos a Lima y a Romeo: tres galgos que comparten nuestra vida y que nos ayudan a ser más felices. Antes no nos atrevíamos a tener más por temor a que nuestros compañeros de piso se molestasen.

Ahora vivimos con unos filipinos silenciosos con los que no nos entendemos muy bien, pero que no chillan ni pegan portazos ni me preguntan por el marido de Rosa Benito. Yo no les he dicho en qué trabajo, pero deben de intuir que en algo no muy serio porque salgo de casa con la cara lavada y vuelvo maquillado como una *vedette*. De relacionarse con ellos y de todos los asuntos de la casa se encarga Fermín. Si volviéramos a romper, tendría que mudarme a un apartamento, porque, si en esta casa que tiene jardín y piscina, no sé ni dónde se enciende la calefacción, a saber dónde coño están los sistemas de riego.

Nada más aterrizar en Madrid llamé a mi madre:

—Mama, que ya estamos aquí. Ha ido todo muy bien… El viaje desde isla Mauricio un poco cansado, pero ha valido la pena… Sí, luego te llamo y te cuento lo que hacen los perros cuando nos vean.

—Muy bien, Jorge.

Silencio. Noto cómo coge aire. Sé lo que va a suceder ahora. Empieza a hablar con un tono de voz bajito, lentamente..

—Ahora que madre mía lo que pasó ayer…

—¡Adiós!

Le tengo dicho mil veces que cuando estoy de vacaciones no quiero ni oír hablar del trabajo, pero está visto que ella disfruta viviendo al filo de mis leyes.

—¡Ay, sí, es verdad! No te cuento nada, dale besos a Fermín.

Después de hablar con mi madre llamé a Pablo. Él y Luis, su pareja, son parte de mi familia en Madrid. Decidieron ser padres hace casi dos años y, tras este tiempo de espera en el que han tenido que luchar contra varias decepciones y ansiedades, por fin comenzaban a ver la luz: esperaban gemelos.

Pablo, Óscar y yo tenemos un grupo de chat ajeno a nuestras parejas; así podemos soltar de vez en cuando alguna de esas guarradas que solo disfrutas con amigos. Estando en Mauricio les puse una fotografía en la que aparecía muy moreno. No respondieron. Pasadas unas horas, volví a la carga:

«Parece que tenéis envidia, ¿no?».

No contestaron. Al día siguiente, Pablo dio señales de vida:

«¡Holaaa! Os mando las últimas fotos de Bruno y Rita».

Respuesta de Óscar:

«¡Esto sí que es envidia! Por cierto, ¿has dicho que la última eco confirma que vienen un varón y una hembra?».

Respuesta de Pablo:

«¡No, no! ¡Aún no se les ve! Pero nosotros esperamos que sea así. Envidia también da Jorge, jejeje».

El «jejeje» de Pablo me pareció que desprendía un cierto grado de conmiseración. Como si mi foto moreno fuera una mierda comparada con la ecografía de sus hijos, aunque tampoco quisiera expresarlo de tal manera por temor a hundirme. Pasé por alto su apreciación y me dirigí a Óscar:

«Guapo, para ensalzar a uno no tienes que destrozar a otro.»

Porque, en realidad, su mensaje —el «Esto sí que es envidia» referido a la eco de los críos— sí que me jodió.

¿Tenía celos de que Pablo y Luis fueran a ser padres? No. ¿De sus hijos? Tampoco. Lo que me disgustaba es que con la llegada de los críos yo iba a dejar de ser su «niño bonito». Todavía me quedaba un poquito, estaba previsto que Claudine, la madre subrogada de sus gemelos, diera a luz en octubre. Sí, he dicho *madre subrogada.* Cuando Pablo y Luis me contaron qué iban a hacer para ser padres, yo exclamé muy convencido:

—¡Ah!, eso es una madre de alquiler, ¿no?

Pablo me cortó en seco y me dijo que ellos no utilizaban ese término por una serie de razones que me recitó como una lección bien aprendida y a partir de ahí yo también empecé a hablar de «madres subrogadas», aunque todavía no tengo muy claro qué quiere decir eso.

Adoro a Pablo y a Luis por muchísimos motivos, pero sobre todo porque contribuyeron a eliminar las ansiedades que me provocaban mis incontables cuitas amorosas y sexuales. Yo tenía muchos remilgos con las profesiones de mis aspirantes a novios o amantes, y ellos, optimistas por naturaleza, siempre eran capaces de ver el lado positivo. Podía aparecer un domingo por su casa y decirles:

—Ayer me ligué a un polaco que trabaja en una pulpería de Carabanchel.

—¡Qué bien! Ya tenemos dónde ir a picar algo los sábados —respondería Luis.

A la semana siguiente:

—Mañana he quedado para tirarme a un electricista.

—Cojonudo. A ver si te dura y viene a echarnos una mano con un enchufe de la cocina que está dando mucho por saco.

Me inquietaba la llegada de los niños, sí: de qué manera iba a afectar a nuestra relación. Pero también era consciente de que tenía que luchar contra mi egoísmo. Pablo no estaba siendo nada pesado con su incipiente paternidad y yo me aprovechaba de su discreción para hablarle de mí y de mis cosas. De mi teatro. De Fermín. De las ganas que tenía de cambiar de vida. Por eso se quedó atónito cuando al llamarle le propuse largarnos un fin de semana a París con Óscar para empezar a comprarle ropa a los críos.

—¡Ya verás, ya! ¡Van a tener unas canastillas repletas de prendas de Dior, Gaultier y Lacroix! Y si esos no hacen ropa para bebé, les obligaremos a que comiencen a diseñarlas.

Pablo no daba crédito. ¿Y ese súbito interés por sus hijos?

—Nos lo pasaremos muy bien, nos contarás cómo te sientes, que seguro que tienes muchas cosas que querrás compartir con nosotros.

Le notaba emocionado. Se quedó sin palabras y cuando quiso arrancar a hablar para ponerme al tanto de sus sentimientos, le corté de inmediato:

—¡Por cierto! Yo sí que estoy emocionado. ¡Mañana viene Juan Carlos a casa para hacer la primera lectura de guion de *Iba en serio*! Te llamaré y te contaré cómo ha ido, que ahora estoy un poco liado porque tengo que deshacer la maleta.

—Vaaaaaaale.

¿Podía sentirse Pablo decepcionado por que cortara la comunicación en ese preciso instante? No. Él me conocía de sobra. Sabía que me costaba prestar atención a conversaciones en las que no se hablara de mí. Es más: debía de estar satisfecho porque había organizado un viaje a París para hablar de sus niños. No había duda: estaba mejorando como ser humano. Estoy convencido de que Pablo sabría valorar mis progresos. Quizá como premio en el viaje me dejara hablar un poco, solo un poquito, de mis cosas.

5

IBA EN SERIO: LA MARI Y KITI

Juan Carlos se acaba de ir de casa y me he quedado un poco tocado. Me ha impactado empezar a darme cuenta de que se van a representar en un teatro escenas de mi vida. Y que personas que me acompañan desde que nací se van a convertir en personajes y van a pisar los escenarios de toda España. Mi madre, sin ir más lejos.

La primera lectura de *Iba en serio* la hemos hecho en el despacho. Sentados frente a frente. Yo hacía de mí, y Juan Carlos, del resto de los personajes.

—Quiero que tengas en cuenta que el texto no está acabado. Llevaremos como una hora y cuarto, faltan los últimos veinte minutos.

—De acuerdo.

No llevábamos ni diez minutos y ya se me quebraba la voz.

—Perdona, Juan Carlos. Estoy un poco emocionado.

—Tranquilo, no pasa nada.

He ido leyendo diálogos como he podido, pero, cuando mi madre ha aparecido en escena rememorando el día que nací, no lo he podido remediar. Me he roto. He tenido que parar porque era incapaz de articular palabra.

—Hijo, lo siento. No pensaba que iba a estar tan tonto. El viaje de vuelta de las Mauricio es muy largo, igual por eso estoy un poco flojo.

Pero no, no era por eso. En la función, Juan Carlos me llevaba de viaje a mi niñez, a mantener conversaciones con mi madre, a lugares que ya empezaban a quedar lejanos en el tiempo pero que seguían ocupando un sitio importante en la memoria. Sobre todo, cuando uno va cumpliendo años. Los primeros sueños, los primeros miedos, las primeras alegrías, los primeros desengaños. Volvía a recordar mis inquietudes, los grandes silencios que forjaron la relación con mis padres y el temor que me producía que descubrieran que era diferente. Mi primera relación sexual. Mi primera vez en una discoteca gay... Para escribir la función, Juan Carlos se había basado en mi primera novela y en varias conversaciones que habíamos mantenido a lo largo de los meses. Incluso fue un día a Badalona a charlar con mi madre, de ahí que todo tuviese un trasfondo de verdad que me impresionaba: mi madre hablaba como hablaría en la vida real, y yo me sentía muy reconocido en la forma que tenía de dibujarme.

Seguimos leyendo y nos topamos con «esa conversación», «*la* conversación» que nunca tuve con mi madre. Aquí sí que me vi obligado a parar.

—Necesito un descanso. Vente a la cocina, que voy a merendar un poco de pavo porque ya no puedo seguir disimulando. Tengo ganas de llorar.

Él sonrió. Se estaba dando cuenta de que había acertado.

En la cocina aprovechamos para hablar de tres o cuatro idioteces y cogimos fuerzas antes de liarnos de nuevo con la lectura. Todavía me quedaba la prueba más complicada: escuchar el monólogo que Juan Carlos le había escrito a Kiti, y en el que hablaba de la muerte de mi padre. Utilizando las mismas expresiones que utilizó en su día mi madre para explicar su dolor. Haciéndole contar cosas que de verdad sucedieron. Transportándome, en fin, a una pérdida que no he conseguido olvidar, que todavía me duele.

Vuelvo a llorar, ahora ya sin echar mano de ninguna excusa.

—¿Qué te ha parecido?

—Me preocupa mi madre.

La cuarta temporada de *Sálvame Deluxe* finalizó de manera trágica: con el fin de festejar el inicio de mis vacaciones, la directora suplente quiso sorprenderme trayendo a mi madre al programa para que me entrevistara, cuando le había advertido cerca de ciento cincuenta millones de veces que a la Mari, ni tocarla:

—Si la sorpresa es mi madre, me largo del plató, así te lo digo. Con ella del brazo, claro. Sea la hora que sea. Dejo el programa a medias y me largo, te lo advierto.

Supongo que la directora pensó que en cuanto la viera se me ablandaría el corazón y no pondría ninguna pega a que se sentara en el plató para preguntarme aquello que jamás nadie había osado preguntarme antes. Que es como publicitaron durante el inicio del programa esa entrevista que me iba a sorprender tantísimo.

De todos es sabido que una de las mayores virtudes que poseemos los que nos dedicamos a la televisión —y particularmente en los programas en los que yo trabajo— es la de no escuchar aquello que no nos conviene. De ahí que no me extrañara lo más mínimo que mi directora se quedase estupefacta cuando hizo aparecer a mi madre y yo cumplí mi amenaza: largarme a casa dejando colgado medio programa. No me arrepiento. Lo que todavía me produce cierto bochorno es recordar que tuve que ir a rescatar a Ana Diosdado de un oscuro y remoto rincón de la parte trasera del plató, donde la tenían escondida para darme otra sorpresa. Sería la una y media de la madrugada.

—Lo siento, Ana, de verdad. No sé qué decirte.

¿Cómo disculparse con una señora con su trayectoria, a la que sacan de su casa a media tarde de un viernes, la llevan a la televisión y le hacen esperar más de cuatro horas para luego devolverla a su hogar peinada y maquillada como una puerta para nada?

—No te preocupes, Jorge, que has hecho muy bien. Disfruta de tus vacaciones.

Menos mal que me quiere, porque otra en su lugar vaticina en arameo de qué mal me tengo que morir. Y seguramente incluiría algún tipo de tortura con clavos o tenazas oxidadas.

Carlota, la directora titular, me llamó desde Menorca muy disgustada con lo que acababa de suceder:

—Lo he visto de casualidad, estaba arreglándome en el hotel para salir a tomar una copa. Intenta olvidarlo y aprovecha el verano para cargar pilas.

Ya en el coche de producción que nos llevaba de vuelta a casa, la Mari y yo comenzamos a discutir.

—Que sea la última vez que vienes a un plató de televisión.

—Hijo, si es que se ponen muy pesados. Tú no sabes la cantidad de veces que me han llamado.

—¡Y las que te llamarán! Es su deber. Llamar. Embaucar. Engatusar. ¿No entraste ya el lunes por teléfono en *Sálvame* para desearme felices vacaciones?

—¡Porque me llamaron! Porque tu amigo David, el director, me dijo que te haría mucha ilusión.

—Se expresó muy mal. Tendría que haberte dicho que le hacía ilusión a él, no a mí.

Silencio. Incómodo silencio. Mi madre miraba por su lado de la ventanilla y yo por el mío.

—Pero no te preocupes, Jorge, que ya no vuelvo a ir a ningún sitio más. Por mucho que me llamen y por mucho que me insistan, de verdad. Pero no te enfades conmigo, por favor, no te enfades conmigo.

Joder. Me sentí fatal. Me dieron ganas de explicarle que para ella la televisión es un juego, un lugar mágico en el que la peinan y la maquillan. Y ese juego continúa al día siguiente porque no para de recibir llamadas diciéndole lo guapa que ha salido, y cuando sale a la calle las vecinas la piropean sin cesar. La estrella del barrio. Pero jugar también implica riesgos: convertirse en objeto de comentarios crueles o despectivos, o en motivo de chanza para que ingeniosos tuiteros se luzcan en ese lodazal en que se ha convertido gran parte de internet. Y a estas alturas de mi carrera, lo que menos me apetece es tener que lidiar también con las críticas que pueda recibir mi madre, por si no tuviera ya bastante con las mías.

Intuyo que advirtió mis inquietudes, porque me cogió de la mano e hicimos el trayecto que quedaba hasta llegar a casa tan amartelados como dos enamorados. El hechizo se rompió cuando nada más entrar me dijo:

—Jorge, enciende el ordenador a ver si han puesto ya algo de esta noche en internet, que me gustaría ver cómo he salido. Aunque no sé, me parece a mí que solo me han sacado de refilón.

Gruñí. A tomar por culo mis desvelos.

Mi madre. La Mari. Tras la publicación de mi primera novela, *La vida iba en serio,* se convirtió en todo un personaje. Le quisieron dar una sección en mi programa, colocarla de asesora del amor en *Mujeres y hombres y viceversa,* entrevistarla en diversas radios y muchísimas cosas más, pero yo enseguida corté el grifo porque, si me descuido, hasta la proponen para representarnos en Eurovisión. Creo que leer mi libro le entristeció «porque yo no pensaba que habías sufrido tanto».

—Eso ya pasó, no te preocupes.

—Ya, pero tendría que haber hablado contigo. Pero bueno, tienes razón, es verdad, ahora estamos muy bien, ¿no?

Le contesté que sí por costumbre, porque a esa pregunta jamás le he dicho que «no», y a continuación pasé a relatarle un rosario de calamidades existenciales. De todas maneras, a raíz de la publicación de la novela se produjo una catarsis familiar y en casa se empezó a hablar de «lo mío». Adviértase que no escribo «homosexualidad», porque yo creo que la Mari está ya un poco harta del asunto.

Minutos después de acudir a un plató para ser entrevistado, siempre recibo una llamada suya para comentar e invariablemente termina haciendo la misma reflexión:

—Pero, hijo mío, en todas las entrevistas te preguntan por lo mismo.

«Lo mismo», para ella, es lo del mariconismo.

—Hija, ¿y qué hago?

—Nada, qué vas a hacer tú. Si a mí no me importa, ¿eh?, pero vaya.

E inmediatamente pasamos a otro tema porque en mi familia no somos muy dados a profundizar en nuestros sentimientos. De mi padre —que falleció a los cincuenta y nueve años, demasiado joven— no hablamos porque nos duele. Tampoco de Pronto, un cocker que vivió con mi madre cerca de quince años. Murió de viejo tras una vida feliz, pero la Mari todavía se emociona al recordar que cuando fue a acariciarlo para despedirse, justo antes de que lo sacrificaran, el perro dejó escapar un quejido que aún lleva clavado en el alma. Tras su muerte se entristeció tanto que, según sus propias palabras, se encontraba «deprimida».

Me puse en guardia cuando la escuché pronunciarse así, porque en su opinión las depresiones eran cosa de gente rica, una enfermedad que resultaba impensable en ella, que era la alegría de vivir personificada. Le conseguimos una schnauzer enana, Nina, y recuperó las ganas de seguir adelante.

Viene poco a verme a casa porque Nina es una princesita delicada que, cuando no tiene un picor en la ingle, ha cogido un catarro, y en el orden de prioridades de mi madre la cosa está clara: prefiere no exponer a Nina a un viaje en AVE que ver a su hijo. Pese a detalles como este, la sigo adorando. Aunque no nos veamos demasiado, está siempre presente, y me reconforta saber que en cualquier momento puedo llamarla por teléfono y escuchar su voz. Pero de entrar en directo en el *Sálvame,* nada de nada.

Recuerdo que una vez que Santiago Segura vino a mi programa hablamos de las madres. No hacía mucho que él acababa de perder a la suya. Charlando durante una pausa de publicidad me confesó que lo que peor llevaba era volver de viaje y saber que no la podía llamar para decirle que había llegado. Soy incapaz de imaginar mi vida sin la Mari. Pienso en ella y me emociono. Me encanta besarla en el cuello y escuchar cómo entre risas me implora que no le haga eso «porque me da mucha cosa». Como la quiero tanto, no me gusta exponerla para evitarle disgustos. Yo sé lo que es estar ahí, en el disparadero. Y a veces no es agradable.

—Me preocupa mi madre, Juan Carlos.

—Tranquilo. Tengo pensado volver a quedar con ella para leerle la función. Cuando fui a verla a su casa me contó cosas que he utilizado para la obra y no quiero que se plante en el teatro sin saber antes qué es lo que va a ver.

Antes de irse le pregunté casi con miedo:

—¿Cómo voy a estar en la función?

—Jorge, ¿esta pregunta me la estás haciendo en serio?

—Sí, claro.

—Estarás fantástico porque tienes mucha ilusión, eres muy trabajador y fundamentalmente porque vas a hacer todo lo que yo te diga. ¿A que sí? ¿Cuándo va a leerse el texto Fermín?

Yo esperaba que esa misma noche, pero tampoco se lo quería decir a Juan Carlos porque tenía miedo de su opinión. Si Fermín daba su visto bueno, yo me entusiasmaría e iría a por todas, pero si empezaba a poner pegas, podía llegar a inocularme una sensación de inseguridad que me arrastraría a cuestionar a Juan Carlos, a desconfiar de él. Y lo que menos necesitaba en mi primera aventura teatral era no sentirme seguro trabajando.

Sabiendo las diversas reticencias que Fermín tenía con todo lo que tuviera que ver con el teatro, estaba convencido de que alguna pega pondría. Discutir, cuestionar o rebatir todo lo que yo me proponía eran sus firmes maneras de actuar conmigo. Con ello pretendía reivindicarse. Luchar contra un sentimiento de inferioridad que solo él había abonado. Y, sobre todo, prevenir que nadie me engañara porque, según su pensamiento, todo el mundo me tomaba el pelo. Llevaba sin mi padre hacía casi veinte años, pero varias personas (demasiadas para mi gusto) estaban dispuestas a ocupar su puesto.

A mí la función me había gustado, sí. Aunque no sé, me había quedado con una sensación agridulce. Mi papel estaba muy bien, pero el de mi madre era brutal. Me costaba aceptarlo, pero era así. Juan Carlos se había lucido escribiéndolo, tenía muy buena mano para esos perfiles: el patio de butacas se iba a quedar pegado con la Mari, pero ¿qué sucedería conmigo?

Temía la opinión de Fermín. Necesitaba que leyera la función y que me dijera que no estaba de acuerdo con mi opinión, solo que también lo conocía y estaba convencido de que iba a ser incapaz de no colocar su cucharadita.

Esa noche cenamos más rápido de lo habitual. Aún no había terminado de engullir un trozo de pan cuando le obligué a abandonar el comedor y sentarse en el salón para iniciar la lectura. Quité la televisión, no quería que nada le distrajera.

—Me encanta. Qué divertida —dijo al poco de empezar a leerla.

Me sorprendí:

—¿Te gusta de verdad?

—Mucho, muchísimo.

Seguía leyendo y se reía.

—¡Qué gracioso lo que te pasa en la discoteca!... ¡Anda! ¡Y este diálogo!

—Ten en cuenta que todavía falta la última parte de la función. Juan Carlos dice que la tendrá acabada a finales de mes.

—Calla, calla, que me lo estoy pasando muy bien. ¡Qué reconocible todo! Te ha pillado mucho el punto. ¡Tu personaje habla como tú!... ¡Anda! ¡Qué ritmo todo!

Sentí que Fermín estaba hinchándome como un globo, haciéndome disfrutar al ver cómo engordaba. Me estaba transportando a terrenos cada vez más y más felices para, de repente, ¡pum!, cargarse el puto globo de un mordisco y obligarme a mascar tierra y polvo al devolverme a la realidad. Se tomó unos segundos antes de emitir su veredicto:

—Jorge, la protagonista de la función es tu madre.

Era lo peor que me podía decir, porque yo me había quedado con la misma sensación después de leerla.

—Bueno, no sé. Es verdad que tiene unos parlamentos preciosos, pero tanto como la protagonista...

—Tu personaje va un poco a rebufo de ella.

—Bueno, también pasaba en el libro.

—Pero el libro estaba escrito de tu puño y letra. Y aquí deberías ser el protagonista y yo creo que no lo eres.

De acuerdo, yo también pensaba que mi madre tenía un peso excesivo en la función, aunque, como en tantas otras ocasiones, evité darle la razón a Fermín. Me molestaba que opinara sobre todo y me cabreaba todavía más coincidir con él en algunos argumentos.

—Escribe a Juan Carlos —me recomendó— y le cuentas tus inquietudes, que son las mismas que las mías.

Me negué. Me daba vergüenza decirle algo así por temor a que pensara que estaba teniendo un ataque de ego.

—Pero, Jorge, ¿no te das cuenta de que es tu función? Mejor ahora que cuando todo esté más adelantado.

Le hice caso a medias. Comencé a escribirme con Juan Carlos:

«Que dice Fermín que el personaje de mi madre me aplasta. Que es un papelón.»

«Que no se inquiete —respondió—, que a ti no hay quien te aplaste. Y cuanto más se luzca Kiti, mejor para ti. Pero ¿le ha gustado entonces?»

«Sí, sí. Pero que me escribas algo con pellizquito para el final.»

Que era, por otra parte, lo que yo también le había pedido antes de que se marchara de casa.

En resumidas cuentas: la conclusión que sacamos Fermín y yo es que corríamos el peligro de que mi personaje, siendo el protagonista, quedara diluido en el entorno de una obra coral.

—Fermín, ten en cuenta que yo tampoco soy actor y no puedo liarme la manta a la cabeza con grandes empresas dramáticas.

—No le disculpes. Su deber es arriesgar y tú eres capaz de hacer un montón de cosas.

—Me está protegiendo.

—Te está sobreprotegiendo.

—¿Dejamos que dirija él, que para eso es el director?

—Sí, pero, entonces, ¿yo no puedo decir lo que pienso?

—Claro que sí, pero ni tú ni yo sabemos de lo que hablamos.

—Mira, Jorge, me voy a dormir. Si lo que buscas es un palmero, en mí no lo vas a encontrar.

Antes de conciliar el sueño rogué a todos los santos habidos y por haber que Juan Carlos me ideara un final de espectáculo que dejara a Fermín con la boca abierta.

Me desperté a las cinco de la mañana para ir a mear. Lo primero que se me vino a la cabeza fue la dichosa función. Mientras iba al baño pensaba que me gustaría tener un carácter más decidido, sentirme libre para compartir aquellas cosas que me preocupaban. Hoy era Juan Carlos, pero ayer pudo ser un jefe y mañana Fermín. La mayoría de las veces no me manifestaba por temor a lo que los demás pudieran pensar de mí.

Por la mañana volví a leer la función. Me gustó mucho. Acabé llorando otra vez. Y vi de una manera muy clara, muy tranquilizadora, que no tenía de qué preocuparme: la presencia de mi madre contribuía a realzar la obra. Que la persona que la encarnara fuera una actriz como Kiti le daba un valor del que no prescindiría ni el más grande de los idiotas. Llamé a Juan Carlos:

—Oye, que la he vuelto a leer y lo he entendido todo mejor. Estoy muy contento.

—¡Gracias por confiar! Ten en cuenta que lo que tienes solo llega hasta el final del segundo acto. El último es tuyo y es donde tu personaje tiene que pegar el zambombazo.

El zambombazo. Curiosamente, era la misma expresión que había utilizado Fermín para definir cómo tenía que ser mi papel al final de la obra. ¿Por qué debía tener siempre razón? Le llamé para decirle que había hablado con Juan Carlos y que estaba más tranquilo.

—¿Ves como tienes que empezar a hablar las cosas?

Sentí que le quería.

Dos días después nos reunimos en mi escuela para hacer una lectura Juan Carlos, Kiti y yo.

No lo pude evitar: en cuanto escuché a Kiti entonar, gesticular y dirigirse a mí como si fuera mi madre, me entró la risa. Ella reaccionó muy seria:

—Oye, no te rías, que esto no es una broma.

Juan Carlos también se estaba descojonando.

—¡Te pasa lo mismo que a él! —continuó Kiti—, que se ríe mucho con mis cosas.

—Hija, Kiti —terció Juan Carlos—, déjale que se ría ahora. Es normal, en los ensayos se le pasará.

Seguimos. La lectura iba muy bien, lo advertía en la sonrisa de Juan Carlos. Cuando llegó el momento de la muerte de mi padre y Kiti leyó su monólogo, certificamos que al público le iba a costar reprimir las lágrimas.

—Igual me cuesta hasta a mí no llorar —confieso.

Entonces Kiti me dio una lección magistral:

—A partir de ahora vas a vivir experiencias preciosas, te van a ocurrir muchísimas cosas en los ensayos, se te van a remover un montón de sentimientos. Y está bien que eso suceda. Si eres capaz de disfrutarlo, te lo vas a pasar muy bien.

—Llorarás en los ensayos, claro que llorarás —continuó Juan Carlos—, pero vamos a trabajar para que en el escenario eso no suceda. Es mucho más bonito ver a un actor luchando por contenerse que dejándose llevar por el llanto.

—Como dice muy sabiamente un profesor mío, «no hay que echarle grasa a la manteca» —remató Kiti.

Y a Juan Carlos y a mí solo nos quedó apostillar: «Amén».

Me resultaba curioso cómo habíamos acabado trabajando los tres juntos.

La primera vez que vi a Juan Carlos fue sobre un escenario nada más llegar a Madrid, hace veinte años. Trabajaba como actor en *Los padres terribles,* con Amparo Rivelles, Nati Mistral y Vicente Parra. Vi la función porque me tocó entrevistar a este último para la revista *Pronto.*

A Kiti la conocía de rebote desde hacía también cerca de dos décadas, porque era la mujer de mi dentista: Fernando, un argentino loco y maravilloso que amaba la vida con pasión. Ir a su consulta era como quedar con un amigo a tomar un café, nunca sabías cuándo ibas a acabar. Fernando era lento, minucioso y muy hablador. La sala de espera de su consulta era como los camerinos del Teatro Español, siempre había actores esperando.

Había una cosa que aún no le había contado a Kiti y me daba mucha vergüenza hacerlo. Yo tenía la boca destrozada por el bruxismo y en una visita rutinaria Fernando me recomendó que, en vez de andar con medias tintas, mejor me la rehiciera por completo.

—¡Todos los dientes fuera! Y te pongo una boca con unas fundas tan preciosas y modernas que será como llevar el Ferrari de las dentaduras.

—¿En cuánto tiempo? —Yo siempre le preguntaba lo mismo.

—Medio año. Quizá un poquito más.

Acepté. Confiaba en él, aunque el trabajo se prolongó muchísimo más de lo que me había prometido. Durante una época llevé la boca llena de dientes provisionales. Los botes de Corega se convirtieron en mis más firmes aliados. En cualquier momento podía caérseme un diente y entonces tenía que encontrar un baño y colocarme frente a un espejo la pieza que se me había despegado. Me convertí en un experto. De hecho, si la tele me falla, podría dedicarme a pegar fundas a domicilio.

Fernando me había dicho que antes del verano tendría la boca puesta. Pero no. Me fui a Las Vegas y a Los Ángeles con varios tubos de Corega por si las moscas. A la vuelta, su enfermera me citó un martes por la noche en la consulta y llegué tan feliz, pensando que mi calvario había finalizado. Sin embargo, Fernando me recibió en la sala de espera desparramado en un sofá.

—Jorge, lo siento mucho, pero hoy no voy a poder acabarte el trabajo. Esta mañana me han diagnosticado cáncer.

—Pero… ¿y mis dientes?

Lo siento. Pequé de cafre. Me quedé tan descolocado, tan desorientado, desapareció tan rápido mi ilusión, que fui incapaz de solidarizarme con su dolor. Todavía hoy me echo las manos a la cabeza.

—Jorge, por favor. Me han diagnosticado cáncer esta mañana, no tengo fuerzas para atenderte. Quiero llegar a casa lo antes posible y tranquilizarme.

Murió al cabo de un año. Aún lo echo de menos.

Ya viuda, un día Kiti me llamó para que pusiera una voz en *off* en una función de Juan Carlos. Quedé con él en un estudio de grabación, de eso hará ya tres años, y le expliqué que mi gran sueño era hacer teatro.

Coincidiendo con la publicación de *La vida iba en serio,* durante mis vacaciones de Navidad, le envié un mensaje desde un barco que cubría la travesía Saint Barth-Saint Marteen:

—Tienes que escribirme un espectáculo sobre mi libro y Kiti tiene que hacer de mi madre.

Se hizo el remolón. No me dijo que «no», pero lo que estaba claro es que tampoco mostró mucho entusiasmo con mi propuesta. Hace medio año quedamos a almorzar en un restaurante japonés que está pegado a las Cortes para ver si de una vez por todas nos animábamos a montar algo juntos. Yo iba decidido a plantearle de nuevo que ideara algo que tuviese que ver con el libro. Cuando me comunicó que eso era justo lo que quería ofrecerme, y recogió la idea de que Kiti diera vida a mi madre, pensé que, por mucho que me empeñase, parecía que alguien dirigía los designios de mi vida. No debería gastar tantas energías pensando en qué coño tengo que hacer con ella.

6

LA GRAN CRISIS

Volver al trabajo no es plato de buen gusto, pero siempre es más fácil de digerir si se te pone en el camino una picardía en forma de muchacho que te hace gracia. Y por suerte, eso fue lo que me pasó: cuando me iba a reunir con Raúl y David para charlar sobre el programa, me topé en un pasillo con Ernesto.

Normalmente va de traje, pero ese día llevaba zapatillas Fred Perry, vaqueros, camisa blanca y americana oscura. Para mí tiene mucho rollo ese *look,* los hombres con traje no me resultan nada morbosos. Parecía, como siempre, recién salido de la ducha. Me gusta su rostro anguloso, sus ojos pequeños, su pelo un poco largo con raya al lado. Para qué andarse por las ramas: me pone. Intuyo que de vez en cuando se pega unos pasotes de manual porque a veces le he visto aparecer con unas ojeras delatoras. Las conozco bien. Yo también las lucía en mi época de «viva la virgen y la madre superiora».

Cuando me vio, se me acercó con una sonrisa. Se cachondea de mí porque se nota demasiado que me atrae. Gusta a todos y a todas, debe de estar muy acostumbrado a las entregadas miradas que le lanzo, porque llevamos con el tira y afloja casi dos años. Me contó que en Semana Santa había estado en Sicilia con unos amigos. Intenté sacarle de todas las maneras habidas y por haber si tenía novio.

—¿Te lo has pasado bien?

—Muy bien.

—¿Has salido mucho?

—A todas horas.

—Pero ¿qué has ido, con amigos?

—No todos.

—¡Ah!

—¿Y erais muchos?

—A veces demasiados. Pero no ha estado mal.

—Dicen que Sicilia es muy romántica, ¿no? Para flipar si vas en pareja.

—El romanticismo está muy mitificado. Y las puestas de sol, ni te cuento.

Nada. No había forma. Los dos estábamos jugando y era evidente que ganaba Ernesto por goleada. Mientras charlaba con él, me asaltó una compañera:

—¡Jorge! ¡Qué alegría! ¡Bienvenido! ¿Qué tal las vacaciones?

—Bien, muy bien, gracias.

—¿Dónde has estado?

—En Mauricio.

—¿Con tu chico?

Vaya. No me pareció de recibo estar ligoteando con Ernesto y que la otra mencionase a Fermín.

—Sí, sí, con él. Bueno, os dejo, que me tengo que reunir.

Caminé unos pasos —muy pocos— y noté cómo una mano se posaba con firmeza sobre mi hombro derecho. Me giré. Era él.

—Oye, y a ver si esta temporada cenamos algún día, ¿no? Que yo no me como a nadie.

—Vale.

—Si te deja tu novio, claro.

Un cabrón. Era un cabrón y también por eso me gustaba. Como dice David cuando un tío tiene punto: «Este tiene un fin de semana en Lisboa». Bueno: Ernesto, como mínimo, dos.

Al verme aparecer por la reunión, David exclamó como si se le fuera la vida a chorros:

—¡Llegas a tardar un día más y no sé qué habría hecho! ¡No aguantaba más, necesitaba tocarte! ¡Ven aquí, anda, ven que te dé un beso! ¡Madre mía! ¡Si es que no puedo tenerte cerca porque me pierdo, me pierdo!

Raúl y yo nos miramos y sonreímos. David tiene una cara que se la pisa, más cara que espalda, siempre tiene la palabra adecuada para hacerte creer que no es que seas importante en su existencia, sino que, sin tu respiración, el universo no podría seguir su curso.

Raúl y David, los directores del *Sálvame diario*. Alberto, el del *Deluxe*. Y Carlota, que ahora la tenemos de baja porque está a puntito de ser madre. Y por supuesto, Pablo y Óscar. Todos amigos. Si no trabajara con ellos, no habría durado tanto en televisión. Me animan, me jalean, me paran los pies y me quieren. Yo a ellos también. Mucho.

—¿Qué tal, gordi? ¿Cómo te lo has pasado?

Raúl es más contenido. Más cardo. Más como yo.

—Putita —que es como me llama David—, ya te he visto tontear con Ernesto. Hijo mío, date un poco de respiro, que acabas de llegar.

—Me hace gracia, pero menos que antes. Fermín y yo hemos estado muy bien en las vacaciones. No te digo yo que de aquí a dos meses no esté deseando que Ernesto me saque a que me dé un poco el aire, pero, aunque he tonteado, hoy la historia me ha dado más pereza.

—¿Tenías ganas de volver al trabajo? —preguntó Raúl.

—Me ha costado. Pero, tranquilo, mucho menos que otras veces.

Con ese «otras veces» me refería, fundamentalmente, a la Gran Crisis. A aquella que estuvo a punto de arrasar con todo, incluso con mi relación con Fermín. No había pasado tanto desde entonces, y mis amigos aún temían que las heridas se reabrieran.

Septiembre. Año y medio atrás. Cuando trabajas en televisión es de lo más normal que a punto de finalizar la temporada te subas por las paredes, estés irascible y valores la posibilidad de embarcarte en la apertura de una mercería y decir adiós a un medio, el televisivo, que produce tanto estrés. Lo que no parece comprensible es que recién llegado de unas vacaciones de verano de dos meses comiences a preguntarte cómo vas a aguantar el año que se te viene encima. Eso fue lo que me pasó la última temporada. Que estaba deseando terminarla justo el mismo día que la empecé.

Entre semana soportaba más o menos la rutina; lo malo eran los fines de semana. El programa de los viernes acaba a las dos y media de la madrugada, entre unas cosas y otras, me meto en la cama a las cuatro, y el sábado estoy medio zombi, como si me hubiese tomado un cargamento de lexatines, porque encima a las nueve de la mañana ya tengo los ojos abiertos como platos.

Comencé a no saber gestionarlo y así se lo trasladé al loquero de turno, que se llamaba Enrique, por cierto:

—... y el domingo se me pasa tan rápido que cuando empieza a oscurecer me vengo abajo. Me pongo triste, la vuelta al cole me amenaza y alargo el tiempo de irme a la cama por temor a plantarme en el lunes sin enterarme. Me dan ganas de evaporarme, de desaparecer, de aterrizar en un lugar en el que nadie me conozca. O de coger el coche y largarme por ahí, amanecer en algún sitio perdido donde pueda encontrarme. Fermín se va a la cama y yo me quedo en el sofá viendo vídeos de YouTube, lo mismo me da una entrevista a María Callas que una actuación de Mercedes Sosa. Y mientras veo vídeos, voy bebiendo, hasta que a las tres o las cuatro de la mañana Fermín tiene que venir a recogerme porque con la borrachera me quedo dormido. Lo peor es que esta situación le cabrea cada vez más, pero yo no sé cómo afrontarla, Enrique. Estoy harto de mi trabajo, dudo de mi relación con Fermín… Ni siquiera sé si seguir.

Era cierto. Año y medio atrás, la insatisfacción laboral estaba minando mi relación de pareja.

El loquero intentaba calmarme:

—Al menos ya tienes detectado el problema. Entre semana vas a tantísimas revoluciones que no te da tiempo a desconectar. Te va a tocar empezar a plantearte no hacer tantas horas de televisión. No es sano, no puede ser sano. El foco es tóxico.

—¿Y lo de Fermín?

—Lo de Fermín ya lo hablaremos.

Por lo visto, Enrique tenía claro que él no era el problema.

Él. Fermín. Le quería, claro que le quería. No como al principio, por supuesto, pero le quería. Aunque siendo sincero, ¿qué quería con él? ¿Seguir como estábamos? ¿Seguir llevando una vida plácida? ¿Reconocerme que ya no volvería a sentir esa emoción de cuando comienzas a conocer a una pareja? ¿Decir adiós a la inquietud de esperar un mensaje de alguien a quien acaban de presentarte? ¿Despedirme definitivamente del lado aventurero de la vida?

A pesar de nuestras idas y venidas, de las rupturas, sentía que éramos una pareja estable, que ya no había sorpresa. Y a mí tanta estabilidad sentimental me desestabilizaba. Yo estaba acostumbrado a bajar de vez en cuando a los infiernos, romperme cada cierto tiempo para entretenerme después recomponiendo los añicos que rescataba tras noches en las que reinaba el alcohol y la maravillosa incertidumbre de no saber si acabaría en la cama con un hombre distinto.

En esa vuelta del verano, en la época de la Gran Crisis, con Fermín todo era demasiado previsible. Incluso en el sexo. Ya no hacíamos locuras como aquella que disfrutamos en un tren de Florencia a Siena y que me dejó una camisa blanca de Dior para el tinte.

Hay palabras que se ponen de moda de la noche a la mañana. No sabes ni que existen y de pronto acabas adaptándolas de una manera habitual a tu vocabulario. *Ciclogénesis.* Existía, por supuesto, y supongo que en meteorología la manejarían con soltura, pero a ese término se le había añadido otro que escuchábamos sin cesar a todas horas y que definía a la perfección lo que estaba sucediendo con mi vida: «Explosiva».

Si la ciclogénesis significa la creación o génesis de un ciclón, lo de *explosiva* ya era la leche. Una ciclogénesis que sucede muy rápida e intensamente. Un desorden inaudito. Así me sentía yo en esa época. A punto de estallar, a punto de tirarlo todo por la borda. A punto de ser víctima de una explosiva ciclogénesis emocional capaz de desarbolar mi por aquel entonces quebradiza estructura vital.

Yo ya llevaba un tiempo recibiendo serias advertencias de que las cosas no iban bien, pero todo comenzó a precipitarse un jueves mientras presentaba el programa. Ese día bajó a plató Alberto —subdirector en aquella época— para hablar con David, y yo aproveché una pausa de publicidad para acercarme a ellos y ver qué pasaba. Les habían llegado unas imágenes de la secretaria de una folclórica en las que se la veía paseando por las calles francamente perjudicada. Las había grabado una choni —así la definió Alberto—, que encima tuvo el morro de acercarse a la secretaria para preguntarle si necesitaba ayuda. Sin dejar de grabar, solo faltaba.

—Le he preguntado a la choni si le habría prestado atención a la mujer de no ser quien era —nos contó Alberto— y me ha dicho que ni de coña, que ella lo que quería era pillarla más de cerca.

Mostré mi rechazo a la compra de esas imágenes: eso no podíamos usarlo, por encima de mi cadáver.

—Lo entiendo —apuntó Raúl, que se sumó a la conversación—. Estás muy sensibilizado con el tema, como a ti ya te han pillado alguna vez así, esperaba que tu postura fuera esa... Pero no te preocupes, que trataremos el tema con mucho respeto.

Me cabreé. Mucho. Y no porque hubiera imágenes mías en estados lamentables, sino porque no creo que ese tipo de imágenes se tengan que publicar. Quitan libertad, sales a la calle pensando que a cada segundo va a haber alguien dispuesto a pillarte en un renuncio porque sabe que luego podrá vender las fotografías. La pausa de publicidad se estaba terminando y David, tan conciliador, intentó templar los ánimos:

—Ya hablaremos de esto, Jorge, ahora tienes que continuar con el programa. No te preocupes.

Lo creí, como siempre, pero al día siguiente se emitieron las imágenes. Aprovecharon que los viernes yo no presento la edición de la tarde porque me hago cargo de la de la noche y las colaron sin vaselina. En ellas se ve a la secretaria de la folclórica tambaleándose por la calle Goya, con tal dificultad para caminar que tiene que aprovechar el edificio que hace esquina con Serrano para reposar un rato hasta que coge fuerzas y consigue parar un taxi. La escena del taxi resulta, sencillamente, dantesca: al intentar meterse en él se le quedan las piernas fuera y el taxista tiene que bajarse del coche para acomodarla en el interior.

Llamé a mi amigo Pablo, que para mí es el colmo del sentido común, indignado.

—Voy a ver las imágenes otra vez y hablamos de nuevo. Intenta descansar, que esta noche te espera una entrevista complicada.

Al decir «entrevista complicada» se refería a la de la suegra de un conocido torero que intentó cometer un fraude a la Seguridad Social para asegurarse una paga de por vida.

La señora se presentó desafiante en el plató, y a mí hasta me hizo cierta gracia. Aunque el programa siempre había sido muy crítico con ella, trataba a los colaboradores con familiaridad. Vamos, que no se perdía ni uno. Hay gente a la que le va la marcha: se pone delante del televisor a sabiendas de que la van a poner a caldo, disfrutan siendo objeto de perversos comentarios porque prefieren eso al olvido. Al finalizar la entrevista, la mujer salió tan pagada de sí misma que a punto estuvo de exigir que se presentara allí una tuna a lanzarle capas a su paso.

A primera hora de la mañana del sábado recibí un mensaje de Pablo. «Enhorabuena. Ayer arrasamos con la suegra del torero.» Yo estaba un poco mosca porque esperaba que me llamase para pedirme disculpas por haber sacado en antena el vídeo de la secretaria de la folclórica, pero, como no lo hizo, preferí tomar yo la iniciativa y no enrocarme. Le llamé, nos saludamos y fuimos directos al grano.

—Pablo, no quiero que vayamos por ahí —le dije—. Ya sufrimos en el pasado por situaciones como esas y no quiero volver a pasar por ellas. Acabo de llegar de las vacaciones y ya estoy agotado. Cinco años haciendo lo mismo, cinco años saliendo por la tele todos los días, tengo cansancio acumulado, quiero divertirme y ahora no lo estoy haciendo. Por favor, vamos a reunirnos Óscar, tú y yo a ver cómo podemos sacar este año adelante.

—Me parece muy bien. Pongámonos a construir.

Después de eso, la semana transcurrió con normalidad, sin sobresaltos, animado con la idea de mantener una reunión con Óscar y Pablo. Carlota, la directora del *Deluxe,* me llamó el miércoles para informarme de que la suegra del torero regresaría el viernes por la noche al programa para responder a todo lo que se había ido diciendo sobre ella en diversos medios tras su sonada intervención en nuestro espacio.

—Nos funcionó muy bien el viernes pasado y la tía tiene ganas de volver a sentarse. Tenemos que aprovechar el tirón.

La ciclogénesis explosiva comenzaba a coger fuerzas.

La suegra reapareció con el ego por las nubes, con ganas de tratar de tú a los colaboradores y, a poder ser, dejarlos en ridículo. Ya ha sucedido en otras ocasiones: después de haber pasado una vez por el plató, algunos personajes no miden sus fuerzas y quieren salir otra vez para seguir llenando sus arcas. Es una cuestión de avaricia, pero también de vanidad.

Conforme iba avanzando la entrevista, iba quedando claro que la suegra había venido a llevarse los cuartos: esquivaba las preguntas comprometidas, limitándose a sonreír con desdén o a responder con un «eso no lo sé». Yo, por mi parte, notaba que se me iban hinchando las narices, me descomponía al ver cómo la suegra se estaba descojonando de todos nosotros. La mujer no paraba de mirar el reloj mientras pensaba que cada vez le quedaba menos para recoger su talón, así que la lie. Me levanté del asiento, grité «basta», le eché una bronca descomunal por lo irresponsable y poco profesional que estaba resultando su intervención y la despedí con cajas destempladas del plató. El público aplaudió encantado, pero Carlota, la directora, se quedó de piedra. Miré a María, una de mis colaboradoras y mejores amigas, que desde su asiento me estaba diciendo que «no» con la cabeza. Que por mucho que el público aplaudiera mi arranque de furia, mi actuación no había sido la adecuada.

Esa noche volvimos a arrasar en audiencia, aunque estaba claro que a la señora no le iban a quedar más ganas de regresar al plató. Cuando Pablo me llamó al día siguiente para felicitarme por el dato, le pregunté si le había gustado lo que hice y se fue por la tangente:

—No sé si *gustarme* es la palabra. Le arrancaste la cabeza, la masticaste y después la escupiste. Tengo que pensar si eso está bien o no. ¿Tú cómo estás?

—Bien. Me quedé a gusto. Se estaba riendo de nosotros.

—Ya, pero no puedes exhibir ese carácter muchas más veces. No te beneficia. Es más, te perjudica.

—Es muy fácil aconsejar eso desde el sofá de tu casa.

—No te pongas a la defensiva, que no te estoy atacando. Solo te digo que tengas cuidado. Intenta descansar este fin de semana.

Lo intenté, claro que sí. Fermín y yo nos fuimos al teatro el sábado por la tarde, cenamos fuera y nos fuimos a dormir temprano. El domingo hicimos el amor, como todos los domingos, y luego aprovechamos para darnos los últimos baños de la temporada en la piscina y nos quedamos fritos a la sombra de la encina del jardín. Pensé que ese domingo no me iba a dar el siroco, pero me dio. Vaya si me dio.

Todo empezó cuando comencé a recibir mensajes desde Nueva York de Rodri, un ligue del pasado que estaba en la Gran Manzana apurando sus vacaciones. Sus mensajes desprendían vida, la misma que se me iba escapando conforme iban pasando las horas del día. La señal de peligro se despertó en mi cerebro cuando me envió un párrafo de un libro de Elvira Lindo:

«Nueva York me devolvió, sobre todo en los primeros tiempos, sensaciones de franco descubrimiento del mundo y un anhelo de alargar el día que tenía adormecidos en mis últimos años de vida madrileña. Puedo afirmar que experimenté un rejuvenecimiento que me indujo en algunas ocasiones a comportamientos insensatos. Era como si no tuviera que rendir cuentas al mundo real (que es el de mi país, el de mi familia) de todo lo que sucediera allí.»

Y a continuación, recibí este mensaje de Rodri:

«Así me sentía yo. Anestesiado. Borracho de éxito por el programa que dirigía, pero vacío, aburrido e insatisfecho. Era como tener resaca mientras estás bebiendo. Y esta ciudad me ha devuelto todo de golpe y sin pedírselo, casi sin buscarlo. A cada rincón, a cada minuto...»

Le llamé, claro:

Me habló de mariposillas en el estómago, de un tío que le había mirado y sonreído en un café de Chelsea y me recordó esos nervios que sientes en el colegio o la universidad cuando notas que tienes pandilla nueva.

—Ayer estuve en el Infanta Isabel viendo *Maribel y la extraña familia* —le dije después de un rato.

—Solo el nombre, Infanta Isabel, me da pereza. Y no voy de esnob ni de estupendo, Jorge. Hablo de sorprenderme. Ayer estuve en un bar muy cutre en el que bailé, me caí, me quité la camiseta y me besé con el gogó. ¡Hacer cosas por primera vez a los cuarenta años! A eso me refiero.

¿Cuánto llevaba yo sin hacer nada por primera vez? Ni lo recordaba.

—¿Me irías a buscar si aterrizara allí?

—Pero ¡por supuesto! Y te llevaría directo, con maleta y todo, al Mary Crisis —lo pronunció «Mery Craises»—, un garito infame en donde la gente canta canciones de musicales alrededor de un piano. Eso para empezar sorprendiéndote.

A lo largo de ese año, la idea de la huida se me había pasado muchísimas veces por la cabeza, era una de mis fantasías más recurrentes, que jamás me había atrevido a compartir con Fermín. Hasta esa tarde. Él conocía hasta qué niveles llegaba ya mi hartazgo laboral y era consciente también de que estaba empezando a afectar a mi vida personal y a nuestra relación de pareja. La excusa era huir, pero en realidad también quería volver a enrollarme con Rodri. Volver a sentir.

—Fermín, quiero irme —le dije unas horas después de esa charla por teléfono.

—No tienes huevos.

Su respuesta me descolocó. Hubiera preferido que me recitara un sentido monólogo. Y, a ser posible, que comenzase con un lastimero «Qué voy a hacer yo sin ti». Su respuesta me descolocó, es cierto, pero también me envalentonó:

—No puedo más. Necesito largarme. Saber qué coño quiero hacer con mi vida, porque, desde luego, la que estoy llevando no es la que quiero.

—¿Dónde te quieres ir?

—A Nueva York.

Eran las nueve de la noche. Fermín cogió el teléfono, marcó el número de Iberia y comenzó a hablar con una señorita. La llamaba por su nombre; siempre lo hace en estas situaciones y a mí me da mucha rabia porque me repatea que vaya de simpático. A ellas les encanta.

El vuelo a Nueva York salía por la mañana. Le dije a Fermín que no. Esas cosas debían hacerse en caliente, sin pensar, largarse directamente al aeropuerto con el subidón de adrenalina puesto. En cuanto entraba en escena la lucidez, el juego se iba a tomar por saco.

—No me voy, Fermín, déjalo. Otra vez será.

—Te conozco y tampoco lo ibas a disfrutar. Me voy a dormir. ¿Te vienes?

—Subo en un rato.

—No tardes mucho. No quiero tener que bajar a buscarte a las tres de la madrugada.

Me quedé escuchando a Liza Minnelli y Charles Aznavour cantando *Les comédiens*. En bucle, unas quince veces. Bebí vino para coger fuerzas y llevar a cabo la locura que había dejado aparcada. O no bebí lo suficiente o no cogí las fuerzas necesarias. Subí a dormir y me encontré a Fermín roncando como un descosido. Con la tontería del vino me cogí un cabreo irracional.

—¡Ahora sí que me voy!

Comencé a hurgar en su mesilla de noche para ver si encontraba mi pasaporte porque en ese momento sí que estaba dispuesto a presentarme en el aeropuerto y coger el primer vuelo que saliera. Me daba igual Buenos Aires o Teherán, el caso era irse. Sin embargo, solo encontré uno caducado. Me dio reparo seguir buscando por si lo despertaba, aunque estaba muy enfadado con él porque no había opuesto resistencia a que me fuera. También es verdad que me hubiese enfadado con él de todas formas, porque si me lo hubiera impedido, le habría montado un pollo por cercenar mi libertad. Me metí en la cama y mientras luchaba contra mis decepciones, me quedé dormido.

Durante la semana tuve que escuchar cientos de opiniones sobre mi actitud con la suegra del torero en el programa del viernes. Mi madre, como viene siendo habitual en estos casos, me llamó para decirme que lo había pasado muy mal.

—No tienes que tratar así a la gente —me dijo.

Pobre. Todavía quedaba lo peor.

También sucedió un viernes de ese mes de septiembre por la noche. Invitamos a participar a una concejala que había saltado a la fama porque un amante hizo público un vídeo subido de tono que ella le había enviado. La concejala estuvo sosa en la entrevista, descolocada, pero luego aprovechó una pausa de publicidad para meterse con María, mi María. Carlota y yo llegamos a la conclusión de que lo mejor era despedirla a la vuelta de publicidad. No fui capaz de hacerlo sin liarla. Vine a decirle que, como ya la habíamos usado lo suficiente, podía largarse para su casa, pero ante semejante grosería ella se revolvió con toda la razón del mundo y yo me encendí un poco más. Me ganó la partida. Comencé a dedicarle adjetivos despreciables. Vi de reojo cómo uno de mis colaboradores me hacía señas para que echase el freno, pero no le hice caso. La expulsé del plató, y con ella fuera continué lanzándole improperios, enmarañándome en una situación de la que me veía incapaz de salir. Escuchaba a Carlota por el pinganillo. Me decía: «Para, Jorge, para, por favor». Y yo no podía, no paraba:

—¡No puedo más! ¡Estoy harto de tener que lidiar con esta clase de invitados! Lo siento, pero no puedo más.

En ese momento pensé que me estaba revolviendo contra ella, contra la concejala, aunque me equivocaba. Me estaba revolviendo contra mí mismo, contra mi vida. Miré a María, y ella me apartó la mirada. Me agradecía que la defendiera, pero no a cualquier precio.

Intenté seguir adelante con el programa como si nada hubiera pasado. Y al examinar la situación tiempo después, eso es lo que me parece más grave. Cuando uno desprecia a otra persona de una manera tan salvaje y no se arrepiente al instante, es que hay algo que no está funcionando como debiera.

Al día siguiente, las redes ardían. La mayor parte de los comentarios, negativos para mí. Desconecté el móvil, no quise hablar con nadie. Fermín y yo nos largamos con los perros a un hotel rural y pasamos un fin de semana alejados de todo y de todos. Cuando el lunes por la mañana volvíamos para Madrid, pusimos la radio y en una tertulia hablaban de lo que había sucedido el viernes por la noche. Aunque las que hablaban eran amigas mías, censuraron abiertamente mi comportamiento:

—No entiendo por qué se puso así Jorge —decía una—. Él tiene suficiente habilidad para sortear ese tipo de situaciones. Estuvo mal, muy mal.

Y las demás coincidieron.

Fermín intentó animarme, como de costumbre, pero para ese entonces yo ya notaba que se me iba comiendo la tristeza. Ese Jorge que salía en la tele no era, ni de lejos, la mejor versión de mí mismo. Había que buscar una solución. No podía seguir engañándome.

Llamé a Pablo.

—¡Jorge! Estaba preocupado. ¿Qué tal estás?

—Mal. No puedo seguir. Estoy volviendo a la época que tanto daño me hizo.

Si de las noches de alcohol y autodestrucción pude salir gracias a una promesa muy naíf hecha delante de un espejo, de esta Gran Crisis laboral y personal de año y pico antes de las vacaciones en Mauricio pude salir gracias a Pablo y a Óscar. Los dos me llevaron un fin de semana largo a Amberes y me dejaron llorar, reír, enfadarme, quejarme, vaciarme emocional y sentimentalmente.

También gracias a David, Raúl, Carlota, Alberto, que no sacaron a relucir nunca el «precisamente tú, con lo bien que te va, no tienes derecho a quejarte», que intentaron comprenderme, apoyarme, colmarme de cariño y, sobre todo, evitaron juzgarme. Respiré también cuando después de una reunión con mi consejero delegado, en la que estuve a punto de echarme a llorar, él me tendió la mano y me aseguró que podía contar con su ayuda para sortear las dificultades que estaban surgiendo en mi camino. Y me sirvió de mucho el aliciente del teatro: ya asomaba la idea en el horizonte, como un proyecto lejano, y me ayudaba saber que podía llegar a hacer realidad uno de mis mayores deseos.

Aun así no fue fácil levantar cabeza. En el camino quedaron demasiados fines de semana en los que Fermín y yo permanecíamos encerrados en casa bebiendo. Comenzábamos brindando con una copa de vino por lo aparentemente bien que nos iba todo, pero conforme pasaban las horas, la copa se convertía en botella y luego en más botellas. De la alegría inicial, yo saltaba al desencanto, después a la tristeza y por fin al envío compulsivo de mensajes a chicos que revoloteaban a mi alrededor pidiéndoles auxilio, suplicándoles emociones, rogándoles que me secuestraran y me llevaran a un mundo donde no existieran ni mi trabajo ni Fermín.

Un lunes nos asustamos al hacer el recuento de lo que habíamos bebido el fin de semana.

Los lunes. Eran terribles. Nos despertábamos con resaca y durante el día nos llamábamos un montón de veces para contarnos cómo la sobrellevábamos:

—Yo estoy un poco mejor —podía decirme él.

—Sí, yo también. Pero nos lo pasamos muy bien, ¿verdad?

—Sí, yo sí.

—Yo también.

Sin embargo, no nos lo habíamos pasado tan bien. Nos mentíamos. En realidad, ninguno de los dos quería abordar lo que nos estaba sucediendo. El alcohol nos estaba separando. El fin de semana compartíamos mucho tiempo juntos, aunque cada uno en su mundo, en su borrachera. Yo, enredado en vídeos de YouTube mientras fabulaba con la idea de subirme un día a un escenario. Él, no sé muy bien a qué estaba. No lo sabía y, en aquella época, tampoco me interesaba.

Hablé con Pablo:

—Quiero empezar a beber menos. Necesito ayuda. ¿Tienes el teléfono de alguien?

Me mandó a un psiquiatra especializado en adicciones. Encima de la mesa de la sala de espera había varios folletos que hablaban del alcoholismo, de cómo superarlo, de sus efectos devastadores.

No me costó contarle al psiquiatra el motivo de mi visita, aunque le mentí cuando me preguntó cuánto bebía. Me daba vergüenza confesarle la cantidad de botellas que podíamos terminarnos Fermín y yo durante un fin de semana. Lo que no le negué es que de lunes a jueves —los viernes no, porque trabajaba— caía una botella de vino en la cena.

—Eso es mucho —sentenció él.

—No quiero renunciar a ese placer.

Tras una larga charla dictaminó que empezaba a sufrir una leve dependencia del alcohol. Peligrosísima, por otra parte, porque como en un principio yo creía que no afectaba a mi vida cotidiana, podía ir a más. Sin embargo, sí que estaba empezando a afectar a mi día a día: de entrada, había dejado de asistir a celebraciones donde el alcohol podía campar a sus anchas —bodas, cumpleaños, fiestas diversas— por temor a perder los papeles y que me hicieran fotos.

—Para empezar, quiero que apuntes en una libretita todas las copas de vino que te tomas al día.

No lo hice, aunque sí que comencé a llevar un cómputo mental de la cantidad de alcohol que podíamos llegar a consumir Fermín y yo. Redujimos la ingesta. Intenté acudir regularmente a la consulta, pero me desanimé. El psiquiatra se empeñó en bucear en mi pasado, en posibles conflictos, en conocer episodios atormentados que podrían haberme ayudado a consumir más alcohol de la cuenta. Y por ahí no estaba dispuesto a pasar: le había contado mi vida a cuatro o cinco profesionales distintos, la idea de tener que enfrentarme de nuevo a ese trance me aburría sobremanera.

Dejé de beber gracias a la nutricionista nazi.

Comencé a verme más gordo de lo habitual. Con ojeras, con ese abdomen hinchado tan característico que lucen los que beben de más. Me fui con Pablo y Óscar un fin de semana a París y me vi con tal cuerpo escombro que no tenía ni pizca de ganas de tontear, con lo que yo había sido. Siendo tan joven, me estaba empezando a ver demasiado mayor.

El lunes, nada más aterrizar en Madrid, me presenté en la consulta de la nutricionista nazi, que me recomendó una amiga. Al verme me ordenó un régimen severísimo:

—Tienes muchos kilos que perder, ¿eh? Te sobran muchísimos.

—No sé, a lo mejor con tres estaría bien, ¿no?

—No, no. Muchísimos más.

Me pasó una lista de elementos prohibidos. Estaba, cómo no, el alcohol.

—¿Puedo tomarme una copa de vino durante las cenas?

—Ni se te ocurra. Terminantemente prohibido.

Así fue como dejé de beber. Por estética. Fermín me veía tan preocupado por el asunto de los kilos que también se unió a la Ley Seca.

—Te acompaño. Así te costará menos. Y a mí también me vendrá bien bajar unos kilos.

Dejar de beber nos costó mucho menos de lo que creíamos. Rectifico: no nos costó nada. Y nos animamos a no tirar la toalla cuando empezamos a darnos cuenta de que, sin beber, volvíamos a escucharnos.

Superada la Gran Crisis, me sigo quejando de mi trabajo, aunque he llegado a la conclusión de que lo hago por vicio, como el resto de los mortales. Me cuesta arrancar, ponerme en marcha, salir de casa, pero en cuanto llego a la tele desaparece la tontuna. David siempre tiene la frase preparada para darme marcha y me sigue haciendo gracia que Raúl me reciba con su «¡Qué tal estás, albondiguita mía, gordinsflonski!». Cuando me despierto con un buen dato de audiencia, le llamo y le digo: «¡Qué bueno soy, joder! ¡Si es que yo he venido al mundo para dar tardes de gloria!», una frase que, según me contó Raúl, pronunció un conocido torero durante un almuerzo con amigos. Nos parece tan insensata que no paramos de repetirla.

En cuanto a Fermín, nuestra relación también había mejorado desde la Gran Crisis. Vivíamos un momento particularmente dulce y yo creía, además, que escribir este libro nos estaba uniendo.

En Mauricio, donde lo comencé, le pregunté si podía utilizar algunas de las situaciones que había vivido de pequeño, con su familia, y que él me había ido contando a lo largo de los años que llevábamos juntos, porque solo se puede llegar a entender diversos comportamientos que tuvo conmigo conociendo su pasado.

—No, no me importa —me dijo.

—Piénsalo. Mira que no estás acostumbrado y te puede resultar muy impactante ver tu historia escrita en un libro.

—Utilízalo, de verdad.

Cambié de idea sobre la marcha:

—Oye, ¿y por qué no me los escribes tú? ¿Por qué no me escribes esos recuerdos que me has ido contando? —A Fermín le gusta escribir. De hecho, ha participado en varios talleres de escritura.

—¡Ah! Pues eso me hace más ilusión.

Se puso manos a la obra rápidamente. Iba con su libretita a todas partes. Comenzó a escribir en los ratos libres que le dejaba el trabajo; los fines de semana se encerraba en el comedor mientras yo hacía lo mismo en mi despacho. Entendió que, cuando estábamos juntos, a veces se me fuera la cabeza a otra parte porque estaba pensando en el libro; a él empezaba a sucederle lo mismo.

7

FERMÍN

Me metí en nuestro dormitorio y cerré la puerta. Fermín había dedicado unos días a pasar a ordenador eso que había ido escribiendo en su libretita, y por fin una mañana me había dado un archivo con las primeras páginas. Me lo pasó así, como quien no quiere la cosa, preocupado más que nada por si eso iba a estar bien escrito.

—Que sí, seguro, no seas pesado.

En ese momento no me dijo ni una palabra del contenido, aunque yo ya iba preparado. Me daba hasta miedo leerlo porque unos días antes él ya me había advertido que, de tanto bucear en sus recuerdos, habían aflorado varios que creía olvidados. Cosas que aún no me había contado.

Quise leerlas a solas, porque me daba mucho apuro ponerme a llorar delante de él. Hice bien. Cuando las acabé, no pude dejar de llorar durante un buen rato.

* * *

Cuando vino a recogernos había mucho barullo en el bajo de la escalera, antes de la puerta lateral del edificio, por donde salíamos. Reconocimos a alguno de nuestros compañeros y nos acercamos un poco para ver qué pasaba. Qué bien, estaban repartiendo chocolate y a nosotros también nos tocaba. Cuatro onzas por niño, creo, y una rebanada de pan en plan merienda de viernes. En aquel momento, en la cola, junto a mi hermana Inés, sentí que formaba parte de algo, me sentí integrado, con la tranquila normalidad que te da ser como los demás. Había venido a buscarnos nuestro padre para pasar el fin de semana en casa y encima íbamos a merendar chocolate.

La casa de acogida en la que estábamos internados se hallaba al otro lado de la catedral, justo pasada una de las esquinas de las murallas que rodean el casco antiguo. Prácticamente en el centro de la ciudad, comunicada con todo. A eso se agarró mi padre para meternos bulla y no dejarnos esperar, así que nos quedamos sin chocolate. Siempre estaba como enfadado. Según él, debíamos caminar muchísimo para llegar a la parada del autobús que nos llevaría a casa, en el barrio de San Salvador. Es el primer recuerdo que tengo de mi padre.

—Que no se queda a dormir y punto, ¿te estás enterando?, ¿me oyes bien? Que no me da la gana y ya está, y no lo repito más, ¡estamos! —E inmediatamente su típico puñetazo en la mesa.

Gesticulaba alterado, con la amenaza moldeando el miedo, como siempre. Me hablaba a mí, pero miraba a mi madre. Digo yo que como en la misma naturaleza, igualito que el águila real, escogiendo a la presa más débil, mirando a mi madre para gritarme que de ninguna manera Fernando se iba a quedar en *su* casa a dormir. Mientras, mi madre, sin una sola palabra, me iba diciendo con la mirada: «Ya conoces a tu padre, déjalo, no tiene remedio, el idiota. Si es que es subnormal, el pobre. Tú tranquilo. Vete y pásatelo bien, olvídalo».

Yo ya tenía diecinueve años y Fernando era mi primer novio formal, aunque, por supuesto, de eso no se hablaba en casa. Ni siquiera cuando él y yo ya vivíamos juntos y alguna vez venía mi madre a comer a nuestro piso con una única cama de matrimonio. Aún entonces me seguía preguntando: «¿Para cuándo una novia, hijo?». Después de mi «iniciación» y de investigaciones varias —entre ellos, un brigada chusquero mientras cumplía el servicio militar—, Fernando supuso la estabilidad sexual. A las tantas de la madrugada cualquier sitio nos servía para apañarnos, desde el banco de un parque hasta la entrada de cualquier portal. Follábamos hasta en los pasillos de un supermercado de Salou, donde trabajaba un colega que tenía las llaves.

Después de darle un beso a mi madre y sin despedirme de mi padre, salí a la calle a buscarlo y nos fuimos andando desde el barrio hasta Tarragona. Cinco kilómetros. Yo regresaría en el primer autobús, el de las 6.14, como tantas otras veces, pero ya no volvería a dormir en *su* casa nunca más. Ese mismo día alquilábamos un piso en la calle Jaime I de Tarragona.

Los bajos de la piscina de mi barrio eran uno de los puntos de encuentro de los mayores. Algunos iban hasta allí con su Vespino y a la entrada de los vestuarios se reunían a fumar. Mi hermana Susana tonteaba entonces con el mediano de los vecinos del cuarto, Juanra. Con él fumaba y se dejaba tocar las tetas. Recuerdo que siempre reían. Yo, no fallaba, me quedaba cerca entretenido con la bolsa de chucherías que me compraban.

—Hoy vamos a ir a los bloques blancos con el coche del Juanra, ¿eh, Fermín?

En esas ocasiones esperaba sentado en el asiento del conductor, sintiéndome importante y aprendiendo a borrar al momentito lo que escuchaba; jugando a dinamitar puentecitos. Pero mi padre, como el águila real que con su vuelo detecta absolutamente todo lo que pasa a su alrededor, en especial tratándose de su Susi —porque así la llamaba, «mi Susi»—, siempre *siempre* aparecía, daba igual dónde estuviéramos.

—Tira para casa. —La cogía del brazo para empujarla.

—Papa, que yo no estaba haciendo nada malo. —Susi corría mientras lloraba de vergüenza.

—Que tires te he dicho, te vas a enterar.

Y él echaba a andar detrás, sin prisa, con los pies un poco a las dos menos diez, el cuerpo ligeramente echado hacia atrás, y (esto lo entendí con los años) la majestuosa confianza del águila que, sin el tiempo en contra, se deleita tras cazar a su presa. Yo siempre el último, eterno testigo olvidado, muerto de miedo.

Mi padre y mi hermana Susana, mi hermana Susana y mi padre. Aquello no era lo mismo con mi madre. Pero vamos, ni con mi madre ni con nadie. Ni siquiera con la que le hizo acabar en la cárcel. Recuerdo cuando le preguntaba a mi madre que por qué no dormían juntos, por qué mi padre dormía en un plegatín en la terraza y no con ella en su habitación, juntos en su cama, como los padres de todos nuestros amiguitos del cole, y ella respondía siempre con un coraje que nunca supe de dónde coño sacaba:

—Quita, quita, que dice que me tiro pedos durmiendo, y que huelen.

Era la única situación en la que hablaba de pedos sin doblarse de la risa. Pobrecita mi madre, que su marido no quería dormir con ella. Luego supe que a mi madre le importaba un bledo dormir o no con él, que no existía matrimonio alguno, que no éramos una familia como la de nuestros amiguitos del cole. Su empeño estaba en retener a mi hermana Inés con ella, bien metidita en la protección de sus sábanas. «Con esta sí que no.» Pretendía pasar la noche sentada como una esfinge en el sillón del comedor, entre la terraza donde dormía mi padre con su plegatín y las habitaciones, pero siempre me tocaba a mí despertarla.

—Pero si no tengo sueño, será pesao el niño, vuelve a la cama, anda, que yo me quedo un rato más aquí.

Pobrecita la guardiana, que perdió una de sus batallas.

De la chica que lo denunció tengo una escena vaga, borrosa, pero grabada en la mente como algo parecido a un trauma infantil, supongo. Estoy tumbado en una esquina del sofá y en la otra, en ropa interior, ella me da golpecitos con el pie. Lloro y ella ríe, me imita muy histriónica y lloro más, y ella ríe más. Ríe histéricamente. Mi padre grita «Deja al crío ya», pero también ríe. En el salón comedor hay alguien más, y mucho humo. A ella le pongo cara sin ningún esfuerzo. No hace muchos años que mi hermana Susana, en un repaso a las fotos familiares que solo ella tiene, me enseñó una Polaroid del río Francolí con mi padre, mi madre, un señor. «Mira, con esta fue lo del papa.» Todos en bañador y felices, aunque la mirada de mi madre ya era un poema.

Con mi madre íbamos cuatro de sus cinco hijos. Faltaba Diego, el mayor, que se había alistado voluntario en la Legión, así, con dos cojones y la cabeza bien hueca, a los diecisiete años. Después de varias puertas y no sé cuántas movidas de documentación, llegamos a un pasillo largo con una reja que iba desde la mitad de la pared hasta el techo. Al otro lado de la reja, junto a dos o tres hombres, estaba mi padre. No sé si será la imaginación, pero lo recuerdo todo oscuro, viejo, sucio, incluso sucio mi padre. Todo feo, lo más feo que te puedes imaginar que es una cárcel. No pasamos mucho rato allí con él, pero a cambio yo estuve años, muchos, convencido de que había estado trabajando.

—Mi padre ayudó a construir la cárcel de Tarragona —llegué a fardar alguna vez. Yo no estuve más veces, o directamente los puentecitos de esos ríos de mi memoria se desplomaron. Salió después de tres años por buena conducta. La condena era de dieciocho.

Lo mismo de cada lunes de Pascua, en serio, todos los años igual, mi madre cerrando las bolsas con todo listo y a punto de salir de casa:

—Vete corriendo a la bodeguita, que seguro que ha abierto, y pídele seis, pero de las grandes, toma, como esta, ¡venga! Dile que me lo apunte, anda. ¡Corre, que nos vamos!

Las putas pilas para el radiocasete.

Más chutes no,
ni cucharas impregnadas de heroína.
No más jóvenes llorando noche y día.
Solamente oír tu nombre causa ruina.

«Heroína», de Los Calis. Sus canciones me huelen a tabaco y a mortadela, a sudor y a calle; y me colocan directamente en una infancia plagada de recuerdos que he sido incapaz de aniquilar. Los Calis son mi hermana Susana, son mi barrio. Los Calis son también mi padre. Él se encargaba de llevar el radiocasete en el hombro a todo volumen durante el camino, hasta más allá de las viñas. Lo habitual era pasar el día cerca de la masía del Ángel o en el puente del Diablo. Por toda esa zona se desparramaban las familias después de aparcar el coche en una explanada cercana, pero nosotros teníamos nuestro sitio fijo en otra dirección, junto a un terraplén pasados unos viñedos, cerca de las carreteras blancas, a unos veinte minutos andando. También el menú era el mismo todos los años: carne empanada para aburrir y tortilla de patatas, que mi madre preparaba la tarde anterior. La Mona la llevaba yo, imagino que ya entonces me verían lo suficientemente *fino* como para confiarme lo más delicado.

Los Calis también son Roberto. Con él se casaría Susana y tendría dos hijos. Se conocieron en unas clases nocturnas en el colegio del barrio, con la obligada esperanza de sacarse el graduado escolar. Susana aguantó como una jabata sus dos años de clases, mientras que el Rober se conformaba con ir a buscarla a la salida con la moto para sus arrumacos varios, devolviéndola tarde a casa, para mosqueo descomunal de mi madre, que ya olisqueaba la tormenta.

Y en esas mi padre, que iba viendo que la cosa se ponía seria, que se le podía escapar el mochuelo del nido, que su Susi amenazaba con echar a volar. No le quedó otra que afilarse las garras para intentar retenerla por el pescuezo.

—Yo ya he estado en la cárcel, así que no me toques las pelotas —lo soltaba recreándose, se notaba que le encantaba decirlo—. Me voy a meter en un lío, pero esto lo arreglo yo, por mis cojones, ¿me has oído?

Y entonces se iba disparado al armario, donde guardaba una navaja en la parte superior —el sitio más indicado para guardar una navaja, claro, bien a la vista—, y después de blandirla sacando automáticamente la hoja con un botón que tenía en un lateral y de volverla a cerrar, se la metía en el bolsillo trasero del pantalón con el mismo gesto mecánico de siempre. «¿Oyes bien?» Escenas que por muy frecuentes que fueran nos dejaban temblando a todos. Y él encantado, prueba conseguida, viniéndose bien arribita con toda su familia cagada, el pobre. Qué ridículo ahora.

¿Cómo iba a permitir que se le escapara el mochuelo? ¿Un tiparraco iba a venir de la calle a su casa para llevarse a su Susi? Estaba dispuesto a pelear lo más grande para proteger lo suyo.

—No te voy a dejar en paz aunque me pase algo, ¿oyes?, ¿qué me va a hacer ese a mí? La ruina me busco, pero ni muerto te dejo, ¿te enteras? Si me muero, te voy a perseguir igualmente, ¿oyes bien?

Inolvidable una frase que el mentecato, a fuerza de cincelar, dejó esculpida en mi cabeza. Aún hoy, cuando la recuerdo —«Si me muero, vengo a buscarte»—, con aquellos gestos y la cara que ponía, con los ojos vidriosos, aquel odio y la forma en la que daba verdad a lo que decía —«Que me busco la ruina, ¿eh? ¡Oye, tú! ¿Oyes bien? Si me muero, vengo a buscarte...»—. Aún hoy, cuando la recuerdo, algo se me eriza en la nuca.

Una paloma blanca que yo tenía
cuando quería se me escapaba,
y la vi pasar un día,
con un palomo volaba.

Inés, que se había plantado una falda tubo larga hasta los tobillos, era la madrina de la boda y yo, que venía de estar trabajando toda la noche en Salou, debía llevarla en la moto, sentada de lado, claro, hasta Pobla de Mafumet, cruzando la refinería. Llegamos tarde, así que una prima del Juanra la tuvo que sustituir mientras, hasta casi el final. Nuestro hermano Diego, que estaba ingresado en Reus, salió con un permiso que le concedieron los del Instituto Pedro Mata para que no se perdiera la ceremonia. Como era cosa de un par de noches, y tras su ingreso en el psiquiátrico se reasignaron las habitaciones, se quedaría a dormir en casa de la novia; pero se pasó la noche entera sentado en una silla del salón comedor con la intención de escuchar música, dando vueltas con un bolígrafo a una cinta de casete. Susana, preocupada y algo insomne por su gran acontecimiento, se iba levantando para cerciorarse de que todo iba bien, no le fuera a dar un brote.

—Tranquila, tranquila, tú tranquila, que estoy bien. Tranquila, hermana, tranquila, tú tranquila. Tranquila.

Se perdió la ceremonia y apareció recién levantado directamente en el banquete, donde estábamos todos, al otro lado de la puerta, en el salón comedor de la casa de mi hermana.

Si tuviera que destacar algo de aquel apaño de boda, y digo *apaño* porque lo que en realidad buscaba mi hermana era bautizar a su hijo —ningún cura daba su brazo a torcer si no estaban casados, y el de Pobla de Mafumet, echando un rápido vistazo al viejo tapizado de sus viejas sillas, sucumbió a su deseo a cambio de que de paso se casaran el mismo día: un dos por uno; y encima prometió que los dos ritos no le llevarían más de una hora—... Si tuviera que destacar algo de la boda, digo, sería el semblante de mi padre. Nunca volví a verlo así, con aquella desazón. No hablo de la emoción que cualquier padre tiene el derecho de sentir al casar a su hija, no. No hablo de la tristeza que supone abrir las alas para que una hija emprenda el vuelo, para no tenerla nunca más en la habitación de al lado, no. Era algo distinto, raro, antinatural. Desprendía una sensación de pérdida descorazonadora, lo mire por donde lo mire, sin importar el ángulo de mi memoria, comparable solo con la más trágica de las pérdidas. No, nunca volví a verlo así. Ni siquiera el día que enterró a su mujer.

Ella no quería flores, pero cuando te pasa algo así, es muy difícil lidiar con esos encargos. Odiaba las flores igual que yo. Siempre me he sentido heredero de muchas de sus cosas, como esa capacidad que tenía para oler a la gente por dentro, nunca fallaba. Yo presumo de ser igual. Pasó por la vida como nadando, dando brazadas para separar la mierda y poder avanzar. Tanta supervivencia. También gracias a ella aprendí a dinamitar puentecitos repletos de basura. Sí, en su entierro hubo muchas flores. Nunca he creído en el más allá ni en nada por el estilo, igual que ella. Nunca hemos creído en el cielo ni en ninguna pamplina de esas, ¿eh, mamá? Pero por si acaso: mamá, hoy es mi cumpleaños, ¿recuerdas cómo me ponía cuando se te olvidaba?, ¡cuarenta y uno ya! La Susana me sigue llamando para cantarme el cumpleaños feliz en su inglés a las ocho de la mañana, la tía. El Diego también me llama cada año, yo creo que se lo chivan. Esta mañana me ha dicho que se acuerda de cuando los cumplió él, y que es un año muy bonito para cumplir, ¿cómo te quedas? Sigue con su risa histérica mezclada con la tos tan contagiosa. La Inés me ha enviado el whatsapp en su línea, con lo de mi querido hermano y eso. Luego la llamaré, así me pone al día de los avances en la boca del Esteban. A él lo llamaré más tarde a la residencia, me gusta pensar que se siente importante cuando lo llamo allí, y le prometeré que cuando vaya a verlo le llevaré dinero, ¿dónde lo gastará? El 3 de noviembre de este año hará diez que te fuiste y sigo pensando en ti todos todos los días, pero ya no sufro igual, mamá. Yo, que siempre presumo de no llorar con nada. Te imagino sentada en una silla engañando a alguien para que te peine, con tu bata sin mangas, recién duchada, y esperando con un brazo apoyado en la mesa, más bien pegado al hule. «Un rato más, sigue un rato más, anda, ahora para el otro lado, venga, hijo, si has estado muy poquito rato, cállate y sigue peinando, va.» Cómo te gustaba. Mañana me voy a pasar el fin de semana a París con mi novio y unos amigos. Este sí que te habría gustado mamá, ya lo creo, y tú a él también, muchísimo. Ojalá no me estés echando de menos.

* * *

—Estoy triste.

En todos los años que llevábamos juntos, jamás había escuchado a Fermín pronunciar esta frase. Me la dijo en el vestidor de la habitación del hotel de París. Se estaba preparando para irnos a cenar, escogiendo ropa. De repente dejó de rebuscar pantalones y camisas, me miró y disparó a bocajarro:

—Estoy triste.

No supe qué decirle. Me inquieté. Por un momento se me pasó por la cabeza que quería dejarme. Que necesitaba tiempo otra vez.

—A lo mejor es que te ha sentado mal la siesta.

—No lo sé, pero estoy triste.

Yo sabía por qué estaba así: por la escritura. Llevaba días removiendo recuerdos y era lógico que ese ir y venir en su memoria empezara a pasarle factura.

—Pero no te preocupes, que con una cerveza se me arregla.

La misma táctica de siempre: no regodearse en la tristeza. No se lo permitía. Bastante había vivido ya como para permitirse sucumbir a ese estado de ánimo que le exasperaba. No quería sufrir. Yo creo que Fermín consideraba que ya había sufrido todo lo que le tocaba, que ya había pagado su cuota. En ese sentido era puro pragmatismo.

Me sorprendieron sus palabras porque el fin de semana iba transcurriendo no ya con normalidad, sino con momentos especialmente dichosos. Ni él ni yo somos de regalarnos en cumpleaños, santos, Reyes, San Valentines y polladas de esas. Además, yo soy especialmente desastre con las fechas, pero me apetecía celebrar el cumpleaños de Fermín de una manera especial. Estábamos bien juntos, quién sabe qué pasaría en un tiempo, se avecinaban cambios importantes en nuestras vidas. Así que invitamos a Marisol y Antonio y diseñé un fin de semana especial: un buen hotel por la zona del Eliseo y reserva para cenar en La Tour d'Argent y en Jules Verne, el restaurante de la Torre Eiffel.

El domingo por la mañana disfrutamos paseando por el Mercado de las Pulgas. En una de las tiendas, Fermín se volvió loco y comenzó a comprar muebles a discreción:

—Los que no nos quepan en esta casa los guardamos para la siguiente.

Lo decía como para convencerme, pero a mí no me tenía que convencer de nada: me gustaba verle disfrutar imaginando dónde iría esta columna, aquel aparador o unos apliques espectaculares. Estaba entusiasmado y a mí me hacía muy feliz verle así. Almorzamos en un restaurante de la zona y volvimos al hotel para descansar un rato antes de la cena. Y después de la siesta, mientras se vestía para ir a la Torre Eiffel, me dijo lo de la tristeza.

Fermín advirtió mi preocupación.

—Ya verás como con una cerveza se me pasa —me repetía una y otra vez.

Y yo, como un idiota, le preguntaba cada tres minutos que si estaba mejor, que la siesta tenía culpa, que si se le pasaba la tristeza. Me sentía culpable. No sabía si estaba yendo demasiado lejos al animarle a escribir sobre esa parte de su vida de la que jamás se había mostrado muy comunicativo.

Cuando nos reunimos con Marisol y Antonio, acabó de venirse arriba.

—La primera vez que vine a París —recordaba Fermín—, almorzaba bocadillos en los bancos con mi novio.

—¡Y hoy cenas en uno de los mejores restaurantes de la ciudad! ¡Hay que ver lo que has ganado al estar conmigo! —repliqué en plan listillo.

Fue una noche muy agradable. Unas vistas de París impresionantes, Dry Martinis y muchas risas.

—Me ha llamado Pablo para decirme que ya sabe el sexo de los bebés: van a tener dos niñas. No se lo esperaban, daban por seguro que serían niño y niña y ya tenían escogidos los nombres: Bruno y Rita. Se han quedado descolocados. Ahora andan a la caza de otro nombre de chica y han barajado el de Zoe. Pero creo que se van a echar para atrás porque se han imaginado en el parque con las crías y les entraba la risa tonta pensando que la gente escucharía «Zo-rritas» cuando las llamasen a voces para volver a casa.

A nosotros también nos entró la risa tonta con un chiste tan absurdo. Aparte de la llamada de Pablo, recibí un mail de Juan Carlos comunicándome que en una semana haríamos el casting para escoger a los dos chicos que nos faltaban para el coro —ya teníamos a uno: Víctor González, que aparte de un gran artista, es el jefe de estudios de mi escuela— y me enviaba la prueba que les íbamos a hacer:

«¿Te aprendes tus diálogos? —me pedía en el mail—. También los puedes leer, pero sería mejor para ellos si les pudieras dar la réplica mirándolos.»

Me apetecía participar en el casting. ¿Contrataríamos a algún chico guapo?

El lunes por la mañana, después de visitar la tumba de Napoleón en Los Inválidos, Marisol y yo comenzamos a hablar de dietas, que ha sido siempre una de nuestras conversaciones predilectas.

—Pues fíjate que yo jamás he ligado tanto como en la época de la facultad, cuando estaba gordo. Tenía una papada gloriosa y unas piernas bien lustrosas, que diría una abuela. Pero yo salía a la calle pensando que era George Clooney y muy mal se me tenía que dar la noche para no acabar encamado con alguno. Tenía una confianza en mí mismo a prueba de bomba.

—¿Hace falta que yo escuche esto, Jorge? —se quejaba Fermín.

Marisol se reía.

—Hombre, Fermín, es que tú no has sido nunca como tu novio y yo. Redonditos. Con problemas de peso.

—Qué va. A mí cuando era pequeño también me sobraban algunos kilos. Y sobre todo, tenía muchos complejos.

—¿Complejos?

—Sí. Por ejemplo, siempre intentaba esconder las zapatillas detrás de las piernas, primero una, luego otra, para que no se me vieran lo rotas que estaban. Todas las que tenía estaban llenas de agujeros.

—En todas las casas con muchos hijos siempre se han pasado necesidades —reflexionó Marisol.

—En la mía no se pasaban necesidades. Era mucho más que eso. Nosotros teníamos que vestirnos con la ropa que nos daban en Cáritas. Y cuando los hermanos nos bañábamos, nos peleábamos para no ser los últimos porque mi madre tenía que aprovechar el agua y al final imagínate cómo estaba, con un color marrón muy poco agradable.

A mí ya me había contado que la panadera del barrio le guardaba las sobras de la semana a su madre, ella pasaba a recogerlas el sábado por la mañana, y ese era el único día que Fermín y sus hermanos comían bollos o ensaimadas. Duras como una piedra, claro.

—Pero en vuestro barrio toda la gente lo pasaba más o menos igual de mal, ¿no? —me atreví a preguntarle.

—Sí, pero nosotros peor que los demás. Sabíamos que éramos pobres. Y muchas veces nos daba vergüenza.

Escuchándole al lado de Marisol y Antonio, recordé de pronto aquel otro viaje a París con los dos, la primera vez que Fermín desapareció de pronto. La de veces que intentamos buscarle una explicación, y no hubo manera, ni siquiera después de que yo me plantase en su casa y lo viese hecho polvo y volviéramos. Luego, cada vez que Fermín y yo rompíamos, llamaba a Marisol para contárselo y no sabía explicarme. «¿Otra vez se ha roto? Pero ¿por qué?», me preguntaba, pero yo no podía darle ningún motivo, lo desconocía. Solo empecé a entenderlo cuando Fermín comenzó a hacerme partícipe de su historia. Esta era otra miguita, otra pieza del rompecabezas.

El lunes por la noche, todavía en París, nos despedimos de Marisol y Antonio hasta el día siguiente y entramos en el ascensor camino de nuestra habitación. Fermín había estado un poco más callado la última hora, a algo iba dándole vueltas. Fue entre la planta cuarta y la quinta. Fue ahí donde me confesó que quería escribirme algo más relacionado con su familia:

—Aún me falta por contarte lo de las palizas.

* * *

La primera vez que vi llorar a mi madre, y en serio que no fueron muchas, estaba defendiendo a Esteban. Siempre se me ha llenado la boca diciendo que yo era su hijo favorito, no sé muy bien si porque vería en mí un carácter distinto, como un reflejo de algo ajeno a nuestro origen, a nuestra casa, a nuestra realidad —«Anda, cállate, que pareces adoptao», me decía—, o la cosa era que ya desde bien pequeñito me vería más fino de lo común, y por diferente me quería más que al resto. La verdad es que me dijo tantas veces que parecía adoptado que durante un tiempo incluso llegué a pensar que era cierto. Siempre me sentí especial para ella, pero su debilidad era Esteban.

A él le tenía dedicada la mirada, para él toda su atención, lo protegía y cuidaba de una manera exagerada, rozando lo teatrero. Con los años entendí que lo que hacía nuestra madre era enseñarnos a los demás desde muy pequeños cómo había que tratarlo, qué cariño y amor debíamos emplear con él. Exageraba también con el coraje que utilizaba para defenderlo, daba igual ante quien fuera, empleando si hacía falta toda su fuerza para enfrentarse, incluso a mi padre.

—¡Al niño no lo vas a tocar! —se interponía—, ¡pégame a mí si tienes cojones! —soltaba mi madre, y lo empujaba. Se agarraba a una silla dispuesta a lanzársela a la cabeza, gritando, llorando con la torpeza de los que no lloramos; sí, en eso también éramos calcados.

—Quítate de en medio, anda, Petra, quítate, que el tonto la moto se va a enterar. —Era lo poco que llegaba a decir mi padre, inquietantemente calmado, como quien habla con una perturbada.

Esteban tiene una de esas pieles blancas como de porcelana, casi transparente, con todas las venas a la vista como si tuviera tatuado un mapa de carreteras, y los cardenales se le quedaban marcados varios días, como carteles de neón anunciando un hotel. No habla, pero desde muy pequeño aprendió a hacer el gesto y el ruido de las motos, le encantaban. Su padre tenía una.

Pero la primera vez que vi llorar a mi madre desde una esquina del salón comedor, gritando y peleando con una silla, defendiendo a su hijo como una leona, o como podía, mientras mi padre pegaba a Esteban, yo ya tenía la solución. Desde mi esquina, bien quietecito como si así fuera invisible, callado, temblando, sufriendo y muy cobarde, tramaba mi plan.

Juro que me gustaría poder afirmar que mi padre tenía problemas con el alcohol, que se drogaba o que esnifaba pegamento, o qué sé yo, que sufría de alguna dolencia mental que le oprimía el cerebro.

Esteban es hermano mellizo de Susana y nació con una discapacidad psíquica del setenta y cinco por ciento, que en su partida de nacimiento etiquetaron como «atraso mental». Dijeron que se debía a que prácticamente todo el alimento pasaba por el otro cordón umbilical, el que acababa en el ombligo de Susana; que él no tuvo todo lo que necesitaba. He crecido viendo a su melliza pelearse, gritar y amenazar a cualquiera que se cruzase y, aunque fuera de reojo, lo mirara, o se riera, o a ella le pareciese que se reía; daba igual el sitio o la gente que hubiese, que se ponía hecha una fiera. Aprendimos desde muy pequeños a llevarle siempre de la mano, a sortear miradas y comentarios, y también a esquivar alguna risita por lo grandes y salidas que tenía las orejas. Todos sentíamos adoración por él y todos lo protegíamos. Bastaba con imitar el amor con el que lo trataba nuestra madre, todos aprobamos su lección con un sobresaliente. Pero en Susana se sumaba además un descorazonador sentimiento de culpabilidad, estaba clarísimo. Aún hoy se lo veo.

No logro recordar de dónde saqué la idea para mi plan. Quizá de la tele. En el programa de los payasos hacían trucos de magia, creo, y hablaban con los niños del público. Podría haber sido algo así: «¿Habéis visto qué chulada, niños? Pero esto no lo podéis hacer en casa, ¿eh? Ha quedado clarito que con los termómetros no se juega, ¿verdad? Que el líquido que hay dentro, que se llama mercurio, no se puede tocar. ¿¡Lo sabéis todos en casa, niños!? ¡Ahora vamos a cantar todos juntos!». O quizá la encontré en la revista que nunca fallaba en casa. En la *Pronto* le dedicaban unas páginas a los trucos caseros, con experiencias que enviaban los lectores, y a consejos de andar por casa. Igual fue ahí donde tropecé con lo nocivo y tóxico, lo peligroso y perjudicial que puede ser el mercurio. No sé, el caso es que en algún momento no muy claro mi cabeza se iluminó como una gran bombilla de faro: ¿mercurio igual a veneno?

Cuando mi padre nos ponía en la pared uno al lado del otro, como en fila americana, ya llevaba rato gritando y discutiendo con mi madre, dando porrazos y amenazando con su correa. Mientras nos empujaba a la pared, mi pensamiento lo ocupaba el termómetro que había colgado en la terraza, sobre una plancha horrorosa de madera, con la forma de no recuerdo qué país. Cuando empezaba con los mamporros —que así es como le gustaba a él llamarlo, *mamporros*—, yo pensaba en la cantidad que tenía aquel tubito, me parecía poca. Mientras todos llorábamos me preguntaba si sería rápido, o doloroso, ¿tendría algún sabor mezclado con el café?, ¿se daría cuenta? Mientras esperaba mi turno y miraba su correa desgastada de cuero marrón. «¿Será suficiente?, ¿de dónde saco más termómetros?» No faltaba la amenaza, todo gallito, de que la próxima vez utilizaría el lado de la hebilla, así, como si de un atleta agarrado a la antorcha olímpica se tratara, en la que el fuego debe mantenerse encendido. «¡Claro! Les pediré el suyo a todas las vecinas de la escalera.» Nunca utilizó la hebilla, pero sí la goma del butano. «Les podría decir que son para un trabajo del cole, que se los devolvería pronto.»

Antes de pegarnos ya se había entretenido a puñetazos con las puertas, no recuerdo ni una sola sin marcas o agujeros; entonces supe que no eran de madera, por dentro tenían una especie de entramado de cartón. Me pregunto si lo hacía a propósito para no llegar a nosotros con tanta ira, ¿él pensaría eso?, pero conseguía que ya antes de los latigazos nos cagáramos vivos, y a Esteban, además, siempre se le escapaba —le sigue pasando cuando está muy nervioso—, y conseguía que mi padre se enfureciese aún más.

Mi madre había empezado a beber.

Mi primer tesoro lo guardaba en el segundo cajón de la mesita que separaba la litera —Esteban abajo y yo arriba— de la cama de Diego. Era un envase de colonia vacío con forma de mujer antigua, muy cursi: la falda —como una cortina en cascada, enagua y miriñaque, de cristal glaseado— era el recipiente que había contenido el perfume, y el tapón —de plástico en un tono marfil, con unas flores en el recogido del pelo y abrazando un ramo con las manos— era el cuerpo. Me sentía afortunado con mi posesión y de vez en cuando abría el cajón, que era de aquellos secos de los que necesitaban varios tirones, simplemente para contemplarlo. También a veces lo sacaba, lo colocaba de pie en mi cama y lo hacía girar. Lo miraba mucho. Me gustaba jugar con aquel bote vacío, ¿sería mi primera muñeca? A pesar de mi gusto por lo moderno o por el *art déco* más futurista, aún hoy aquellos frascos antiguos de colonia barata de Avon me parecen una joya, dignos de colección. Todo lo que me pertenecía de verdad, lo que era solo mío, lo guardaba en ese cajón. Era mi espacio. Y fue ahí donde empecé a almacenar el mercurio, justo detrás de la muñeca, debajo de mis dibujos.

Cuando «por casualidad» se rompió el termómetro que teníamos en la terraza, con su base de madera horrorosa, pude confirmar lo que sospechaba: la cantidad era ridícula. Iba a necesitar unos cuantos más, pero al menos ya había empezado mi tarea. Sentí la satisfacción del nacimiento de una empresa. Fui capaz de tramar un plan y lo estaba llevando a cabo: ya había dado el primer paso, ahora tocaba seguir trabajando. Estaba todo diseñado. Me pasé meses juntando cuidadosamente, con la ayuda de la punta de un lápiz, el desparrame de pequeñas bolitas grises que se liaba al abrir a trompicones el cajón. Y seguía solo con el contenido de un único termómetro. En mi cabeza había sido todo mucho más fácil y rápido. No era verdad que todas las vecinas tuvieran uno, o no quisieron ayudarme, tenía que buscar en otros sitios, pero ¿dónde? La gran bombilla farera volvió a encenderse en mi cabeza: el centro de meteorología del colegio.

Estaba en el tejado del edificio principal y cuando subí a explorar, me volvió a dar en las narices aquella ley no escrita que se empeñaba en ratificar que cada paso, por pequeño que fuera, iría acompañado de un obstáculo: la estancia estaba cerrada con llave. Seguramente allí dentro habría muchos, sería el paraíso del mercurio, la cámara del faraón Keops repleta de todo lo que yo buscaba, o por lo menos los termómetros serían más grandes. Se me planteó como un jeroglífico que debía descifrar si quería conseguir una llave.

Es fácil ser elegido cuando no hay candidatos. Pasaba igual con el delegado de la clase, que siempre era la misma niña, la que levantaba la mano con cada pregunta, la de los sobresalientes. Al centro meteorológico se destinaba la mañana del viernes, debía subir un alumno de cada curso y había que hacerlo antes de la primera clase. A mí no me importaba ir media hora antes. Además, llegó a interesarme la climatología, que años después derivaría en mi fascinación por la astronomía. Me tomaba mi tiempo para investigar todos los aparatos, para elegir lo que me llevaría. Tomaba las medidas, que apuntaba en la tabla de comparación de la semana, y luego devolvía la llave en conserjería.

No tengo ni idea de cuántas tardes pude repasar el tejido de mi plan: a las seis, cuando escuchábamos la moto, mi madre decía «¡tu padre!» y salía disparada hacia la cocina para esconder el vaso de vino y disimular con la cena. Recalentaba media taza de café y la dejaba en la mesa, en el sitio de mi padre, para que se la encontrara justo al llegar. Inés hacía los deberes y Susana, a esa hora, había ido a recoger a Esteban a Tarragona. Yo dibujaba. Aparcar la moto detrás del bloque, donde daba nuestra terraza, echarle la cadena, taparla con una funda y dar la vuelta para entrar en el piso le llevaba un rato, así que todo dependía de lo que tardara mi madre en colocar el café en la mesa cuando oíamos la moto. Ese era el punto más importante, el más complicado de controlar. Ese era el tiempo que me quedaba.

Y el tiempo se me echaba encima, inclinando la balanza hacia el lado del odio. El día que estampó el plato en la mesa fue la primera vez que no tuve tanto miedo. El dolor físico no me asustaba. Lo que me achantaba eran los gritos, las amenazas, la salvaje agresividad que lo envolvía todo. Lo de menos era el daño que nos podía hacer un pedazo de plato al incrustarse en la cara. Pero aquel fue el primer día que, aunque por los pelos, el odio venció al miedo.

Estábamos todos sentados en la mesa, a punto de cenar y, no recuerdo ni me importa el motivo, se levantó con el plato a rebosar de sopa hirviendo y lo estampó en la mesa haciéndolo añicos, salpicando toda la casa y granizándonos con torpedos de porcelana y sopa. Me sentí culpable. Yo era el responsable de que toda esa mierda no se hubiera acabado ya. Las manchas de sopa pasaron años en las paredes. Como recuerdo. Me faltó valor para ejecutar mi plan, el mismo valor que impidió a mi madre abandonar a mi padre. Siempre he pensado en lo injusto de irse antes que él, y me duele que no haya tenido la oportunidad de vivir la familia sin él, la vida sin él. Ojalá ella hubiera sobrevivido al día que a mi padre lo mató una borrachera.

En el piso 2.º, puerta 4.ª, justo encima de nuestro piso, vivía la familia Aguilera. La pequeña de los tres hermanos había nacido con una discapacidad psíquica, pero no era como la de Esteban. Ella podía hablar, con palabras sueltas, secas y opacas; podía mantener algo parecido a una conversación. Tenía una especie de parálisis en medio cuerpo que le obligaba a mantener un brazo doblado hacia arriba y a caminar como a trompicones, con algo más que una cojera. Además, sufría ataques de epilepsia para los que su madre, Sagrario, tenía aleccionado a todo el barrio.

—No pasa nada, no la agobiéis, no la toquéis, se le pasará enseguida, es un momentito de nada —decía—, no os asustéis.

Y todos lo sabíamos. La escena era habitual: grupos de niños jugando bajo los árboles que había entre los bloques, que eran como parques sin columpios, y de repente ¡zasca! Una figura desplomada en el suelo: espasmos, babas, gestos como de sufrir pidiendo ayuda... Nadie se inmutaba, todo seguía su orden habitual. Sabíamos que iba a ser «un momentito de nada» y no nos asustábamos. Luego se levantaría tan pancha, se tocaría el pelo con la mano que se lo permitía y con la misma se limpiaría la boca.

Rosita Aguilera tendría la edad de mis hermanos Susana y Esteban, pero solía jugar con los más pequeños, y con quien le hiciera caso. Un caso que encontraba en sus encuentros con Juanra, siempre he pensado que en parte provocados por ella misma.

—Siéntate aquí, Rosita, que te quiero contar otra cosa. Eso es, muy bien, así, a mi lado, ven, más cerca. Pero dale eso al Ferminín, ¿no?, que también querrá jugar un poco. Déjame ver debajo del jersey un poquito, ¿a ver?

Yo me quedaba en la esquina del portal, vigilando y jugando con el disco chino de Rosita, o con la Boti Bota Clotilde, que era como un hula hoop para el tobillo con la bota en un extremo, o con una comba que mantenía nueva, que a veces llevaba colgada en el brazo, o con el juguete que acabara de salir que siempre le compraba su madre. Sagrario pasaba mucho tiempo en casa con mi madre y a nadie le extrañaba: las dos tenían un hijo que requería un trato muy especial, y tendrían mucho que compartir. Yo entendía que nunca viniera a casa cuando estaba mi padre: a él no le gustaban las visitas. También entendía que Rosita nunca quisiera entrar: ella prefería esperar a su madre en la calle, jugando o buscando a Juanra. Todos tenemos derecho a experimentar con nuestro sexo a la salida del primer pelo en el pubis, a tocarnos y a dejar que nos toquen. Ella también, por supuesto. Pero no era por eso por lo que nunca entraba en nuestra casa. Llegaba a correr a su manera, dando saltitos, cuando pasaba por delante de nuestra puerta.

No estuve en el entierro de mi padre, tampoco Susana. Hacía mucho tiempo ya que no me pasaba por casa, años que cuando necesitaba ver a mis hermanos los citaba en un restaurante de Tarragona. Y ahora que él no estaba, ya podía ir tranquilo. Ese día llegaba nervioso, no sé por qué, supongo que reunirme con ellos en nuestra casa me impresionaba, o el barrio. Nada más aparcar el coche en la explanada delante del bloque, la vi. Estaba igual, aparte de las bolsas en los ojos con ojeras, la piel y las arrugas lógicas del paso del tiempo, estaba tal y como la imaginaba. Me recordaba muchísimo a mi madre. Sagrario me miraba inmóvil, con las manos metidas en los bolsillos del delantal.

—Te estaba esperando. Tu hermana me dijo que venías.

Me pidió que subiera a su casa, que sería «un momentito de nada», que quería hablar conmigo. Su mirada me gritaba que no me podía negar, y la seguí. La bofetada de olor al entrar en su casa me transportó a mi infancia de golpe. Ahora no es así, pero entonces cada casa tenía un olor, a veces muy fuerte, que llevábamos en la ropa y en el pelo a todos lados, como avisando de dónde veníamos, como las marcas del ganado. Conservaba todo igual, exactamente todo menos la televisión, que ahora era un plasma que desentonaba horrores en aquel decorado. Le pregunté por Rosita, con cierto cuidado en no utilizar el diminutivo, debía de ser ya toda una señora.

—Murió hace dos semanas, Fermín. —Otra bofetada—. No te preocupes, todo está bien, les dije a tus hermanas que no te lo dijeran. Bastante ya.

Lo sentía muchísimo y se lo dije de corazón. Intentó sonreír, pero solo lo hizo un poco, y apenas con los labios, sin mover ni un milímetro los ojos, y sin llorar. Yo la miraba respetando su tiempo, aguardando en silencio, sabiendo que no me había hecho subir para eso; estaba claro que ya había agotado las lágrimas, no me necesitaba a mí.

Sentada delante, sin dejar de mirarme, sacó un tubo del bolsillo de su delantal y lo colocó, con mucho cuidado, justo en el medio de la mesa. Reconocí al instante el líquido metalizado que había en lo que parecía un tubo de ensayo, lleno hasta la mitad. Enmudecí, achantado y de nuevo en mi niñez.

—No te preocupes, Fermín, tu madre no sabía nada.

No sabía qué decir, pero ella lo tenía estudiado, y seguía hablando.

—Lo supe desde el principio, lo vi una vez que me enseñaste los dibujos. Tenías tres bolitas diminutas y empecé a atar cabos. La mente de un niño de aquella edad, y asustado, es muy predecible.

Con una hija como la suya, esta mujer sería una observadora experta, no se podía permitir un descanso en el control de la conducta de Rosa. ¿Sabría también lo de los encuentros con Juanra?, ¿querría regañarme? Yo seguía mirándola a los ojos, callado y anclado en mi infancia.

—Les dije a todas las vecinas que necesitabas su termómetro para un trabajo del colegio, que me lo dieran a mí, que te quería dar una sorpresa, y que te dijeran que no tenían. La Glori aún me lo está pidiendo, la cabrona.

Qué vergüenza, Sagrario lo sabía todo y me ayudó para que no cometiera una gilipollez, ¿era eso? No sabía si darle las gracias, pero tuve la impresión de que no había terminado de hablar, y esperé.

—Esta —señalaba el tubo— es la cantidad que habrías conseguido. Lleva más de veinte años conmigo. —Y tras otra pausa—: Me faltó el valor, Fermín.

Ahí ya sí que no entendía nada.

La mujer que tenía delante había sido nuestra vecina de toda la vida, en el piso de arriba. Fue la mejor amiga de mi madre y, sin duda alguna, testigo de todo lo que pasaba en nuestra casa. ¿Le faltó valor para matar a mi padre, decía?, ¿era eso normal?, ¿habría sido algo más que amiga de mi madre? En ese momento me podía tragar lo que me echaran. Acostumbrado al olor, apoyé mi mano sobre la suya, ella debía seguir.

—¿Te acuerdas de cuando me llevé a Rosita a unas colonias muy largas?, ¿cuando la dejé en una especie de campamento para niños que eran como ella?

Cómo no iba a recordarlo. Que alguien desapareciera de campamento casi un año en aquella época era como de otro planeta; si cuando algún vecino se iba de fin de semana era la envidia del barrio…

—Nueve meses, Fermín, fueron nueve meses.

Entonces fue cuando entendí. No sé por qué le solté la mano. Pensé en mis hermanos, que esperaban abajo. Quería irme.

—Llevo más de veinte años con el mercurio y cada vez que miraba a Rosita, me lo metía en el bolsillo del delantal. No pude, Fermín.

Volví a tender la mano por encima de la mesa y le abracé las dos suyas. Su hija se había ido y no podía celebrar que su demonio también; se habían ido casi a la vez.

—Cuando escuchamos los gritos salí al rellano. Tu padre estaba borracho. Aporreaba la puerta y nadie le abría. Me dio pena. Sentí mucha pena por él, fíjate.

Mi padre no bebía, no más de la cuenta. Si hubiera tenido problemas con el alcohol, también me habría dado pena a mí: no lo habría perdonado, aunque sí habría tratado de ayudarle.

—Me vio y empezó a insultarme, que dónde estaba Rosa, que se la bajara. Le dije que subiera a buscarla. Rosa ya estaba muy malita, y sus gemidos desde la cama me acabaron de dar el coraje. Se lo debía, Fermín, y a tu madre, y a tu hermana. Lo hice por todos. —Me alargó el tubo con el mercurio al tiempo que me decía—: Toma, llévatelo, esto es tuyo.

De alguna manera y después de tantos años, Sagrario culminó mi plan con un simple empujón. Y a mi padre, que no bebía, lo mató una borrachera.

El peso que me había dejado en la frente Sagrario, y también la visita a mi casa, me dolía en los ojos. Era una presión conocida, a la altura de las cejas, por dentro. Lo había visto reflejado en muchas caras y muchas veces, cuando iba a visitar a mi hermano mayor al sanatorio de Reus. Todos tenían esa mirada forzada, más abierta de lo habitual, levantando mucho los párpados como si así quisieran evitar que las cejas se les cayeran encima de las mejillas. Yo me pasaba la vida intentando disimular esa mirada delatora. En esas estaba mientras conducía camino del cementerio: quería renovar mi foto en el nicho de mi madre antes de dejar Tarragona.

Si de verdad existe algún tipo de conexión, de esas en las que ni yo ni ella hemos creído nunca, estoy convencido de que le gustaría lo de la foto. Sabría que lo hago por lo absurdo de poner una suya, y ella pensaría lo mismo. No era necesario anunciarla a cualquiera que pasara por allí, igual que no hacían falta flores. Además, así ella podría ver cómo voy cambiando, y eso le haría compañía. Los que la queremos sabemos perfectamente dónde está. Yo sería capaz de llegar sin ningún problema con los ojos vendados. *No, si lo de la foto de verdad que me gusta…* Quería dejarle también el tubo de mercurio, seguro que se tronchaba de la risa. La imagino a carcajada limpia y eso me hace feliz… *Pero lo del mercurio, hijo mío, ¿estás bien?* A punto estuve de partirme el pecho allí delante, así, bien zumbadito.

Seguro que me soltaría una burrada de las suyas, menuda. *Anda, llévate el mercurio, Fermín, que a ti te puede hacer más falta que a mí.* Cuando salía del cementerio caí en la cuenta de que no tenía ni puta idea de dónde estaba enterrado mi padre.

* * *

«Estoy triste», me había dicho Fermín en París, y había momentos en los que yo también lo sentía. Al pensar en él, en su infancia, en su soledad, en su miedo, en qué mal debía de haberlo pasado luchando contra sus vergüenzas, sintiéndose diferente al resto, más pobre, más necesitado. Si vives en un entorno poco propicio, el dolor es más llevadero si la familia está unida, pero en su caso había un elemento, su padre, que desestabilizaba la convivencia de una manera fatal, convirtiendo la casa en un espacio donde reinaba el terror. Menos mal que el resto se llevaba bien y se quería por encima de todo.

Recordar su historia me entristecía. Y si antes de conocerla, cuando nos metíamos en la cama, le abrazaba hasta que él me apartaba porque decía que tenía calor, ahora le abrazaba con más fuerza porque quería protegerlo. Porque el amor también es eso: proteger, cuidar, preocuparse por que el otro no sufra. No. No es que también sea eso. Es que esencialmente es eso.

Desde la vuelta de isla Mauricio, yo estaba empezando a sufrir momentos de tristeza y también de preocupación. Me despertaba inquieto por las mañanas. Como en un cambio de cromos, le había pasado a Fermín lo que llevaba escrito del libro y se había quedado impactado.

—Es muy oscuro, Jorge. Al menos los primeros capítulos.

—Pero ¿te gusta?

—Sí, muchísimo. Es como un libro prohibido para leer a oscuras.

Me llamó la atención que en dos ocasiones mencionase *oscuro.* Si a él, con todo lo que había vivido, se lo parecía, ¿qué pensaría mi madre?, ¿y mi hermana Ana, sobre la que ya había escrito? Tenía que quedar con ellas un fin de semana y dejárselo leer. Quería prepararlas, que supieran de qué iba antes de que se publicase. Estaba nervioso, no sabía cómo iban a reaccionar. Fermín no me entendía:

—Te comportas como un niño con tu madre. Siempre cavilando qué va a pensar, si va a sufrir, si lo va a pasar mal... Muchas veces tienes una actitud con ella que cualquiera pensaría que tienes diez años. Pero no solo con lo del libro, ¿eh? En general.

¿Tenía razón? Supongo que sí, como siempre.

Yo ya me ponía en lo peor. ¿Seguiría adelante con el libro aunque ellas me lo desaconsejaran? Sí. Incluso aunque eso supusiera dejar de hablarme durante un tiempo con mi hermana, o que la relación con mi madre fuese un poco más tirante.

A los cuatro días de llegar de París, llamé a mi hermana Ana.

—Me gustaría quedar contigo y con la mama un fin de semana. Quiero leeros el libro. Hay cosas que a lo mejor no os gustan.

—Jorge, cada uno tiene que vivir su vida. Es tu vida, y los demás no podemos hacer ni decir nada.

—Me vas a tener que ayudar con la mama. No quiero que se asuste.

—¡Uy! Por ella no te preocupes. Pero tranquilo, yo te ayudo.

La primera llamada había ido bien. No sé de qué me extrañaba: siempre contaba con el apoyo de mi familia. Llamé a mi madre, quería empezar a prevenirla.

—Estoy escribiendo otro libro, y en dos semanas tienes que venirte con la Ana, que quiero que leas lo que llevo escrito. Y además, Juan Carlos quiere leerte la función y que conozcas a Kiti.

—Cuando tú quieras, hijo.

—Te aviso: creo que este libro es más duro que el primero.

—¿Ah, sí? ¿Y eso por qué?

—Bueno, pues porque hablo de alcohol, de drogas…

Breve silencio.

—¡Ay, no sé yo! A ver si ahora, cuando vaya por la calle, me van a decir «¡Anda!, mira tu hijo, que también se ha drogado».

—Es una novela, mama.

—Ya, ya, pero si hablas de ti, la gente va a pensar que todo es verdad.

—Pero no vamos a dejar de hacer cosas por lo que piense la gente, ¿no?

—¿Yo? ¡No! Tú haz lo que tengas que hacer. Yo lo único que quiero es que no te hagan daño. Porque tú ahora estás bien, ¿no?

—Sí, muy bien. De hecho, Fermín y yo estamos viviendo la época más feliz de nuestras vidas.

No le mentía. Era cierto. Esta vez, esos momentos de tristeza no tenían que ver con lo nuestro.

—Pues eso es lo importante. Oye, ¿y tú crees que esta noche en el programa...?

—Déjalo, mama, ya hablamos mañana.

8

UNA FAMILIA PARTICULAR

Sonó el teléfono. Era mi sobrina Esther.

—¡Hola, tío! ¿Cómo estás?

Voz excesivamente cantarina. Le salía así, tan poco natural, porque le costaba llamarme. Nuestra relación no pasaba por sus mejores momentos, aunque estábamos en vías de solucionarlo porque mi madre sufría con nuestro distanciamiento. «¡Ay, Jorge! ¿Y no la ves, estando como está tan solica en Madrid?» He tratado de explicarle varias veces a mi madre que la niña —que ya no es tan niña porque tiene veinte años y estudia segundo de Periodismo— ni estaba tan sola ni se aburría en la capital, pero después de varias intentonas he decidido abandonar semejante tarea pedagógica porque siempre acabamos discutiendo.

—¡Esther! ¿Qué tal estás?

—Bien, muy bien, tío. Te llamaba para preguntarte cuánto cuestan los huevos en Lucio. Este fin de semana viene mi novio y le quiero invitar, que es su cumpleaños.

—Pues no sé. ¿Setenta euros? ¿Cien?

—Aaahhh.

Advertí desilusión en su voz.

—¿Te parece mucho?

—Hombre, por unos huevos…

—Bueno, pero no son solo los huevos. Picarás algo, ¿no?

—No, no. Solo los huevos.

—Pero os tomaréis una botellita de vino.

—¡Uy, no! Yo no bebo, y él se toma una cerveza.

—¿Unos entrantes? ¿O una carne para después de los huevos? ¿O un pescado?

—No, no, qué va. Si nosotros cenamos muy poco.

—Y el postre que sea tu cuerpo, ¿no?

—Eso, que se empache.

—Pues entonces sí que te salen las cuentas.

Al final no pudieron ir porque el restaurante estaba hasta los topes.

Tengo dos sobrinos. Son hermanos: Carlos y Esther. No he tenido mucha relación con ellos. Cuando me vine a vivir a Madrid me costaba mucho ir a Badalona y siempre que lo hacía, eran visitas muy rápidas, así que no me daba tiempo a profundizar. Suplía mi ausencia con dinero: les costeaba los estudios y les pagaba algún capricho. ¿Hice bien? Con mi sobrino Carlos sí, estoy convencido. Con Esther, no lo tengo tan claro.

Carlos tiene dos carreras y está labrándose un futuro prometedor en una buena empresa. Cuando cumplió dieciocho años me lo llevé un mes de vacaciones a Tailandia, viaje que él califica —y yo me muero de orgullo cuando lo oigo— como «el mejor de su vida». Lo que en él ocurrió y mi sobrino disfrutó para nosotros se queda. Una vez intenté utilizar material del viaje para un artículo y me lo prohibió terminantemente:

—Tío, mi vida es mía y no me da la gana compartirla con nadie.

Es muy guapo, bien plantado y muy reservado. No hace mucho sufrió una ruptura sentimental y le llamé para intentar consolarle.

—Es que soy muy aburrido, tío. No me pasa lo que a ti, que cuando hablas los demás se ríen.

Me entristeció escucharlo. No supe qué decirle. Le propuse pasar unos días en casa, pero no se mostró muy entusiasmado con la idea. El pobre no tiene mucha suerte conmigo porque soy poco generoso a la hora de divertirle. Una vez lo invité a Berlín. Carlos estaba en pleno proceso de recuperación de otra ruptura amorosa, y en vez de llevármelo a bares de alemanas guapas, le obligaba a acompañarme a bares gays con la excusa de que en esos sitios las tías están mucho más predispuestas a ligar con tíos porque se sienten menos perseguidas. «Tío, no me vendas motos, que nos conocemos», me decía.

Recuerdo que el día que cogíamos el avión para Bangkok, su padre le pilló por banda y le dijo:

—Carlos, tienes dieciocho años. Cuida de tu tío.

La frase se me quedó grabada. En teoría mi cuñado tendría que haberme dicho a mí que cuidara de su hijo, pero se invirtieron los papeles. Estaba yo inmerso en esa época ligeramente salvaje antes de que apareciera *Sálvame.* Con el paso de los años he llegado a preguntarme si mi familia advertía que mi vida no era tal y como yo se la contaba.

Mi sobrina es otro cantar. Es lista, tiene morro y es una manipuladora. La colaboradora ideal de *Sálvame.* Muy mona y muy presumida. Es muy clarita de piel y a mí me parece que eso le da un toque afrancesado que me encanta. El problema es que, por culpa de los mimos de toda la familia, pasó de ser un corderito a una adolescente conflictiva. Muy consentida. Creo que después de algunos palos está cambiando, o al menos eso me dice mi madre.

—¡Uy! No sabes cómo está ahora de cariñosa. Parece otra.

Como la niña quería estudiar Periodismo y ser como su tío, hace un par de años le propuse que se viniera a estudiar a Madrid. Gracias a mi amigo Pablo conseguimos que le hicieran una entrevista en una residencia muy prestigiosa cerca de la Ciudad Universitaria.

—Allí vivirá muy bien, Jorge —me tranquilizaba Pablo—. Además, a los directores de la residencia les gusta que la gente que entra se involucre en diversas actividades, que participen en lo que les ofrece el centro. Será muy interesante para que se relacione con los otros alumnos que vivan allí.

La primera en la frente: no superó la prueba de acceso. Yo no sé si es que fue muy sobrada pensando que la iban a coger por ser mi sobrina, pero la tumbaron. Me llevé una gran decepción.

—Esther, pero ¿qué mierda de entrevista has tenido que hacer para que no te cojan? ¿Me lo puedes explicar?

Se quedó muda. Creo que era la primera gran hostia que recibía en la vida y, además, muy dolorosa. La primera vez que tenía la oportunidad de demostrar algo por sí misma, la cagaba.

Desconozco la razón, pero pasado un tiempo le enviaron una carta diciéndole que estaba aceptada. Hablándolo con Pablo, hemos llegado a la conclusión de que en la residencia valoraron que yo no utilizara ninguna artimaña para que la admitieran: suplicantes llamadas telefónicas, solicitud de favores a contactos más o menos influyentes… Ella, crecida por su victoria, le confesó a mi madre que esperaba una llamada mía para pedirle perdón:

—No tenía ninguna razón para echarme la bronca —reflexionaba muy repolluda.

Cuando mi madre me lo contó, estuve a punto de pedirle a Fermín que me llevara al Viaducto para tirarme unas cuantas veces. La niña no se estaba enterando de nada. Lo peor es que me dio la impresión de que mi madre se ponía de su parte.

Durante el primer año de universidad mi relación con mi sobrina fue más o menos fluida. Venía a casa de vez en cuando a almorzar, salíamos con Fermín al teatro, me la llevaba a comprar ropa. Incluso la apunté a clases de canto en mi escuela. Parecía que todo funcionaba de manera ordenada hasta que acabó el curso. A la hora de la evaluación final, el resultado fue desastroso.

No hablé con ella en todo el verano.

En uno de los viajes que hizo a Madrid para examinarse de una de las asignaturas que le habían quedado la cité para almorzar en casa, y me enteré de rebote a través de Eduardo, mi administrador, de que yo le había pagado el AVE.

—Nena, la gracia de tus suspensos me va a salir cara. Creía que el AVE te lo ibas a pagar tú. Como este verano te has ido de vacaciones a Huelva y a Malta, suponía que te quedaría pasta. Desde luego, no puede decirse que seas Miss Delicadeza.

Estaba a punto de echarse a llorar, pero sus pucheros no me conmovían lo más mínimo. Por si no bastara con el desastre académico, los directores de la residencia habían decidido no renovarle la plaza dada la escasa implicación que había demostrado hasta la fecha. Resumen: al problema de las notas se le sumaba que no tendría dónde vivir el año siguiente.

—Has perdido un año de tu vida —le dije.

—Me he columpiado un poco.

—Tú misma. Tengo la sensación de que no le das ninguna importancia a que te costee la carrera y tu estancia en Madrid y eso no me gusta. Me hace sentir mal, muy mal. Parezco un banco. Te doy otra oportunidad. De compartir piso con otras chicas olvídate, que ya me has demostrado que no sabes gestionar tu libertad. Empieza a buscar por internet familias que acojan estudiantes, que ahora con la crisis debe de haber a punta pala. Así te tendrán controlada. Yo no soy tu padre y no tengo que estar pendiente de que cumplas unos horarios. Por tonta vas a volver a tu época de colegiala. Te echo un cable un año más; si no mejoras, te vuelves a Badalona con tus padres.

Cuando terminó de caerle el chaparrón la mandé de vuelta al AVE. Le iba a poner un taxi a la estación, pero Fermín me preguntó que de qué iba, que se fuera en autobús, que mi sobrina tenía que empezar a valorar las cosas. Tenía razón. En realidad, él también estaba un poco mosca con ella:

—Ya que estás, deberías plantearte si quieres seguir pagándole las clases de canto en la escuela, Jorge. Tu sobrina debe de ser la única mujer en el mundo que tiene la regla dos veces al mes, porque esa es la excusa que pone cada vez que falta a clase, que no te lo quería decir para que no te cabrearas, pero han sido muchísimas veces.

Por lo visto, la niña no había provocado más que destrucción a su paso y yo me sentía en buena parte responsable: debería haber sido más duro, haber estado más pendiente. Había fallado.

Como no quería dejar de ayudarla, intenté apurar un último cartucho estableciendo un intercambio con una amiga que ocupaba un piso que tengo en Madrid: mi sobrina viviría con ella y mi amiga quedaría exenta de pagarme el alquiler. Así la podría tener más o menos vigilada y de paso no se salía otra vez con la suya, que ya la veía yo viviendo con unas amigas en un piso compartido. Pero mi brillante idea funcionó como el culo. Ambas salieron tarifando y fue ahí cuando decidí retirarme y trasladar el problema a su madre, mi hermana Esther:

—Lo siento, yo he hecho todo lo que estaba en mis manos. No puedo más. A partir de hoy, corto el grifo. Yo creo que lo mejor que podéis hacer es que vuelva a Badalona, que pierda un año de su vida y recapacite, porque no creo que le estemos haciendo un favor consintiéndolo todo.

Mi hermana sufrió mucho. Por su hija y por mí, porque advertía que su niña me estaba defraudando.

No se equivocaba. Mi sobrina dejó de interesarme. Dominaba a sus padres como si fuera una dictadora, mantenía una relación muy complicada con mi madre y demostraba poca habilidad para relacionarse con los demás. Era incapaz de mostrar el más mínimo interés por todo lo que no tuviera que ver con ella. No me gustaba. Y mi madre se enfadaba al escuchármelo.

—No digas eso, Jorge, es tu sobrina.

—Muy bien, pero no me gusta.

—Es así porque es muy lista.

—No la disculpes.

—Si no la disculpo, pero es que es muy solitaria. Como tú cuando eras más joven.

Eso era lo que peor llevaba: que mi madre, para justificarla, me metiera en el mismo saco que a ella.

—Sí, pero con una diferencia: que yo vivía mi vida costeándomela yo, no me la sufragaba con economías ajenas.

Ahí se tenía que callar, pero al ratito volvía a la carga.

—Mira que no verla, viviendo los dos como vivís en Madrid.

—No tengo ganas.

—No digas eso.

—Pues no insistas.

—Hijo, la verdad es que contigo no se puede hablar.

—Déjalo, que acabaremos discutiendo.

No lo dejaba y acabábamos enfadados por culpa de la cría.

Sabía que después del simulacro de convivencia con mi amiga se había alquilado una habitación en un piso de Bravo Murillo. Compartía apartamento con otra chica. Se había salido con la suya. Otra vez.

Durante un año no tuve ningún interés en saber cómo le iba. Era como si la hubieran extirpado de mi vida. No tenía sobrina. De vez en cuando mi madre intentaba contarme cosas relacionadas con ella, pero no le prestaba mucha atención. Mi hermana, por su parte, tampoco ponía mucho empeño en tenerme al tanto del ir y venir de su hija. Sabía que estaba dolido. Mi sobrina había puesto patas arriba el equilibrio emocional de la familia por conseguir lo que quería: vivir en un piso libre de ojos que la vigilaran.

De vez en cuando me enviaba whatsapps que yo leía con suma frialdad. Me decía que me quería, que sentía haberme decepcionado y que tenía ganas de verme, pero yo pasaba. Hasta que me enteré de que el segundo año de carrera se lo sacó con unas notas tan buenas que incluso le dieron una matrícula de honor. Claudiqué. Quedé con ella en mi casa.

El encuentro fue distinto al que tuvo lugar un año atrás: había conseguido enderezar el rumbo.

Al vernos nos dimos dos besos y charlamos sobre varias tonterías. Ninguno de los dos quiso escarbar en el pasado reciente. Ambos sabíamos que en caso de hacerlo podíamos salir tarifando.

No tenía claro cómo encauzar mi relación con ella. No quería hablar, no era mi hija, quería eludir conversaciones intensas que nos obligaran a examinar aspectos de nuestra reciente y pequeña historia en común. Pero necesitaba saber de ella, conocer de qué modo podía ayudarla. Y, sobre todo, necesitaba restablecer la comunicación. Era una idiotez seguir viviendo como si no tuviera sobrina.

Fue ella quien se curró nuestra reconciliación. A mitad de semana solía enviarme un whatsapp para proponerme almorzar juntos el viernes. En muy poco tiempo convertimos en costumbre quedar ese día para vernos y charlar un poco. No eran encuentros largos. Solía llegar sobre las dos —si se retrasaba porque se le había escapado el autobús me ponía un mensaje para avisarme— y se iba a las cuatro, hora en la que yo desaparecía para echarme la siesta y llegar fresco al *Deluxe*.

Me hacía gracia sentarme a ver la televisión con ella y comentar algunas de las noticias que iban apareciendo.

—¿Te gusta Letizia?

—Sí, pero no me gusta la figura de los reyes.

—¿Y Ana Belén? ¿Te gusta cómo canta Ana Belén?

—¿Ana Belén qué? ¿Cómo se apellida?

Qué mayor me estaba haciendo y qué joven era ella.

—Esther, ¿y tus compañeros de la facultad ven *Sálvame*?

—Algunos sí. Y el otro día me hizo mucha gracia mi profesora de Ética y Deontología porque en medio de la clase dijo: «*Sálvame* no es ético, pero yo lo veo».

No pude evitar una carcajada.

—¡Olé su coño moreno!, que diría Mario Vaquerizo.

Para celebrar el fin de nuestra particular «guerra fría», le regalé un Mac Book Air. Se puso más contenta que unas castañuelas, y no lo soltaba ni a sol ni a sombra, iba con él a todas partes.

Así, entre reencuentros y comidas de viernes, han ido pasando los últimos meses. La relación con mi sobrina se ha normalizado y ya va viento en popa. Ojalá lo hubiese tenido igual de fácil con mi cuerpo.

Al ver que me había estancado, la nutricionista nazi me había plantado una dieta severa al menos un día a la semana, solo a proteínas.

—Me da asco comer pavo en el desayuno sin un poco de pan —le decía yo en su consulta.

—Solo es un día. Te irá bien. Y luego almuerzas y cenas pescado al horno o a la plancha. La cantidad que quieras. Aunque nada de fruta, nada de pan, nada de café. Has bajado ya tres kilos, pero, como no te pongas un poco las pilas, te va a costar mucho quitarte los otros tres que te sobran.

—Venga, vale. Y si lo hago, ¿qué me das? —le proponía con ánimo de sacarle una sonrisa aunque fuera con fórceps. No había manera.

—Oye, que a mí me da igual, ¿eh?, que quien tiene que bajar eres tú. Cuanto antes te quites los kilos, antes dejas de verme la cara.

Cuando una persona tiene toda la razón del mundo ¿para qué seguir malgastando saliva? Solo que sus planes de dieta me complican la agenda.

—Carlos viene a verme dentro de tres fines de semana. ¿Quieres que quedemos a cenar y vamos a algún sitio? —me ha dicho mi sobrina esta mañana. El viernes anulé nuestra comida, así que hoy domingo se ha venido a desayunar a casa.

—No puedo, Esther. Con la que me tiene liada mi nutricionista, no voy a ser la compañía más agradable.

—No pasa nada, no te preocupes.

Esther lleva meses intentando por todos los medios que coincida con su novio, pero reconozco que yo no estoy mucho por la labor. Aun así, soy consciente de que tarde o temprano tendré que quedar con ellos, así que le he propuesto un plan:

—Si quieres, podemos ir juntos a ver *Priscilla*. Le digo a Fermín que se apunte y después de ir al teatro vamos a cenar los cuatro.

—¡Ay!, vale. ¡Qué ilusión!

Me dio un abrazo y un beso.

—Tío, ¿te acuerdas de cuando fuimos a verla en Londres?

Claro que me acordaba. Fue en el verano de 2011. Lo acababa de dejar otra vez con Fermín y aproveché que ella estaba haciendo un curso de inglés para pasar unos días juntos. Vimos en el cine *La piel que habito,* de Almodóvar, y en teatro *Priscilla.* Me enamoré de uno de sus protagonistas, Oliver Thornton. Cuando llegué a España no paraba de contar en el programa lo guapo que era y lo encandilado que me había dejado, y a mis directores no se les ocurrió otra idea que enviar a una reportera (Verónica) y a un cámara (Carlos, marido de Carlota) a Londres. Quedaron con él en el camerino del teatro donde representaba la función, le plantaron delante un ordenador y le mostraron infinidad de imágenes mías declarándole mi amor a cámara. El pobre no sabía dónde meterse. Me envió una foto dedicada que guardo como oro en paño.

De ese viaje recuerdo que, paseando por el Soho, me encontré a un chico con el que había tenido una historia quince años atrás, durante unos Carnavales en Tenerife. Lo conocí disfrazado de Burbuja Freixenet y ahora trabajaba como encargado de una marca de moda de primera línea. Por la noche, dejé dormidita a mi sobrina en el hotel y salí de marcha con él. Volví sin el polo blanco de Fred Perry con el que había salido, pero muy digno, eso sí. Con la americana abrochada, dejando entrever mis pectorales. Parecía Liza Minnelli en el Olympia de París.

Estábamos mi sobrina y yo recordando nuestro viaje cuando apareció Fermín en casa.

—¿Qué tal, Esthercita?

A mi sobrina se le iluminaron los ojos; ahora se llevan fenomenal.

—Muy bien, aquí, con mi tío.

Tardó muy poco en empezar a preguntarle cosas de la moto: desde cuándo la tenía, si estaba contento, si era cómoda para moverse por Madrid... Ella ya llevaba algún tiempo preparándose para sacarse el carné. Yo intentaba convencerla de que no lo hiciera:

—Si aparcas la idea de la moto, te compro un coche.

—Pero es que un coche en Madrid es un infierno.

—Pues os pago a ti y a tu novio el viaje que queréis hacer a Nueva York en verano.

Quería moto. Y cuando se le metía una idea en la cabeza, resultaba imposible extirpársela. Cuando vivía con mis padres en Badalona también intenté tener una, pero la negativa de mi padre fue tajante.

Yo ahora observaba con atención y en silencio la charla que estaba manteniendo con Fermín. Sabía dónde quería llegar mi sobrina y, la verdad, me sorprendió que tardara tan poco en conseguir su objetivo. Fermín era una presa muy fácil:

—¿Quieres dar una vuelta por la urbanización con mi moto? Yo voy sentado contigo detrás para que tu tío se quede tranquilo.

Joder con la niña. Era hábil. Conseguía todo lo que se proponía. Salió rumbo a la moto escopeteada y se dejó su inseparable ordenador sobre la mesa del salón. Yo quería revisar unos mails, pero me daba pereza subir a mi habitación y coger el mío, así que decidí utilizar el suyo. Al encenderlo vi una carpeta llamada «Tareas Cristina Soria».

Cristina es una *coach* muy solvente que de vez en cuando viene al programa para analizar comportamientos de personajes conocidos. En un momento en el que veía que mi sobrina se me escapaba, le pedí ayuda y se vieron tres o cuatro veces. Se conoce que en una de estas Cristina le mandó los mismos deberes que yo le había pedido a Fermín.

Reconozco que no debería haber abierto la carpeta, pero, dedicándome a lo que me dedico, eso es como pedirle a una rana que se salga de una charca. Además, mi sobrina tampoco se iba a enterar. Así que sí, lo confieso: comencé a leer sin el menor sentimiento de culpa.

Allí había de todo. Hablaba de esperanzas, de su llegada a Madrid, del amor, de lo que suponía hacerse «mayor» y mirar atrás… Hablaba de su infancia, de su familia, que es la mía. Hablaba de mi madre —«Ahora que vivo lejos de ella, me doy cuenta de lo que echo de menos que me diga que haga la cama porque, si no, nunca seré una señorita»—; de la suya, mi hermana Esther —«La mujer con más paciencia que he conocido nunca, porque aguantarme a mí tiene tela»—; también de mi padre —«que tuvo que ser una persona muy rígida y autoritaria, por lo que dicen mi madre y mi abuela. Siempre hablan de él como una figura que no ofrecía oportunidad de réplica, simplemente se acataba su orden»—. Lo leí y me sonreí: pues sí, Esther, si te hubiera conocido ahora...

Y unas líneas más abajo, mi nombre. Tampoco es que me pensara mucho si seguir leyendo o no. No me va nada lo de dejar las cosas a medias.

He tenido idealizada la figura de mi tío desde que lo veía a través de la pantalla, me he sentido orgullosa de él, de cada paso que daba, y lo he apoyado en cada decisión que se planteaba. Porque él también lo ha hecho conmigo. Y por eso siempre me he visto en la obligación de agradarle, de que él se sintiera también orgulloso de lo que yo iba construyendo de mi futuro. Lo considero más que un tío, a veces hasta se ha comportado como un padre. Yo creo que por eso alguna vez hemos sentido brotes psicóticos el uno del otro. Ahora me doy cuenta de que él también ha cambiado. Y aunque en alguna ocasión he llegado a sentir que me había reemplazado por Fermín y me ha costado mucho entenderlo, al final he comprendido que no es eso.

Ahora veo que en el fondo todos buscamos la felicidad donde sea. Algunos la encontramos en personas a las que queremos; otros en animales, objetos o lugares que nos cambian por dentro y nos transforman, nos mejoran. Ahora mi abuela María tiene a Nina, una schnauzer de armas tomar; mi tío Jorge, a Fermín; y yo, a mi Carlos. Y aunque todos tengamos preferencias o prioridades, contamos con el apoyo del de al lado. Y también con los de arriba. Eso es lo que nos hace sentir que, pase lo que pase, nunca estaremos solos.

Oí ruido fuera, cerré la carpeta a toda prisa y apagué el ordenador. Ni dos segundos. Tenía los ojos humedecidos. Si iba a resultar que la puñetera niña era una rebelde con sentimientos. Me hubiera gustado tener las cosas tan claras a su edad. Debía hacer todo lo posible para no volver a distanciarnos, porque estaba claro que los dos nos echábamos de menos.

Justo en ese momento entraban Fermín y ella en casa riéndose como dos chiquillos. Me gustó verlos tan cómplices.

—¿Cómo ha llevado la moto? —pregunté.

—Muy bien —respondió Fermín—. Cuando se presente no va a tener problema para sacarse el carné.

—Vaya, hombre, otra preocupación.

—Jorge, no seas cascarrabias, anda. Y por cierto, cuando se lo saque, cómprale una.

—Pero vamos a ver, para que yo me entere, ¿tú en qué equipo juegas?

Puse cara de tirano, aunque hasta yo me di cuenta de que no colaba.

Lunes: reunión con los de la editorial. Estaban entusiasmados. Al volver a casa, después de comer, no he podido aguantarme. La impaciencia terminó ganando y en vez de esperar y dárselo en persona, le he enviado a mi hermana Ana los dos primeros capítulos por mail, y un whatsapp muy breve: «Cuando te los leas, me dices algo».

Me he pasado media tarde esperando con ansiedad su llamada y como no llegaba, la he llamado yo.

—No he podido leérmelos. Estoy muy liada en el trabajo. Lo haré cuando llegue a casa.

—Vaya, hombre. ¿Y hoy a qué hora llegas?

—Sobre las nueve.

Vaya resto de tarde que me esperaba. Soy un poco agonías. Sufro antes de lo previsto. Tiendo a ponerme en lo peor e imagino que mi hermana me va a llamar llorando, con la voz quebrada, preguntándome por qué soy tan insensible, por qué no pienso en ellos y en el daño que les causo.

Para dejar de darle vueltas, me agarro al teléfono. Llamo a la Rigalt y le cuento en secreto el título del libro.

—Ah. —Es su lacónica respuesta.

—¿Te gusta?

—No. No lo veo para una novela —sentencia arrastrando las palabras. Se nota que está a punto de echarse la siesta.

—Yo lo veo muy evocador, muy melancólico.

—¿Sí? Por cierto, ayer fui a ver una película francesa protagonizada por unos actores cubanos prodigiosos.

Carmen Rigalt es el mejor antídoto contra la vanidad. Yo tan entusiasmado con el título de mi libro, y ella se ventila el asunto en un santiamén. Deberíamos poder envasarla y comercializarla.

A las diez y media de la noche mi hermana seguía sin llamarme. Fermín intentó que me calmase:

—A lo mejor ha salido a cenar por ahí.

—No. Algo va mal.

—Jorge, de verdad, es alucinante. Pero ¿cómo puedes pensar eso?

Empezaba a ponerme nervioso.

—¿Por qué no la llamas y te quitas este mal rollo de encima?

Le hice caso. La llamé al móvil y no me lo cogió. Me pareció extraño. Volví a intentarlo al cabo de unos minutos. Tampoco. Decidí llamar al fijo de su casa, descolgó mi cuñado y con voz muy seria me dijo que mi hermana se había ido a dormir llorando.

—¿Por qué? —le pregunté angustiado.

—¡Ah! No sé...

Solo pude pronunciar dos palabras: «Madre mía», pero no con tono de resignación, sino de cabreo. Respondió mi cuñado:

—Oye, cada uno siente las cosas a su manera.

O sea, que Eduardo sí que sabía por qué mi hermana se había ido llorando a la cama. Decidí cortar la comunicación porque, si no, me iba a cabrear más todavía. Fermín se quedó flipado con mis dotes adivinatorias.

—A ver si ahora no voy a poder publicar el libro.

Ya estaba poniéndome en lo peor.

—Te va a tocar hablar con ella. Este fin de semana aprovechas para hacerlo. Con ella y con tu madre.

Me sentía como un niño malo a punto de llevarse una regañina de su familia. Sentirse así a los cuarenta y cuatro años es, aparte de ridículo, una putada.

Dormí fatal, con pesadilla incluida. Soñé que llegaba el día del estreno de mi función y a las puertas del teatro habían instalado un photocall que estaba repleto de fotógrafos. Antes de posar, se me desabrochó el pantalón —tenía infinidad de botones por todos lados— y se me caía. A Juan Carlos le tocaba recomponerlo en cuestión de segundos.

Cambio de escena. Interior del teatro. Aunque era mi debut y yo era el protagonista de la función, me tocaba compartir camerino con un montón de gente desconocida. Salía para ir al baño y me encontraba con Kiko Hernández, al que le habían asignado un camerino inmenso, comodísimo, para él solo. «Es que a la señora que los reparte le gusta dar lecciones a la gente tan popular como tú y por eso os trata tan mal», me explicó, así que fui a la señora y me encaré con ella. Forcé la voz. Después de la discusión la notaba muy tocada, al borde de la afonía. Me sentía inseguro. No iba a poder cantar. La función estaba a punto de comenzar y me desperté sin saber cómo había ido el estreno.

Eran las cinco y media de la mañana. No me volví a dormir. Así no había quien pegase ojo.

A media mañana, harto de tanta incertidumbre, llamé a mi hermana:

—Te iba a llamar yo ahora, tenemos telepatía —contestó con la voz un poco tomada. Por lo visto, llevaba llorando desde ayer.

Me dijo que estaba muy triste porque consideraba que somos unos perfectos desconocidos.

—Me da mucha pena que no hayas contado con nosotros para refugiarte en tus momentos malos. Tengo la impresión de que no hemos sabido ayudarte.

Eso no era cierto. Le hice ver que hay parcelas de mi vida que ni quiero ni puedo compartir con mi familia porque se las reservo a mis amigos.

—Pero sobre todo no quiero que te quedes con la idea de que no soy feliz. Lo soy. Y mucho. Creo que más que el común de la gente. Claro que he vivido momentos complicados, pero gracias a ellos puedo decirte ahora lo que te estoy diciendo.

—Yo es que siempre te digo las cosas por si te puedo ayudar...

—¿Y qué te piensas, que no lo sé? Por eso te quiero; si no, te habría apartado de mi vida hace tiempo. Ya sabes que para eso soy muy tajante. ¿Estás más tranquila?

—No sé. Es que ayer empecé a leer y me tuve que ir a la cama con un dolor de cabeza tremendo. No pude ni acabar el segundo capítulo.

—Eso es buena señal.

—¿Tú crees? Bueno, mejor lo hablamos este fin de semana tranquilamente.

Vaya por Dios. El fin de semana se presentaba tan intenso como una película iraní. Menos mal que había dejado de beber porque, si no, la ribera del Duero se iba a quedar sin viñedos.

Vino a verme Jorge, el fisio. Me adecenta el cuerpo desde hace más de un año, cuando le llamé desesperado porque tenía el cuello hecho un Cristo. No solo me tuvo que arreglar esa parte tan pequeña de mi anatomía —mis enemigos dicen que carezco de ella—, sino que me recomendó que me hiciera unas radiografías porque se me está acentuando la chepa. Cuando pensaba que la cosa no podía ir a peor, también me aconsejó que tuviera cuidado con el glúteo porque tenía el músculo muy recortado.

—Tienes que ponerte a hacer estiramientos como un loco o, de lo contrario, en muy pocos años tu cuerpo se asemejará al de un bicho bola.

Lo de «bicho bola» es textual. Ese mismo día, antes de irme a trabajar, intenté ponerme un calcetín mientras estaba de pie y no pude. Me tuve que sentar. Llamé a Fermín para contarle mi desencuentro con los calcetines:

—Hijo mío, eso no lo consigue ni Nadia Com neci.

Pude hacerle caso, pero opté por que Jorge viniera a casa un día a la semana para no acabar siendo ese «bicho bola» al que había hecho referencia. He mejorado, claro, pero precisamente hoy me ha notado el cuello y la espalda con más tensión de la habitual. El mal trago que se ha llevado mi hermana me ha afectado incluso a la voz, justo en un momento delicado: mañana viene Julio Awad a tomarme los tonos de las canciones de mi función.

Julio salió contento de nuestro primer ensayo. Repasamos los temas y comenzaron las primeras indicaciones:

«No cantes con las manos en los bolsillos.»

«Véndeme la canción, tengo que creérmela.»

«No mires al suelo ni a los lados cuando cantas, denota inseguridad.»

«Para coger fondo te recomiendo que cantes mientras haces cinta en el gimnasio. Te será muy útil para cuando tengas que cantar y bailar a la vez. Es lo que hace Beyoncé.»

El momento más delicado vino cuando empezamos a ensayar mi balada. Antes de arrancar me dijo:

—Jorge, aquí te la juegas. Estaremos solos tú y yo. El piano y tu voz, sin trampa ni cartón. Tómate tu tiempo para cantarla, para, siéntela, yo te seguiré. Tendrás que emocionar, hacerla verdad, y para eso tendrás que vivirla y cantarla cada noche de manera distinta.

—¿Y con todo esto que me has dicho quieres que ahora la cante medianamente bien?

—Así es.

No me salía. Me bloqueaba. Y me hizo repetir una y otra vez. Sin miramientos.

—No, así no, Jorge.

Y vuelta a empezar. Hasta que al final debió de acabar más o menos satisfecho porque me grabó con el móvil para enviárselo a Juan Carlos.

Antes de marcharse me tranquilizó:

—Ha sido un buen día de ensayo.

Confiaba en él, pero pensé que me había metido en un buen lío. Con lo a gusto que estaba yo con mis *Sálvame.*

El viernes llegué a casa de trabajar a las tres y media de la madrugada y ahí estaban ellas, en el salón, esperándome con una sonrisa: mi madre, mi hermana y mi sobrina. Hablamos un poco, pero con la excusa de que volvía muerto nos fuimos pronto a la cama. Fermín no estaba: había aprovechado la invasión familiar para ir a ver a la suya a Tarragona.

Al día siguiente Juan Carlos y Kiti llegaron puntuales a la cita. Saludaron muy cariñosos a mi madre y nos pusimos manos a la obra. Juan Carlos dedicó unos minutos a explicarle a mi madre el planteamiento de la función y acto seguido Kiti y yo empezamos a leer las partes en las que aparece la Mari.

—Te está gustando, ¿verdad? —le pregunté cuando llevábamos ya unas cuantas hojas.

—Qué va a decir si estamos nosotros delante —replicó Juan Carlos.

Pero yo sabía que le estaba gustando. La conozco como si la hubiera parido yo y no al revés. Habría detectado algún gesto delator. Con el rabillo del ojo vi cómo asentía o cómo sonreía. Hasta que llegó uno de los momentos más emocionantes: la muerte de mi padre. Cuando Kiti llevaba leído menos de la mitad del precioso monólogo que le había escrito Juan Carlos, mi madre no pudo contener las lágrimas.

—Hija, perdona —le dijo a Kiti.

Y Kiti la cogió de las manos y la tranquilizó con una sonrisa. Entiendo por qué Juan Carlos adora trabajar con ella. Cuando acabamos, la Mari dictaminó:

—Es preciosa.

Yo tenía miedo de que se pusiera nerviosa con la parte que hacía referencia a mis conflictos sexuales:

—Mucha gente se va a ver reflejada —fue su conclusión.

Y no hubo más que hablar. Estaba feliz.

Juan Carlos y Kiti tuvieron que irse pronto porque andaban con lío, pero antes de decirnos adiós se produjo una escena que a Juan Carlos le llegó al alma: mi madre comenzó a explicarle a Kiti cómo zurcía cuando era joven. La Mari contribuía a la economía familiar zurciendo, y Juan Carlos decidió que cada vez que Kiti apareciese en la obra lo hiciera zurciendo alguna prenda. *Zurcir.* Qué verbo más antiguo. Hacía muchísimo que no lo escuchaba.

En cuanto los despedí, mi hermana dijo en voz bien alta:

—Bueno, ¿y no teníamos que leer nada más?

Había llegado el momento: mientras mi hermana y mi sobrina charlaban fuera, yo le pasé a mi madre los dos primeros capítulos. Los leyó sin pestañear, y cuando acabó, le pregunté directamente:

—¿Te han gustado?

—Sí. Es verdad que es más duro que el otro…

En los dos primeros capítulos del libro aparecen temas tan espinosos como las crisis de pareja, infidelidades, drogas y alcohol. Me la conozco. Algo se estaba guardando.

—Dilo, anda.

Al final se animó:

—Mira, a mí lo que no me gusta es leer que te miras al espejo y te ves feo. Porque no eres feo.

Acabáramos.

Mi madre es, con diferencia, la más lista de todos nosotros. Y la más impredecible.

Esa tarde no hubo lloros. Ni lamentos. Ni quejas. Ni histerias. Ni arrepentimientos por no haber sabido ver, por no haber tenido la capacidad de pedir u ofrecer ayuda. El pasado formaba parte de nuestra historia y no podíamos cambiarlo. El secreto de la vida consiste en vivir, no en recordar. Ahora tocaba disfrutar del presente —porque teníamos sobrados motivos para hacerlo— y gozar con los planes de futuro.

En nuestra familia hubo silencios, sí. Los hay y los habrá. Pero qué importante es tener la certeza de que todos estamos ahí siempre, dispuestos a hacernos compañía sin decir nada o manteniendo conversaciones absurdas aun sabiendo o intuyendo que estamos rotos por dentro.

Cuando llegó la hora de almorzar y dije que no quería vino, mi madre levantó las dos manos al aire en señal de victoria. Nos zampamos con agua los dos kilos de gambas y los dos kilos de cigalas que había traído desde Badalona en el AVE. Y mientras comíamos, charlábamos y nos reíamos, y luego mientras me despedía de ellas el domingo en la puerta, me descubrí recordando esas palabras que leí a escondidas en el ordenador de mi sobrina: «pase lo que pase, nunca estaremos solos». Y por enésima vez ese fin de semana, deseé con todas mis fuerzas que fuesen capaces de darse cuenta de todo lo que las quiero.

9

EL CLUB

El Club lo formamos Óscar, Pablo y yo.

El Club nació una tarde de primavera en una terraza de Chueca.

Trabajábamos en el programa anterior a *Sálvame* y una tarde, no recuerdo por qué, quedamos para ir a tomar algo a una terraza de Chueca después del programa, que acababa sobre las cinco y media. Comenzamos a beber: primero cañas; luego tintos de verano; supongo que después ya copas de tinto. Pablo, de Castilla y León, era un experto conocedor de la materia, y por su culpa jamás volvimos a pedir vinos que no fuesen Ribera.

¿Qué sucedió esa primera tarde para que decidiéramos vernos con regularidad fuera del trabajo? Que empezamos a hablar sin pudor de nuestras vidas. Entre nosotros éramos capaces de compartir sin la menor vergüenza, temor, miedo o rechazo episodios que jamás habíamos compartido con nadie. Amores imposibles, deseos frustrados, fantasías inconfesables, traumas infantiles, debilidades ocultas, defectos escondidos... Todo nos lo podíamos contar sin que ninguno se escandalizara. Tres gays de la misma generación. Habíamos vivido las mismas situaciones, los mismos miedos, las mismas inquietudes. Nos reconocíamos. Juntos empezamos a ser capaces de reírnos de hechos, situaciones o episodios que en el pasado nos habían martirizado.

Decidimos crear un club en el que solo nosotros tendríamos cabida: no aceptaríamos a Luis, el novio de Pablo, ni a los posibles ligues de Óscar y míos. Solo los tres.

El recién nacido club debía regirse por una máxima: «Lo que sucede en el Club se queda en el Club».

Las Tardes de Club se convirtieron para los tres en una liberación. Cuanto mejor nos iba en el terreno profesional, más necesitábamos estar juntos, gozar de nuestras particulares tardes de escapada. Olvidarnos de la presión que el trabajo estaba empezando a ejercer sobre nosotros.

Pablo, Óscar y yo proveníamos de familias de clase media cuya economía no era como para lanzar cohetes. De ahí que, cuando las cosas comenzaron a irnos bien e incluso muy bien, necesitáramos también reunirnos para aprender a gestionar el éxito profesional y sus consecuencias. Vivíamos con asombro que nuestro trabajo tuviese tanta repercusión.

Analizadas con perspectiva, las Tardes de Club resultaron vitales para que no se nos fuera la cabeza y entrásemos en una espiral de gastos absurdos en cuanto comenzamos a ganar dinero. Puestos a elegir, preferíamos que se nos fuera la cabeza en bares intentando ligotear con propios y extraños. Todavía hoy nos sigue pasando.

Siempre empezábamos y acabábamos en Chueca. Primero tomando cañas en el Sierra, un bar de toda la vida que hay en la misma plaza. Luego cenando en alguno de los restaurantes que no paraban de abrirse en la zona, y después apurando noches en todos y cada uno de los garitos. Yo siempre era el que se retiraba más tarde porque Pablo y Óscar madrugaban al día siguiente.

Una Tarde de Club —curioso lo de llamarlas «Tarde»: acabábamos siempre de madrugada—, supongo que cuando ya estábamos algo achispados, llegamos a la conclusión de que esas horas se nos quedaban cortas. Que lo suyo sería organizar un fin de semana de Club para poder disfrutarnos sin medida. Éramos tan excesivos como las canciones de amor de Rocío Jurado. No sé a quién se le ocurrió la idea, pero fue inmediatamente aprobada por unanimidad en una improvisada asamblea celebrada en la barra de vete tú a saber qué antro.

El primer destino fue París. Escogimos un lugar fuera de España para poder desbarrar a gusto. Los móviles con cámaras ya iban haciendo acto de presencia y no queríamos pasar el fin de semana pendientes de si me hacían fotografías o no. En cualquier caso, nos fuimos a París pero podríamos habernos plantado en Cuenca, porque de la Ciudad de la Luz no vimos absolutamente nada. Pasamos la mayor parte del tiempo en el Open, un bar de Le Marais: entramos el sábado a tomar un vino blanco antes del almuerzo y nos despedimos de él al día siguiente bien entrada la noche. Lo abandonábamos por cortos espacios de tiempo para comer algo y luego volvíamos con renovados bríos. Hablábamos con los parroquianos, reíamos, bailábamos, intentábamos ligar, nos sentíamos libres, lejos de objetivos indiscretos dispuestos a pillarme en un renuncio.

En fin, que quedaron inaugurados los Viajes de Club. Después de París ha habido otros. Londres, por ejemplo. Múnich. Lisboa. Roma... En esa época Óscar estaba muy enamorado de alguien. Él había descubierto el amor, Pablo estaba feliz con Luis —como siempre—, y yo me sentía más solo que nunca. No podía soportar que tanto el uno como el otro pasaran tiempo al teléfono con sus respetivas parejas, así que, con tal de llamar la atención, me hice experto en practicar el arte del escapismo. Cuando advertía que estaban demasiado absortos en sus movidas sentimentales, echaba a correr e intentaba despistarlos. Una manera muy infantil de llamar la atención, lo reconozco. Entonces ellos caían en la cuenta de que yo también existía y comenzaban a seguirme hasta que me perdían la pista o me pillaban. Una de dos.

—Óscar y yo nos pasamos ese viaje a Roma corriendo detrás de ti —recuerda siempre Pablo.

Una noche les di esquinazo en una discoteca y volvieron al hotel pensando que me había lanzado al Tíber y que jamás volverían a verme. Me había quedado dormido en un lugar muy recogidito del local, en la parte trasera del escenario, para ser más exactos.

Al día siguiente, domingo, para intentar paliar mi soledad, me compraron un globo de helio con forma de corazón y me lo ataron a la muñeca.

—No querías novio —me dijo Óscar muy serio—. Pues aquí lo tienes.

Y paseé por la ciudad encantado de tener algo que cuidar, con mi globo bien agarradito a la muñeca, feliz de no estar solo. Ridículo, lo sé, pero fui muy dichoso con el maldito globo paseando por Piazza Navona. Luego al globo se le deshinchó el amor. Estas cosas pasan...

Nos hemos reído como solo se puede reír uno en los *coffee-shop* de Ámsterdam, y hasta descubrimos lo divertida que puede llegar a ser una ciudad a priori tan sosa como Amberes, a la que me llevaron durante mi Gran Crisis, justo una semana después de que expulsara de muy malas maneras a la concejala invitada del *Deluxe*.

Porque los Viajes de Club siempre tenían un motivo. El fin último era disfrutar, siempre lo hacíamos, pero el cuándo dependía de la necesidad de cada uno de nosotros de compartir algo: una buena noticia, una mala época, un desengaño, unas ganas locas de acabar una noche del revés.

No ha habido ni un solo Viaje de Club en el que nos hayamos aburrido. Tienen que ver con volver a la adolescencia, recuperar esa etapa en la que no existen obligaciones, sino proyectos, sueños, risas.

Cada cierto tiempo necesitábamos pasar dos días juntos, recordar nuestro pasado reciente, nuestros comienzos profesionales, seguir sorprendiéndonos por lo que estábamos alcanzando, brindar por lo bien que nos iba desde hacía muchos años. Hacer locuras. El éxito profesional nos había vuelto muy metódicos: estábamos a mil historias, con incontables reuniones a lo largo del día, preparando nuevos proyectos. A veces me daba un ataque de nostalgia y los llamaba al orden. El trabajo nos absorbía tanto que nos estábamos olvidando de divertirnos juntos. De ser jóvenes. Entonces nos reuníamos en cualquier pasillo de la cadena, en dos minutos decidíamos que no podíamos continuar así y planeábamos un Viaje de Club para recuperar el tiempo perdido.

—¡Así aprovecharé para contaros una cosita que no he compartido con vosotros! —solía advertir Óscar con una sonrisita.

Ya estábamos. Siempre hacía igual. Días antes de celebrar un fin de semana de Club, dejaba caer que nos explicaría alguna picardía que nos iba a sorprender. Siempre ha sabido cómo excitar nuestra curiosidad. También es verdad que sus historias nunca nos defraudaban. Pero lo que sucede y se cuenta en el Club se queda en el Club.

—¡Pues yo os contaré lo de Ernesto! —les dije mientras preparábamos la última escapada.

Óscar y Pablo me miraron sorprendidos.

—¿Hay algo que contar? —preguntó Pablo.

—Pues claro. Pero tendréis que esperar a París.

En París no me hice rogar mucho, la paciencia no es una de las virtudes de mi carácter. Mientras almorzábamos el sábado en un restaurante de Le Marais, les conté lo que había sucedido.

Llevaba tonteando con Ernesto de manera intermitente casi dos años. Primero nos cruzábamos por los pasillos, nos mirábamos más tiempo del normal y luego cada uno a lo suyo. Una vez, después de ese intenso cruce de miradas, me giré y le pillé haciendo lo mismo. Nos reímos y cada uno siguió su camino.

Un día apareció en el plató de *Sálvame* acompañado de una compañera de comercial. Charlamos durante una pausa de publicidad y antes de despedirme me pidió mi número de teléfono:

—Es que tengo una amiga que trabaja en una central de medios y me ha pedido tu contacto porque está gestionando una campaña de publicidad contigo.

De la amiga nunca se supo, pero al cabo de una semana él me envió un mensaje felicitándome por la audiencia de un programa:

«Ayer estuviste muy bien. Otros días también, pero ayer especialmente».

Esperé un tiempo prudencial para contestarle. Cinco segundos.

«¡Gracias por seguirme!»

«Siempre lo hago.»

«No lo sabía.»

«Pues ya lo sabes.»

«Me encanta que me envíen mensajes felicitándome. Soy así de vanidoso.»

«Tomo nota.»

No sé cuánto tiempo pasó hasta que volví a recibir otro de sus mensajes. Por lo que recuerdo, no mucho. Yo estaba en directo.

«Te queda muy bien ese pelo.»

«Entonces me haré una foto para que las peluqueras recuerden que me lo tienen que peinar así siempre.»

«No me hagas tanto caso, a lo mejor tus seguidores prefieren otros looks.»

¿Qué podía responder a eso? ¿Algo que no me comprometiera? ¿O ya era hora de empezar a dar pasitos hacia delante? Opté por arriesgarme, claro, aunque en cuestión de estrategias sentimentales y/o sexuales no tengo medida y así le envié el mensaje que le envié:

«La única opinión que me importa es la tuya».

No contestó. Me había pasado de rosca. Tardó varios días en hacerlo:

«Como sé que mi opinión te importa, te diré que los pantalones que llevas hoy te quedan de muerte. ¿Estás más delgado? Es que se te ve tipín».

Me saltó el mensaje justo en el momento en que una de mis colaboradoras estaba llorando por una perrería que le había hecho su marido. Al leerlo, sonreí. Inmediatamente escuché la voz de David a través del pinganillo:

—Rey, ten cuidado, que Rosa está llorando como una magdalena y se te ha visto sonriendo.

Me saltó otro mensaje. Ernesto de nuevo.

«Deberías dejar de mirar el móvil mientras estás trabajando.»

«Pues no me entretengas.»

«Es que me gusta hacerlo.»

«No seas malo.»

«¿Lo soy?»

«No lo sé, pero sí que te gusta hacer cosas malas.»

«No lo sabes tú bien.»

Corté la comunicación. Rosa necesitaba un abrazo.

Durante la Gran Crisis, el intercambio de mensajes fue incesante, sobre todo los domingos por la tarde, cuando mi inestabilidad estaba en todo lo alto. Cuando iba achispado le enviaba mensajes muy insinuantes y él me seguía más o menos el rollo hasta que desaparecía sin despedirse. Yo me cogía unos cabreos monumentales que me duraban hasta mitad de semana, y los domingos volvía de nuevo a la carga. Él siempre estaba ahí.

Así nos tiramos cerca de un año. A punto de quedar más de una vez, pero en el último momento siempre le surgía una cena o una fiebre. Cuando finalizó la Gran Crisis dejé de escribirle. Entonces empezó a hacerlo él, aunque ahí mis respuestas eran más formales que juguetonas.

Y así otros cuantos meses hasta que, justo después de llegar de las vacaciones de Semana Santa en Mauricio, pasó lo que ya he contado: que me lo encontré por los pasillos y me propuso salir un día a cenar.

—Oye, y a ver si esta temporada cenamos algún día, ¿no? Que yo no me como a nadie. —Y añadió la puntilla—: Si te deja tu novio, claro.

Entendí que era una de esas tantas proposiciones suyas que luego no llegaban a nada, pero el día después de que se estrenara *Supervivientes 2015* insistió de nuevo:

—¡Menudo estreno! Habéis tenido una audiencia brutal, tendremos que celebrarlo, ¿no?

—Cuando tú quieras.

—¿El martes que viene?

—Por mí perfecto.

—Te invito yo. El lunes te escribo para decirte dónde.

Ya me conocía yo su manera de actuar. Tenía claro que el lunes no escribiría ningún mensaje y, de hacerlo, sería para decirme que le había surgido una reunión inoportuna y que se cancelaba la cena. Pero en esta ocasión, me equivoqué. El lunes a las siete de la tarde recibí un whatsapp:

«Te espero mañana en el bar del Villamagna cuando acabes el programa.»

Llamé a Fermín.

—Mañana he quedado con Raúl y David para cenar, que hace mucho que no lo hacemos.

—No te preocupes. Te espero en casa.

No me gustaba mentirle, al menos no ahora que estábamos tan bien. Pero solo sería una cena. Tenía que poner fin a este tonteo que había perdido casi toda la gracia del principio. Quizá podíamos llegar a darnos unos besos, aunque poco más. Me parecía poco estético follar, ducharme y llegar a la cama bien limpito para abrazar a Fermín como si nada hubiera sucedido. No se puede tener aventuras en la misma ciudad en la que vives con tu pareja.

Días atrás había coincidido en las puertas de la redacción con un editor perteneciente al género de los osos. Comenzamos charlando del tiempo y acabamos hablando de tíos. Lo normal.

—Esta mañana, al coger el tren, ha empezado a mirarme un tío que estaba buenísimo.

—¿Y qué has hecho? —pregunté al instante, aunque conocía bien la respuesta.

—Aguantarle la mirada, claro.

—¡Ese es mi chico!

—Nos mirábamos, nos sonreíamos, dejábamos de hacerlo, volvíamos a mirarnos. No sabía cómo dar el siguiente paso y, entonces, tuve una revelación: abrí el U4Bear.

—¿Qué coño es eso?

—Una aplicación para hombres como nosotros.

—Como tú y él, querrás decir.

—Hijo, qué suspicaz, que sí, que tú eres más como Audrey Hepburn en *Vacaciones en Roma.*

—Tampoco te pases.

—El caso es que la abrí y ¡ahí estaba él! Nos mandamos un mensaje y entonces se levantó y se sentó a mi lado.

—¡Anda!

—Muy mono. Es paisajista. Inglés. Todo muy bucólico, aunque no te lo imagines tan agrio como un sándwich de pepinillo. Tiene barba y juega al rugby. Hemos quedado mañana para hacer otra vez juntos el trayecto.

—¿Te lo vas a tirar?

—Hombre, pues supongo. Pero en un par de días o tres. Cuando tienes pareja, lo que te apetece es precisamente recuperar lo que no tienes: investigar, descubrir cómo es otro, saber sobre él.

La música me sonaba, pero la letra hacía tiempo que no la recordaba y, lo más significativo: no me molestaba no recordarla. Era como si esa parte de mi vida estuviese moribunda, dando sus últimos coletazos, y ya no me asustara despedirla. Enterrarla. Me sentí mayor y no me disgustó.

Tenía sueños muy excitantes con Fermín, lo que me parecía el colmo de la estupidez, porque con la de tíos que puede uno tirarse en sueños, considero un desperdicio acabar haciéndolo con tu novio. En otro sueño estaba en Tenerife y tenía la oportunidad de pegarme una noche loca en una discoteca, pero estaba deseando abandonar la isla para reunirme de nuevo con Fermín. Qué despropósito.

¿Para qué quedaba entonces con Ernesto? ¿Para certificar la defunción de mi época aventurera? Y yo qué sé. El caso es que quedé, claro. Como dice mi amiga Mila, hay veces que es mejor ejecutar que pensar.

Cuando llegué al bar del Villamagna, él ya se encontraba allí, sentado a una mesa, tomando una copa. Lo observé un ratito desde lejos. Estaba muy guapo. Como a mí me gustaba: vaqueros, camisa blanca, zapatillas Dior.

Se le acercó un camarero bien mono —yo lo conocía de otras veces, cacereño, también gay— y se pusieron a hablar. No sé qué le dijo Ernesto que provocó la risa tonta del camarero. Acto seguido sacó un bolígrafo de su chaqueta, apuntó algo en un posavasos y se lo entregó. El otro sonrió idiotizado —o así me lo pareció a mí— y se fue a servir a otra mesa. Sentí un poco de rabia.

—¿Qué, Ernesto? ¿Dándole tu teléfono al camarero para que te haga unos pisco sour en casa?

Me hubiera gustado tener más mundo y pronunciar la frase con cierto pasotismo, pero me salió muy mal. Con el mismo tono que emplearía una despechada señorita de provincias cuando ve a su novio tonteando en una verbena con una tetona.

—No seas así. Tú y yo tampoco somos pareja. ¿Sabe tu novio que esta noche cenas conmigo?

Empezaba mal. Su pregunta me pareció poco elegante.

—No he venido aquí a hablar de mi novio.

—¿Y entonces a qué has venido?

Estaba jugando. Como siempre. Pero estaba moviendo muy mal las fichas.

—Jorge, tómate un pisco sour. No sabes lo buenos que los hacen aquí.

Pidió dos al cacereño guapo. Este intentó dedicarle una sonrisa, pero no le salió del todo bien. Sin embargo, a mí sí que me regaló una bien bonita. Yo no entendía nada.

—¿Qué tal el trabajo?

—Bien, como siempre. Aunque hoy me pillas un poco cansado.

—¿Solo hoy? Lo que deberías es estar harto. Seis años y medio haciendo lo mismo. ¿No te aburres? Además, con esa gente con la que trabajas... No sé, Jorge, deberías empezar a plantearte hacer otras cosas. ¿No crees? Tú vales mucho. Debe de ser deprimente hacer lo que haces, ¿no?

¿A qué venía esa andanada? Lo que me estaba diciendo me sonaba, se parecía demasiado a lo que yo llevaba tiempo pensando: que estaba quemado, que no quería seguir... Lo mismo a lo que había estado dándole vueltas en isla Mauricio no hacía ni dos semanas, solo que oírselo a él, de pronto, fue como si me dieran una colleja. Y de pronto lo vi claro.

—No —le dije de lo más tranquilo.

—¿No qué?

—Que no me parece deprimente lo que hago. Y mucho menos aburrido —y lo decía en serio—. Algunas veces estoy más cansado que otras, pero cuando parece que el programa está a punto de entrar en una espiral de monotonía, aparece algún elemento que nos trastoca y aunque llevemos cerca de siete años haciéndolo, tenemos la impresión de que acabamos de empezar. Jamás encontraré un programa tan vivo como este.

—Venga, Jorge, no me jodas, que soy yo, que también trabajo en la tele. A mí no me tienes que engañar.

No me gusta que gente con la que no tengo excesiva confianza se dedique a analizar mi trabajo, a juzgarlo o a aconsejarme. Me parece algo más íntimo que el sexo. Y, sobre todo, de muy mala educación. Me estaba revolviendo.

—No te engaño. *Sálvame* es como una de esas parejas a la que estás tan enganchado que te resulta imposible dejarla. A veces me quejo, pero me cuesta imaginar cómo sería mi vida sin el programa. Es más, mi día a día es tan disparatado que tengo la sensación de que voy al trabajo a descansar. Llego y me relajo.

¿Lo estaba diciendo en serio? En parte estaba asombrado… porque sabía que sí, que era cierto. Tanto darle vueltas en Mauricio, y resulta que en realidad algo tan loco como el programa me daba estabilidad mental.

—Yo te aconsejaría que lo dejaras. —Ernesto, erre que erre.

—Lo he pensado, no te creas. Pero no quiero. Hace poco pensaba que cuando finalizara mi contrato lo dejaría, pero no lo voy a hacer. —Mira qué sorpresa acababa de darme a mí mismo—. No te voy a decir que el *Sálvame* le da sentido a mi vida, pero en cierta manera es verdad que le pone orden. Me exige disciplina, es el antídoto ideal para que mi cerebro no se disperse y comience a maquinar ideas autodestructivas.

No había hecho más que empezar mi encuentro con él y ya estaba empezando a hartarme. Bastante con que tuviera que justificar mi trabajo en las entrevistas como para tener que hacerlo también en reuniones informales ¡o incluso en citas! De manera providencial apareció el cacereño guapo con los piscos.

—¿Brindamos por nosotros?

Pronunció la frase mirándome a los ojos de una forma tan poco sutil que a punto estuve de llenarme la boca de pisco y lanzárselo a la cara.

Se metió la mano en el bolsillo y sacó una llave de una habitación del hotel.

—Adivina dónde vamos a acabar esta noche. Me he permitido la licencia de reservar una habitación. Espero que a tu novio no le importe que llegues un poco tarde, ¿no? —Y me guiñó el ojo.

Me sentí como la *vedette* que se va a follar al empresario por un papelito en una revista de tercera.

Di un trago largo al pisco con la idea de que el alcohol lograra entonarme y subiéramos a la habitación cuanto antes para ponernos al lío. Llegados a este punto, me lo tenía que follar por educación. Después de todos los mensajes que le había enviado, no iba a quedar bonito que no acabáramos en la cama.

El pisco no me subía. Para mitigar la espera, le pregunté por su trabajo.

—Ahora no estoy haciendo nada, pero me gustaría largarme de este país. No me gusta la televisión que se está haciendo. Es todo tan igual, ¿no te parece?

Mal. Me parecía mal. Yo formaba parte de la televisión de este país, ergo Ernesto consideraba que mi trabajo era una mierda. Me he encontrado con mucha gente así, individuos con altísima consideración de sí mismos que achacan su fracaso a la miopía ajena. Se estaba mostrando como un resentido al que no es que no le gustara la tele, sino que la tele pasaba olímpicamente de él. En su caso, y en el de otros tantos, la solución más sensata pasaba por cambiar de oficio, pero él prefería cambiar de país. Suponía, suponían, que en el extranjero hallarían la redención. Mi experiencia me había enseñado que eso jamás sucede.

—Ernesto, no sabes lo contento que estoy de haber quedado contigo.

—¿De verdad? —Empezó a hincharse como una galletita bañada en leche.

—Sí. Hay veces que la opinión de un gilipollas como tú te hace ver que tu trabajo es magnífico. Que *Sálvame* tendrá sus cosas, claro, pero un razonamiento tan ramplón como el tuyo me deja claro que no te enteras de nada. No tomarte la molestia de indagar en serio por qué un programa lleva tantos años emitiéndose me lleva a pensar que eres un mediocre. Tú y tus básicas deducciones.

El pisco me estaba haciendo un efecto contrario al deseado: no me estaba poniendo cachondo, me estaba poniendo como una moto. Pero de cabreado.

—¿Sabes que tenía dudas? ¿Que estaba pensando dejarlo? Pero me he dado cuenta de que no quiero hacerlo, porque si mi trabajo molesta a gente como tú, eso quiere decir que algo estamos haciendo bien.

—Oye, Jorge, perdona que te diga, ¿no crees que te estás pasando?

No. No me estaba pasando. Pero estaba a punto de hacerlo, y más después de ver que se dirigía a mí como si yo perteneciera a una especie inferior. Le sostuve la mirada y permanecí en silencio. Comenzó a dar muestras de inseguridad. Desvió la vista.

—¿Sabes de lo que me arrepiento, Ernesto? De no haber quedado contigo antes para cenar.

Recuperó la compostura. Volvió a mirarme.

—¿Y sabes por qué?

—No, dímelo tú.

Pronunció cada palabra gustándose. Sentía que estaba empezando a recobrar los mandos, lo mismo pensaba que todavía esa tarde follábamos. Acarició la llave de la habitación.

—Pues porque si hubiésemos quedado antes, no habría desperdiciado tanto tiempo pensando en un imbécil como tú. Y ahora me voy, que con un poco de suerte llego a casa a tiempo para cenar con Fermín.

Invítame a las bebidas, que me las he ganado por soportarte.

Al salir del bar me topé con el cacereño guapo.

—¡Hala! Vía libre. Te lo puedes quedar esta noche y las que quieras.

—Pero ¡qué dices! Si es un cursi. Y un plasta. El que tendría que venir más por aquí eres tú. Si quieres, te dejo mi número de teléfono y me avisas, porque no siempre trabajo los mismos días.

Acabáramos, el camarero intentando ligar conmigo.

—No puedo, tengo novio —dije de un digno que ni yo me lo creía, y me largué del hotel echando leches rumbo a mi casa.

—Vamos a ver, Jorge —comenzó a indagar Óscar—, ¿al cacereño guapo le dijiste que no cogías su número porque tenías novio?

—Ni yo mismo sé por qué me dio por decirle semejante tontería, de verdad. Ernesto me había puesto de tan mal humor que, cuando el chico se ofreció a darme el número, me cegué. Qué le vamos a hacer, una oportunidad perdida. Y de las buenas.

Nos pasamos todo el almuerzo hablando sobre la historia fallida con Ernesto de un mes atrás, con París de fondo.

—A mí no me hacía ninguna gracia —confesó Pablo—. Demasiado peripuesto. Pero tú te empeñaste en fomentar el rollo y al final, mira, me alegro de que te lo hayas quitado de encima.

Pagamos y salimos a la calle. El barrio estaba abarrotado de gente. Hacía un día espléndido y los parisinos, poco acostumbrados a ver el sol, tomaron las calles. Se hacía muy difícil caminar, disfrutar con el paseo.

—Lo siento, Pablo. Desde que hemos bajado del avión no he dejado de hablar de mí.

No estaba actuando.

—Tranquilo, ya sabes que los castellanos somos muy contenidos.

—Sí. Pero no es normal que estés viviendo de una manera tan discreta un acontecimiento que te va a cambiar la vida. Vas a ser padre, llevas dos años luchando. Y no sé cómo estás, qué sientes, qué coño te pasa por la cabeza.

—No quiero ser uno de esos padres pesados.

—No se trata de eso, Pablo. Se trata de que compartas con Óscar y conmigo todo lo que quieras.

—Sí. Quizá me venga bien. Prometo que esta noche os lo cuento en la cena. Pero antes, ¿nos vamos a tomar una copa?

Yo estaba hecho polvo. El día anterior me había acostado tarde por el *Deluxe* y había madrugado para coger el avión.

—Si no os importa, yo me voy al hotel a echar una siesta.

Óscar y Pablo no daban crédito. Según me contaron luego, era la primera vez en un Viaje de Club que rechazaba una copa.

Fuimos a cenar a un restaurante japonés que nos recomendaron en el hotel. Bastaron dos copas de vino para que Pablo comenzara por fin a soltarse.

—Llega la hora de empezar a tomar decisiones. Por ejemplo, la de darle leche materna a las niñas. Todo el mundo coincide en que es muy beneficioso para ellas, pero solo podrían tomarla un mes, el tiempo que pasemos en Los Ángeles después del parto, porque aquí no la podríamos conseguir.

—¿Y se paga? —preguntó Óscar.

—Sí. Doscientos dólares semanales.

—¿Habéis empezado a comprarles ropa?

—No, no. La madre subrogada les ha comprado unos patucos, pero no tenemos nada más.

Pablo nos habló de un día que, yendo a Zamora, tuvo que bajarse del coche porque le dio un ataque de ansiedad. De los miedos que le asaltaban por temor a ser un mal padre. De lo que le costaba dormir algunas noches al pensar cómo estaría llevando el embarazo la madre subrogada.

—Antes me daba igual la muerte y ahora, por primera vez, empezamos a ponernos plazos. Luis está obsesionado con no morirse antes de que las niñas cumplan dieciocho, porque quiere que se puedan manejar por sí solas. Absurdo, ¿no? Quiere dejar de fumar. Y tanto él como yo nos estamos cuidando mucho más.

—¿Vais a estar en el parto? —pregunté.

—Sí, sí. Y yo quiero cortar el cordón umbilical, me hace mucha ilusión. —Se emocionó—. Cuando se cumplan los seis meses de embarazo, se celebrará un juicio y nosotros tendremos que ponerle un abogado a la madre subrogada, otro a su marido, otro a las niñas y otro para nosotros. El juez nos otorgará la paternidad, y la madre subrogada y el marido renunciarán a sus derechos. Todo avanza. El proceso está llegando a su fin.

Acabó llorando.

—Ufff. Me he dado cuenta de que lo necesitaba.

Una vez que se recuperó, decidimos por unanimidad ir al Open dispuestos a quemar la noche parisina. Desde aquel primer Viaje de Club, el Open había sido nuestro bar de cabecera siempre que habíamos ido a París y nunca nos había defraudado. Menos en esta ocasión.

Llegamos y el local estaba mortecino. Había gente de nuestra edad o más mayores. Parecían cansados de sentarse sábado tras sábado en las mismas mesas o de acodarse en la misma barra. No nos tomamos ni una copa.

Fuimos en busca de un bar que descubrimos en otro viaje y que nos había hecho mucha gracia porque había instalada una ducha acristalada y de vez en cuando aparecía un chulazo y se duchaba delante del personal. Pero el bar estaba más muerto que el anterior, y la ducha, vacía. Le habíamos perdido el pulso a la ciudad. Teníamos casi cuarenta y cinco años y no sabíamos por dónde salía la gente joven a divertirse. Más que nada porque nosotros tampoco éramos ya jóvenes.

Acabamos en un local repleto de cabinas donde los tíos se metían a follar sin haberse dado ni las buenas noches. Nos tomamos una o dos copas y volvimos al hotel.

Al día siguiente tenía tal resaca que me tocó quedarme en la habitación mientras Pablo y Óscar, tan hechos polvo como yo, salían a que les diera un poco el aire a ver si se recuperaban.

También los Viajes de Club habían madurado. Ya no sentíamos la necesidad de apaciguar ansiedades. Ahora nos bastaba con estar juntos y compartir renovados temores: Pablo, a la paternidad; Óscar, a sí mismo —un temor que no era nuevo en él, pero sí más elaborado—, y yo a mi debut teatral.

—¿Te imaginas que te liaras con un tramoyista? —bromeó Óscar.

—Demasiado tópico, ¿no? —apunté yo.

Como si la vida no se encargara de recordarte continuamente que lo extraordinario solo pasa en las películas. No fue un tramoyista. Fue algo más tópico. Y peligroso.

10

IZAN

Ni a mi Fermín ni a mí nos gusta comprarnos ropa. A Fermín, porque durante muchos años ha trabajado en tiendas y acabó hasta las narices; y a mí, porque como siempre pienso que voy a estar más delgado, dejo para el mes (o el año) que viene lo que pueda comprarme hoy. En nuestra habitación tenemos un vestidor, pero el contenido es desolador: camisas más viejas que yo, pantalones desgastados en las zonas de las ingles y camisetas y calzoncillos con agujeros.

Nunca me ha importado ir hecho un desastre a trabajar. Desde que despedí al matrimonio de okupas que teníamos de servicio —«Maridoooo», «Esposaaaa»—, un coche de producción me espera en la puerta de mi casa y me deja en la misma puerta de la cadena, y allí ya me cambio antes de que empiece el programa, así que los compañeros están acostumbrados a verme llegar con modelos imposibles. Por eso, la primera impresión que Izan se llevó de mí, justo el martes siguiente a ese Viaje de Club a París, debió de ser nefasta.

—¡Qué malas personas sois! —le solté a Raúl y David, los directores del *Sálvame diario,* nada más cerrar la puerta del despacho donde nos reuníamos—. Podríais haberme avisado y yo qué sé, no habría llegado con este chándal tan asqueroso. ¿Quién coño es ese tío? ¿Qué habrá pensado de mí?

—Izan. Se llama Izan, Jorge —comenzó a explicarme David—. Es el nuevo becario. Veintitrés años. Nos gusta a todos, así que bórralo de tu mente porque la competencia es dura. No se va a fijar en ti, que eres más viejo que el hielo negro.

—Oye, ¿no eres tú el que me ve y me dice que el David de Miguel Ángel es una porquería a mi lado?

—Pero si no es eso, hombre, no es eso. Si tú estás muy bien, pero es que el niñato está para llevárselo un fin de semana a Lisboa.

Izan, «el niñato», no era alto, metro setenta y poco, pero tenía un cuerpo precioso. Pantalones vaqueros ajustados, camiseta de manga corta que dejaba al descubierto unos bíceps bien formados aunque nada escandalosos, pectorales marcados, sonrisa encantadora —qué dientes más bonitos, blancos, todos alineados—, ojos pequeños pero muy vivos, ligeramente achinados, y gafas de una fina montura negra. Era como una versión reducida de Clark Kent. Lo volví a mirar desde el despacho, a través del cristal. Adiviné una piel suave. Joven. Para perder la cabeza.

Al acabar la reunión, Raúl y David se levantaron para salir del despacho. Me extrañó: normalmente se quedan sentados esperando a que entren los colaboradores. Abandonamos la sala y caminaron un poquito conmigo, acompañándome, dirigiéndose sonrisas. Estuve a punto de preguntarles de qué se reían, pero no me dio tiempo porque sin darme cuenta me vi delante de la mesa del becario.

—Mira, Jorge —fue Raúl el que tomó la palabra—, te presento a Izan. Es nuestro nuevo becario. Izan, aquí Jon Kortajarena.

Él dejó las gafas sobre la mesa, se levantó y me tendió la mano.

—Encantado. Tenía muchas ganas de conocerte. En mi casa somos muy fans.

—Gracias. Bienvenido.

—Jorge gusta mucho a las madres —terció con muy mala leche David.

—Yo no soy madre y también me gusta.

—Gracias. —Dediqué a David una sonrisa victoriosa—. Me voy a peinar y a maquillar. Es que la gente mayor necesitamos mucho arreglo, ¿sabes, Izan?

—No me has visto a mí recién levantado —respondió al instante.

Tuve que hacer serios esfuerzos para callarme, porque de natural me salía decirle que eso podíamos arreglarlo cuando él quisiera. Mientras me dirigía a maquillaje envié a David un whatsapp con el emoticono de los dedos en señal de victoria y el de la flamenca. Él me respondió con una sola palabra: «Putita».

Al día siguiente rebusqué en mi armario para encontrar prendas mínimamente decentes y llegar a trabajar presentable. Hasta me puse un acondicionador en el pelo para dejar de parecerme a la medusa de Versace.

—¿De dónde vienes? —me preguntó intrigada Cristina cuando me recogió en la entrada de los estudios.

—De casa.

—¿Y por qué vienes tan arreglado?

—Tampoco exageres.

—Nunca vienes así.

—Pues hoy sí.

—¿No será que quieres que alguien te vea mono?

—¿En el trabajo?

—Sí.

—No.

—Ya.

Cristina. No había manera de engañarla. Trabajaba de azafata en la cadena, pero además desde hacía varios años era mi asistente personal. Creo que es la única persona que lo sabe todo de mí. Tiene acceso a mi vida y a mis pertenencias personales. Ha llegado a encontrarse en mi cartera botes de poppers y preservativos, pero nunca ha preguntado. Solo me los ha enseñado, nos hemos descojonado y entonces le he explicado qué hacían ahí.

—Hoy no lo vas a ver en redacción.

—¿A quién? —me hice el tonto.

—A él.

—¡Ah! —dije desilusionado.

—Lleva toda la mañana metido en una sala de edición.

—Pues vaya rollo.

—Jorge.

—¿Qué?

—No la vayas a liar, que ahora estás muy bien.

Tenía razón. Estaba muy bien. ¿Para qué liarla? Pero es que, ¡joder!, cómo estaba el tal Izan. Cambié de tema:

—Hazme un favor, anda. ¿Puedes conseguirme cuatro entradas para ver *Priscilla* el sábado? A las diez.

Ese fin de semana fui al teatro con Fermín, mi sobrina y su novio, como habíamos planeado. Al finalizar la función nos dirigimos a la salida de artistas para saludar a Víctor, Alejandro y Julio, el director musical. Los tres estarían conmigo en *Iba en serio.*

Mientras charlábamos todos juntos en un corrillo, sentí unos golpecitos en el hombro. Se me torció el gesto. Me preparé para negarme a hacerme una fotografía, pero al girarme me encontré con una sonrisa de ensueño. Era Izan.

—¡Anda! ¿Qué haces tú aquí? —le pregunté.

—¡He venido a ver la función!

—¿Tú solo? ¡Pues sí que te gusta el teatro!

—No, no. Con unos amigos. Ahora nos vamos a tomar algo por ahí.

—Qué envidia. Hace años que no salgo.

No lo dije con la intención de que me invitara, de verdad, pero me salió del alma.

—Pásate si quieres. Vamos a ir al Baila Cariño.

Me habían hablado del local. Estaba de moda. Además, los sábados por la noche ponían música bailable, de esa que se puede seguir sin que haga falta estar drogado. ¿Me apetecía ir? Sí. ¿Con Izan? Pues claro. ¿Se enfadaría Fermín? Por supuesto.

—No, voy a cenar y luego me voy a casa. Estoy muy cansado.

—Otro día entonces.

Se dio media vuelta y volvió con sus amigos. Tenía una espalda poderosa y un culo perfecto, y me lo quedé mirando más tiempo de lo prudente teniendo en cuenta que Fermín estaba delante.

—¿Quién era?

—Izan, un becario.

—Es muy guapo.

—Sí. No está mal.

Ya volvíamos en el taxi cuando Fermín me preguntó, con aparente desgana, casi sin venir a cuento:

—¿Te habrías acostado con él?

Le mentí:

—No.

Pasamos el domingo vagueando en casa, tomando el sol, viendo la tele. Juan Carlos me envió el tercer y último acto de la función. Me lo había contado por teléfono el viernes mientras yo iba en el coche rumbo a la tele para presentar el *Deluxe.* Lloré de nuevo. Al colgar, él me escribió un mensaje confesándome que también se había emocionado.

—Qué flojos somos, Juan Carlos.

Después de leer el final, se lo pasé a Fermín. Dio su aprobación y yo respiré tranquilo:

—¡Es maravilloso!

Al día siguiente nos reuniríamos toda la compañía para hacer una lectura de la obra y utilicé ese argumento como excusa cuando Fermín me preguntó dónde tenía la cabeza:

—Llevo un buen rato observándote y te has ido.

—Estaba pensando en la lectura de mañana.

Me quedó bastante creíble, pero la verdad es que había vuelto a mentirle. Trasteando por Facebook, había dado con la página de Izan y me la había estudiado con la misma intensidad con que se prepara una oposición para notario.

No hacía falta ser muy avispado para darse cuenta de que Izan se encantaba. Tampoco resultaba extraño: era guapo y fotogénico. Había muchas instantáneas con un grupo de amigos tan bien formados como él. Todos jóvenes, muy bien peinados —incluso en la playa— y con todos los músculos en su sitio. Izan me gustaba vestido, pero en bañador era escandalosamente atractivo. Reparé en su abdomen y agrandé una fotografía para poder concentrarme en su ombligo. Soñé con llenárselo de saliva.

Miré a Fermín y mientras maquinaba cómo iniciar un acercamiento a Izan, le propuse sacar a las perros.

—¡Ay! ¡Vale!

¿Y si me acostaba con Izan en plan «punto y final de una etapa de mi vida»?

—Jorge, te has vuelto a ir.

—No, no. Perdona. Lo siento. Estaba un poco distraído, pero ya está. ¡Vamos a la calle!

Nada más pronunciar la frase mágica, Cartago, Lima y Romeo aparecieron dando brincos a nuestro alrededor.

Al día siguiente nos reunimos por primera vez toda la compañía: Juan Carlos salió muy contento con la lectura y yo un poco asustado por la cantidad de trabajo que se me venía encima: tenía que estudiarme el texto, trabajar las canciones con Julio dos veces por semana y necesitaba sacar tiempo para quedar con Federico, el coreógrafo. Quería llegar a los ensayos menos patoso de lo que era. Al menos, intentarlo. Debía trabajar duro si quería hacer mía la recomendación que me soltó Federico después de una clase: «Camina como si generases vacío al avanzar. Como si el oxígeno te tuviera miedo y te evitara». Desde que se la escuché, no se me ha ido la cara de susto. A todo ello se le sumaba mi trabajo en televisión. Y dejar un huequecito en la cabeza para seguir entreteniéndome pensando en Izan.

No pasé una buena noche. Esa misma mañana había hablado con una periodista que había escrito un libro muy crítico con la labor de Juan Carlos I. Entre la conversación y lo alterado que andaba, tuve pesadillas con el monarca. Soñé que el rey estaba tan cabreado conmigo que no podía salir a la calle sin guardaespaldas. Me desperté a las siete de la mañana y me puse a estudiar la función. A las ocho y media apareció Fermín por la habitación y le obligué a que me pasara el texto que me había aprendido.

Fermín era maravilloso, sin duda. Un gran compañero de viaje. Pero qué guapo era Izan.

El martes volví a ir a trabajar sin chándal, y vestido más o menos mono dentro de mis limitaciones. Cuando Cristina me vio llegar enarcó una ceja.

—¿Haciendo méritos para que *GQ* te escoja el Mejor Vestido del Año?

—¿Qué tal tu finde?

—Trabajando, como siempre. Hoy vas a tener suerte. Está en redacción.

—No sé de qué me hablas. —Apenas pude contener una sonrisa.

Al entrar en la redacción ahí estaba él. Nos miramos y nos sonreímos.

—¿Cómo acabaste el sábado? —le pregunté.

—Bien, pero no fue nada del otro mundo. Tendrías que haberte venido.

Catalogarlo como «guapo» no le hacía justicia. Era mucho más. Era «bello». Y esa sonrisa tan limpia, tan poco maleada, tan contagiosa. Me lo imaginé en la cama recién levantado. Desperezándose. Tapado hasta medio cuerpo. Me excité como cuando era más joven. No había duda: me estaba convirtiendo en un viejo verde de manual. Me despedí de él a la carrera y me metí en una sala para reunirme con Raúl y David.

—¡No se puede estar más bueno! —grité desesperado nada más cerrar la puerta.

Raúl y David intentaron explicarme qué temas íbamos a tocar ese día, pero mi mente se había quedado varada en la cama donde había imaginado a Izan.

Antes de acabar el programa bajó a plató. Lo divisé desde lejos y aproveché una pausa de publicidad para acercarme donde estaba él. Llegué justo a tiempo para escucharle decir:

—¿Alguien baja al centro en coche?

—¡Yo! —respondí al momento—. Tengo una cena. Si quieres, te bajo.

—Me harías un favor.

—Te espero en recepción al acabar el programa. No tardes.

Cuando Izan desapareció, Cristina se me acercó y me miró. Movió la cabeza a derecha e izquierda y se largó sin pronunciar palabra. Llamé a Fermín para decirle que llegaría un poco más tarde a cenar.

—Tengo algo de lío aquí. Como mucho, creo que estaré en casa a las diez y media.

Me dijo que no me preocupara.

Una hora más tarde, estaba dentro del coche preguntándole a Izan dónde le venía bien que le dejara.

—Me da igual, solo quiero llegar a la civilización. ¿Dónde es tu cena?

Mierda. No tenía preparada la respuesta.

—Por el centro. Pero tranquilo, te puedo acercar donde quieras, porque la tengo a las diez.

—Pues si te apetece, podemos tomar algo en el Gymage.

—¿Qué es eso?

—Una terraza que está muy de moda, en lo que antes eran los cines Luna.

—¡Ay, sí! La he visto por la tele.

Izan se rio.

—¿Qué te hace gracia?

—¡Que ese es un comentario de abuela!

—¿Sí? Pues fíjate que últimamente me entero de lo que está de moda a través de la tele. Es triste, pero es así. Tendré que arreglarlo.

Durante el trayecto no hablamos mucho más. Yo lo miraba de reojo y creo que él hacía lo mismo conmigo. ¿Qué coño estaba pasando? No podía ser tan fácil. Estaba acostumbrado a que la gente guapa me rechazase. Y para los jóvenes tan guapos como él, yo era, sencillamente, invisible.

Había bastante gente en la terraza, pero todavía quedaban mesas libres. Conseguimos una.

—Yo me voy a tomar un mojito. ¿Y tú?

—Estoy a dieta, Izan. Me tomaría los mojitos de par en par, pero tengo que quitarme cuatro kilos de encima antes de estrenar. Así que mejor un rooibos de vainilla.

—¡Queda muy cool!

—Sí, muy cool, pero más aburrido que la madre que lo parió.

Cuando apareció el camarero me preguntó si yo era Jorge, el de la tele.

—Sí, sí.

—¡Encantado!

—Y yo me llamo Izan.

El camarero se dignó entonces a dirigirle una mirada y se marchó a por las bebidas.

Me gustó su reacción, tan decidida. En muchas ocasiones Fermín ya me había advertido que cuando iba conmigo no existía para los demás. Los camareros, los vendedores, la diversa gente que se acercaba solo me saludaba a mí y no era capaz de dedicarle ni un triste «hola» a mi acompañante. No era algo que a Fermín le molestara, era la discreción personificada, pero parecía que Izan no estaba dispuesto a que le hicieran el vacío tan a las claras. La juventud, supongo. O el sentirse ninguneado por primera vez. Un camarero había ninguneado su arrebatadora presencia. Orgullo herido.

—¿Estás contento en el trabajo?

—Sí, mucho. Hay muy buen ambiente y me lo paso muy bien.

—¿Te gustaría quedarte?

—No lo tengo muy claro. Había pensado largarme fuera una temporada. Mis padres están empeñados en que me vaya a Estados Unidos.

—Si puedes, hazlo. A mi edad es una de las cosas que más echo en falta. ¿Tienes novio?

—No.

Me alegré.

—Mejor. Así no tienes nada que te ate.

Trajeron las bebidas. Sacó la cartera.

—No, no, déjame invitarte.

—Me gustaría hacerlo a mí. Me has bajado en coche. Además, no me gusta que me inviten.

—Otro día, de verdad.

—¿Prometido?

—Sí.

Volví a la carga con el tema de los amoríos. Quería saber cómo se manejaba.

—¿Te gustaría tener novio?

—¡Sí!

—¿A tu edad? —pregunté extrañado—. ¿Para qué?

—Pues no sé, para hacer planes con él.

—¿Vives solo?

—Sí. En un apartamento muy pequeño del barrio de Salamanca.

Nunca he sido el colmo de la delicadeza, de ahí que no me costara hacer la siguiente pregunta:

—¿Ligas mucho?

—Sí, pero no me voy a la cama con cualquiera.

—¡Ah!

—¿Tú sí?

—Cuando tenía tu edad, sí. Pero también era otra época.

Y le endosé una clase magistral sobre cómo habían variado las maneras de relacionarse en el mundo gay en apenas veinte años:

—Cuando yo era más joven no existía internet, ni esas aplicaciones que se manejan ahora como Grindr o Bender, que permiten saber qué gays hay a tu alrededor con ganas de mambo. Antes, para ligar tenías que esperar a la noche y que se abrieran los bares. Cuando entrabas en uno, notabas que la mayoría estaba olfateando, husmeando, buscando sexo. Me gustaba esa sensación de entrar a un local y recibir un bofetón de testosterona. Tengo la sensación de que todo ha cambiado mucho: ahora la gente tiene la posibilidad de follar a la hora del día que le dé la gana, así que llegan a los bares ya follados. A divertirse. O a drogarse. Y de paso, si ligan, pues bien, pero no es el objetivo primordial. Antes sí que lo era. Aunque hubiera mucho sexo rápido, todo era más romántico.

—A mí no me gusta el Grindr —confesó Izan después de dar un sorbo a su mojito—. Engancharte a una aplicación para conseguir sexo me parece de acabados.

—Pues yo lo veo muy práctico.

—Me gusta que me cortejen. No me voy a la cama con nadie la primera noche: primero tenemos que haber hablado algo algún día. O al menos conocernos por Facebook.

¿Por Facebook? Tenía que estar de broma.

—¿No puedes acostarte con alguien la misma noche que lo conoces, pero sí te lo haces con alguien la primera vez que lo ves en persona solo porque antes os habéis mensajeado por internet? Me parece muy contradictorio. Es curioso cómo empleas el verbo *conocer*.

Izan se revolvía, aunque no paraba de sonreír.

—De alguna manera lo conozco, aunque sea por Facebook. Pero eso de acostarme con alguien al que acabo de conocer en un bar, no. Prefiero llegar a casa y masturbarme.

—Los jóvenes de ahora, que diría mi abuela, tenéis una moral muy curiosa. El otro día un amigo me contó que conoció a un chico en una discoteca: empezaron a tontear, se besaron y acabaron pegándose el lote en un baño. El chico le empezó a comer todo y como la temperatura estaba llegando a unos calores insostenibles, mi amigo le propuso que se fueran a follar a su casa. Respuesta del chico: «No, no, es que yo la primera noche no me acuesto con nadie». ¿Te parece normal?

Me reí con ganas porque la escena me parecía de locos, pero por lo visto a Izan no le hacía tanta gracia como a mí:

—A mí me pasó más o menos lo mismo en una fiesta. Me fui a un baño con un chico y no solo me la comió, ¡sino que se lo tragó! Y perdona que sea tan escatológico. Luego quería que fuésemos a mi casa, pero es que yo para eso soy muy mío. En mi territorio no entra cualquiera. Y tampoco me acuesto con nadie la primera noche.

—¿No te das cuenta de que el grado de intimidad es el mismo en un baño que en una cama?

—Puede ser, pero para mí no es igual. Ya te digo que yo, para acostarme con alguien, tengo que hablar antes un poco.

Disfrutaba contemplándole. Tenía una mirada muy viva. Y me costaba apartar los ojos de su boca cuando jugueteaba con la pajita del mojito. Me daba la impresión de que lo hacía adrede.

—La gente de mi edad debemos de parecerte vejestorios, ¿no, Izan?

—No, no. Los maduros con barba me parecen muy atractivos.

Si lo que intentaba era echarme un piropo, no lo consiguió. Me había metido en el grupo de los «maduros», y encima pensaba que me había hecho un favor. Qué coño, a mí «maduro» me parece un tío de cincuenta y cinco años. Y probablemente el de cincuenta y cinco dirá que «maduro» es uno de sesenta.

—Además —continuó Izan—, tampoco te creas que me importan mucho los cuerpos, ¿eh? Me gustan los tíos atractivos, que me hagan reír, que me hagan sentir especial.

—¿Te enrollarías con uno de mi edad?

Había llegado el momento de empezar a dejar las cosas claras.

—Sí. No me importaría.

—¡Pero si os llevaríais más de veinte años!

—¿Y qué le vamos a hacer?

Qué dientes más bonitos. Y qué piel tan suave. Joven.

—Lo que no hago es enrollarme con tíos que tengan novio. No me gusta hacer lo que no me gustaría que me hiciesen a mí.

Vaya. Todo estaba pintando demasiado bien.

—¿Y si entre la pareja existe un acuerdo y se acepta que cada uno haga lo suyo sin que el otro se entere?

—No. Lo mío es mío.

Me hacían gracia sus pensamientos. Yo también pensaba igual a su edad.

—Me estás poniendo nervioso —dijo de pronto.

—Perdona, no era mi intención. ¿Nos vamos?

—Vale. De hecho, tú tienes una cena, ¿no?

—Sí.

—Debe de ser muy informal, porque antes me has dicho que era a las diez, son las diez y media y no te ha llamado nadie para preguntarte si te ibas a retrasar mucho más.

No supe qué contestar. Me sentí bastante idiota. Se puso serio.

—Lo de la cena era mentira, ¿no?

No tenía escapatoria. Tuve que decirle la verdad.

—Sí.

—Verdad por verdad. El sábado no fui a ver *Priscilla.* Cuando Cristina llamó para conseguirte las entradas, yo estaba cerca y me enteré de que ibas a ir al teatro. No vi la función. Esperé en un bar cercano al teatro a que acabara y luego me hice el encontradizo contigo. Pero ibas con tu novio.

Me faltó valentía para sostenerle la mirada. Ni en mis mejores sueños había imaginado algo así, de ahí que la situación comenzara a sobrepasarme. No estaba preparado para una declaración tan directa, y lo que faltaba:

—Quédate a cenar conmigo.

—No puedo. No he avisado en casa.

Me daba cuenta de que todo lo que tenía que ver con Izan me empujaba a la mentira. Si Fermín me preguntaba y estaba pensando en él, le mentía. Y me mentía también a mí mismo. No quería quedarme a cenar con él no porque no hubiera avisado en casa, sino porque mi mente no había diseñado en ningún momento un escenario semejante. No supe reaccionar. Tampoco contribuyó a que espabilara el siguiente misil que me lanzó y que destrozó todas mis defensas.

—Me gustas mucho desde hace tiempo. Quería que lo supieras.

Izan lo pronunció sin titubear. Era lo mismo que me había dicho Fermín cuando nos conocimos. Tenía que salir de allí.

—Vámonos, Izan. Es tarde. Mañana nos vemos.

Me acompañó a coger un taxi en la Gran Vía y al despedirnos nos dimos dos besos. Mientras nuestras caras se acercaban, me cogió de la cintura para juntar mi cuerpo con el suyo. Yo hice lo mismo. No me hubiera separado.

En casa me esperaba Fermín y un insípido pescado al horno; en la calle, la aventura. Lo desconocido.

Me monté en el taxi y dejé atrás a Izan y la vida: terrazas repletas de gente, jóvenes paseando, letreros de neón anunciando obras de teatro. Acababa de empezar junio, ya olía todo a verano. Hice el camino de vuelta a casa resignado, y cuando enfilamos la carretera de A Coruña y dejamos atrás la ciudad, me sentí vencido. La entrada a nuestra urbanización me pareció triste y demasiado oscura. No había nadie por las calles. Fermín me recibió con una sonrisa, pero me pareció deslucida comparada con la de Izan.

Al día siguiente convoqué a Óscar y a Pablo a una asamblea extraordinaria del Club en un pasillo de la cadena. Cuando les conté lo que había sucedido con Izan, nos quedamos un rato en silencio. Fue Pablo quien lo rompió:

—Peligro. Ese tipo de chico es al que yo llamo «Peligro».

—¿Y qué hago?

—Lo que quieras. Pero recuerda: se llama Peligro.

Dejé de pasar por la redacción. A lo largo de esa semana llegaba a trabajar y me iba directamente a maquillaje. Izan no volvió a bajar por plató. Estuvimos jugando al ratón y al gato durante algunos días. Me acordaba de él, pero no me costaba quitármelo de la cabeza: aprovechaba cualquier momento que tenía libre para ponerme a estudiar el texto de la función:

—Si sigues a este ritmo —me comentaba divertido Juan Carlos—, podremos estrenar en una semana.

Me había sacado la carrera estudiando el día antes y no quería que me pasara lo mismo con la obra.

No deseaba vivir el proceso con ansiedad, deseaba disfrutarlo. ¿Otro síntoma de madurez?

Una semana después de mi encuentro con Izan en la terraza, tuve que ir a la tele una mañana para grabar unos *sponsors.* Siempre que esto sucede, me llevo el tupper de casa y me quedo a comer en mi camerino para no tener que ir yendo y viniendo, y en estos casos, sobre las tres de la tarde, un compañero de producción llama a mi puerta para entregarme el guion del programa:

—¡Adelante!

Solo que esta vez no apareció un compañero de producción, sino él. Izan.

—¿Qué haces tú aquí?

—Tranquilo. Cruzar media cadena con el calor que hace para traerte el guion no es un trabajo muy envidiado que se diga, por muy estrella de la televisión que seas. No me ha costado nada convencer a producción para que me lo dieran. Es más, me lo han agradecido.

—Te las sabes todas, ¿no?

—Soy joven, pero no tonto. ¿Se puede saber por qué te estás comportando de una manera tan infantil?

—¿Cómo?

—Hace días que no pasas por redacción.

—Y hace días que tú no bajas a plató.

—Pasar por redacción forma parte de tu trabajo; que yo baje a plató a verte es estrictamente por placer. Tú me gustas y yo te gusto, ¿no?

—Eso parece.

—Y estoy harto de escucharte en las entrevistas que la fidelidad está sobrevalorada.

—Fuiste tú el que me dijo en la terraza que no te enrollabas con tíos que tuvieran novio.

—Olvidé contarte una excepción a la regla. La acabo de crear: puedo hacerlo siempre que no conozca al novio. Y al tuyo no lo conozco.

—¿Lo dejamos aparte?

—Mejor. Además, tampoco está tan claro que nos enrollemos. Primero tendríamos que hablar.

—¿Y qué estamos haciendo?

—Digo fuera de aquí.

—¿Esa es otra regla?

—Sí. Otra de nueva creación. Como igual te sientes incómodo si quedas conmigo en público, he pensado que mejor quedamos en mi casa. Te invito a cenar.

—¿Cuándo?

—Esta noche. No quiero dejarlo para más adelante, que igual te rajas. Y ahora me voy, que en cualquier momento pueden aparecer Raúl y David y no quiero escuchar comentarios chuscos.

Había permanecido de pie durante toda la charla. Yo sentado frente a un plato de ternera a la plancha y alcachofas al horno. Se acercó a mí lentamente, y cuando tuve su boca muy cerca de la mía cerré los ojos. Esperé y no sucedió nada. Escuché una carcajada.

—¡Vaya, o sea, que me querías besar!

Me sentí ridículo.

Se dirigió hacia la puerta y antes de abrirla me dijo:

—Yo a ti también. Pero con las ganas que tengo de darte más que un beso, habría llegado a la redacción con un calentón tremendo. Así que, si no te importa, prefiero esperar. He conseguido tu número de teléfono en producción, no preguntes cómo. Luego te pongo por whatsapp mi dirección.

No pude probar bocado. ¿Me estaría enamorando? No. Lamentablemente, nada ni nadie me ha quitado nunca el hambre. Lo que tenía claro es que yo también había sido víctima de un calentón: el pantalón me estaba empezando a apretar en una parte muy determinada del cuerpo.

Llamé a Fermín:

—¿Te importa si esta noche salgo a cenar con Raúl y David?

—No, claro que no. Pero entonces yo me quedo a dormir en Salitre.

Así es como llamábamos al apartamento que teníamos en la calle del mismo nombre y que Fermín utilizaba para ir a almorzar al mediodía y quedarse a dormir los días que yo llegaba tarde porque me tocaba presentar un *prime time.*

—Y diviértete —continuó—, que últimamente no te permites ni una alegría.

Cualquiera diría que me estaba dando carta blanca para disfrutar de una noche caliente con Izan. ¿Tenían razón mis amigos cuando me decían que Fermín toleraba mis escapadas? Lejos de tranquilizarme, sus consejos me inquietaron: por ese lado, la libertad solía venir con sentimiento de culpa añadido.

¿Se puede presentar un programa cuando uno tiene la mente en otro sitio? Se puede, sí. Pero no se debe. Quería que Fermín me llamara para decirme que no me fuera por ahí porque me echaba de menos; quería que no me llamara para poder pensar en Izan. Quería que Izan me llamara y suspendiese la cena con el argumento de que todo era una locura; quería que no me llamara y que todo siguiera en pie. Quería follar con Izan y volver a casa como si nada hubiera pasado. Quería, en fin, tenerlo todo.

A las dos horas de empezar el programa recibí un whatsapp. De Izan:

«¿No se te está haciendo larguísima la tarde? Porque a mí sí».

«Eso es porque después tienes un plan que te apetece», contesté.

A la hora me llegó otro. Volvía a ser él:

«Me piro antes del trabajo. Así puedo ir preparándolo todo. ¿Vendrás directamente cuando acabe el programa?».

«Sí.»

«Perfecto. Entonces te espero a las nueve con un mojito.»

No era la bebida ideal de alguien que está a dieta, pero no rechisté.

De siete a ocho de la tarde no recibí ningún whatsapp de Izan, aunque sí de Fermín:

«¿Hay alguien ahí? ¿Te acuerdas de que tienes novio?».

«¡Amorcito! ¿Qué haces?»

«Echarte de menos.»

«Claro, claro.»

«¿Y tú a mí?»

«No.»

«Mientes.»

«Adiós.»

Al acabar el programa le llamé:

—Al final vamos a ir a cenar a un restaurante de Tirso de Molina.

—Pero luego prontito a casa, ¿eh?

—Sí, sí. No te preocupes, si mañana tengo un montón de cosas que hacer.

A punto de cumplir los cuarenta y cinco, me dirigía muy nervioso a casa de un chico de veintitrés al que le gustaba. Se me vino a la cabeza una frase de una canción de Fito Páez: «¿Quién dijo que todo está perdido?». Me dio mal rollo. La cantaba en «Yo vengo a ofrecer mi corazón», y no era eso lo que estaba pasando con Izan. O al menos, yo no quería que lo fuera.

Me recibió recién duchado, con un pantalón de chándal largo, una camiseta muy ajustada de manga corta y unas Havaianas. Ningún beso. Él parecía algo cortado. Yo, desde luego, lo estaba. La ligera pinta de macarra que desprendía la vestimenta —que me encantaba, por cierto— la compensaba con sus gafas de Clark Kent.

El apartamento era muy pequeño. Extremada, meticulosamente ordenado. Se dio cuenta de que lo estaba examinando:

—Si no lo tengo todo recogido, se convierte en una leonera. Me gusta que todo esté en su sitio.

—¿Te pasa con todo igual?

Estábamos de pie, en la cocina.

Me ofreció un mojito. Brindamos.

—No. No me pasa con todo igual. Me estás destrozando los esquemas. No me gusta la gente con novio. No me gusta dar el primer paso. Pero ahora todo me da igual. Solo quiero acostarme contigo. Desde que me levanto hasta que me meto en la cama solo pienso en ti, en estar contigo, en correrme contigo. Y ya no aguanto más.

Dejó su mojito en la encimera e hizo lo mismo con el mío. Se acercó y, ahora sí, comenzamos a besarnos. Unos besos urgentes, ansiosos. Le agarré del culo para atraerlo todavía más hacia mi cuerpo. Él hizo lo mismo. Lo apoyé en una pared de la cocina y comencé a besarle la cara, la boca, las orejas, el cuello. Le quité la camiseta. Mordisqueé sus pezones. Gemía. Me quitó la camiseta. Le metí la mano por debajo del chándal. No llevaba calzoncillos.

—No puedo más —susurró él—. Vámonos a la cama.

Hicimos el camino a la habitación agarrados, besándonos, metiéndonos mano. Llegamos a la cama con ganas de corrernos y no tardamos en hacerlo. No fue la única vez en toda la noche.

La primera vez nos entró la risa y nos daba vergüenza mirarnos a la cara:

—Tendremos que cenar algo, ¿no? A no ser que te quieras ir ya a tu casa.

—¿Tú qué quieres?

—Que te quedes a cenar, que para eso hemos quedado. Y que volvamos otra vez a la cama y follemos hasta que nos tiemblen las piernas y nos caigamos de culo.

Volvimos a reírnos.

Me puse los calzoncillos y una camiseta que me dejó. Él, un pantalón corto y la camiseta con la que me había recibido. Mientras Izan trasteaba en la cocina, yo aproveché para enviarle unos whatsapps a Fermín:

«¡Nos lo estamos pasando muy bien! ¿Qué tal tú?»

«¡Bien! Viendo un poco la tele. En breve me meto en la cama, que estoy muy cansado.»

«¡Vale! Hablamos mañana entonces.»

«¡Te quiero!»

«¡Y yo!»

Le estaba diciendo la verdad..., ¿no?

Fui a la cocina y me abalancé sobre Izan. Ahora era yo el que necesitaba sentirle, besarle, acariciarle, morderle, lamerle. Tuvimos que volver a la cama. Entre una cosa y otra cenamos a la una de la madrugada y no creo que durmiéramos más de una hora seguida.

A las nueve y media de la mañana sonó mi móvil. Era Fermín.

—¿Jorge? ¿Dónde estás?

Tenía una voz preocupada. Me costó reaccionar.

—Hola.

Izan estaba durmiendo a mi lado. Me levanté y me dirigí a la cocina.

—Estoy en casa de David. Ayer al final acabamos liándonos, terminamos muy borrachos y me he despertado en su casa.

—¡Qué susto, joder! Me han llamado los de la piscina, que querían ver no sé qué conmigo, y al llegar a casa y no encontrarte me he llevado un susto tremendo.

—Pues tranquilízate, que todo está bien. Me ducho y voy para allá.

—No, no. Si yo ya me voy a trabajar. Duerme un poco más. Anda que..., ¡no se os puede dejar solos!

Colgué, pasé por el baño y volví a la cama. Izan me estaba esperando con la mejor de sus sonrisas y con el cuerpo dispuesto a hacerme empezar el día con alegría.

Consideré de mala educación declinar su propuesta. Abandoné su apartamento con quince años menos.

A partir de ese día y durante las semanas que siguieron, no hubo momento en el que no nos buscáramos. Llegaba pronto a trabajar y quedábamos antes del programa en mi camerino. Follábamos en la ducha, en el sofá, en el suelo. El programa siempre tiene una pausa de publicidad larga y la aprovechábamos para quedar en un baño al que nunca iba nadie: necesitábamos seguir tocándonos, besándonos, corriéndonos. Desconectaba mi micrófono para que no se oyeran nuestros gemidos. Eran polvos con un final programado: cuando escuchaba por el pinganillo que quedaban dos minutos para volver, acelerábamos para no quedarnos a medias. Pasamos las dos primeras semanas follando dos veces al día y enganchados al WhatsApp. Pero eso, aunque estaba muy bien, no nos bastaba. Comenzamos a necesitar más.

Cristina, mi Cristina, no me decía nada, pero estaba al tanto de todo. Hasta que un día, después de un programa, la pillé por banda y le pregunté por qué estaba tan callada.

—Tú verás lo que haces —me dijo—, pero se te está yendo de las manos.

Fermín me notaba cambiado, aunque para bien, creo: más cariñoso que de costumbre. Por la noche procuraba no estar conectado al móvil para que no me pillara con cara de satisfacción, como cuando Izan me envió un mensaje en que me decía: «Tengo ganas de verte», acompañado de una fotografía en la que se le veía en boxers agarrándose el paquete.

—¿Quién es?

—Nadie, Raúl, que me está contando una tontería del programa de hoy.

Comencé a escuchar sin parar «If You Can't Say No» de Lenny Kravitz porque un día Izan me dijo que de la lista de canciones para follar que tenía en el iPod, esa era la que más le gustaba. Fermín no entendía nada:

—¡Pasas de Nacha Guevara a Lenny Kravitz con una facilidad!

Dejé de quejarme por la dieta y recuperé mi peso.

—¡Estás muy guapo, Jorge! —me animaba Fermín.

Y yo pensaba en seguir adelgazando para no dejar de gustarle a Izan, que había resultado mucho más efectivo que la nutricionista nazi.

El mes de junio finalizó con dos conclusiones muy claras: había recuperado el interés —y el placer— por el sexo, y también la curiosidad por conocer a una persona. Ninguna tenía que ver con Fermín.

Levantarme a las siete de la mañana. Hincar codos durante una hora y media hasta que aparecía Fermín para pasarme el texto de la función que me había estudiado. Desayunar. Hacer deporte. Seguir estudiando. Llevarme la comida al trabajo y así poder quedar con Izan en el camerino. Follar. Presentar el programa. Aprovechar una publicidad para follar de nuevo. Volver a casa. Cenar. Repasar otra vez el texto con Fermín. Acostarnos rendidos a las once de la noche. Esa fue mi rutina durante semanas.

Yo era muy feliz. Tener dos vidas me rejuvenecía.

Un día, después de hacerlo en la ducha del camerino, Izan me dijo que necesitaba estar conmigo sin prisas.

Llamé a Fermín:

—¿Te importa si esta noche no voy a dormir a casa? Pablo y Luis tienen noticias que contarme sobre sus niñas y me apetece estar con ellos tranquilamente. Me quedaré a dormir en su casa, como hacía de soltero.

—No te preocupes, yo me quedo en Salitre.

—Luego te llamo.

Tuve que morderme la lengua para no decirle «Te quiero». No delante de Izan.

Esa noche cenamos en su casa y luego volvimos a hacer el amor. Nos emborrachamos un poco. Hacía tiempo que no estábamos juntos más de media hora y nos lo pasamos muy bien. Le gustaba que le contara episodios de mi primera juventud, de cuando empecé a salir: cómo eran entonces los sitios, cómo éramos los gays de la época. En los veinte años que nos separaban, la situación había cambiado mucho y muy deprisa. En mi época los ligues tenían que llamarme a casa y fingir que eran amigos para no levantar la sospecha de mis padres; ahora, eso de las llamadas telefónicas quedaba hasta antiguo.

Izan quería saberlo todo de mí: mi currículo sentimental, sexual, laboral. Qué me gustaba hacer en vacaciones, cuáles eran mis libros preferidos, qué tipo de música escuchaba.

—Me gustaría perderme contigo una semana en uno de esos lugares que has visitado. Despertarnos juntos, ir a la playa, no tener que mirar continuamente el reloj para saber cuánto nos queda para decirnos adiós.

—A mí también, Izan.

—¿Podemos hacerlo?

—No.

—¿Y un fin de semana?

—Déjame pensarlo.

No me costaba inventarme alguna excusa para pasar de vez en cuando alguna noche fuera de casa, pero organizar un fin de semana me daba miedo. Debía involucrar a más gente y corría el riesgo de que algún español me hiciera una foto con Izan y Fermín la viera. Sin embargo, la pregunta era otra: ¿quería pasar más tiempo con Izan? La respuesta era sí.

Quedé con Pablo y Óscar en un pasillo de la cadena.

—Estoy enganchándome a Peligro. Y lo malo es que por ahora no quiero cortar el rollo.

—¿Te gusta? —preguntó Pablo.

—Mucho.

—¿Estás enamorado? —Ese fue Óscar.

—No lo creo. O no lo sé. Pero me tiene loco. Tiene mucho de físico, lo sé: pocas cosas enganchan tanto como dar con un tío con el que disfrutas en la cama. Sentirse deseado de esa manera tan básica, tan primaria, con que deseas a los veintitrés años. A esa edad parece que solo existe el deseo, y el puto becario me está contagiando esa fuerza. Ya se me había olvidado lo que era eso. He dejado de pensar en el futuro. Solo pienso en el ahora, en saber cómo me las puedo apañar para sacar tiempo y estar junto a él.

—¿Está notando algo Fermín? —quiso saber Pablo.

Me encogí de hombros.

—Si me nota disperso, debe de achacarlo a que estoy inquieto aprendiéndome el texto. Estoy hecho un lío. A veces pienso que soy un cobarde, que debería ser valiente y romper con todo lo que tengo. Soy joven, pero llevo una vida de señor mayor: no hago más que trabajar, estudiar y desear que llegue el fin de semana para descansar y dormir. De repente aparece un tío como Izan, y no me importa llegar al trabajo sin pegar ojo después de pasarnos la noche en blanco.

—Hace dos meses y pico fue Ernesto.

—Lo de Ernesto era otra historia. Un transbordo, una parada técnica, un «en tránsito». Sé que os puede parecer cursi, pero parece que con Izan estoy iniciando un viaje, no reiniciándolo. Eso es lo que me atrae.

—Sabes que el furor sexual con él se acabará, ¿no? —deslizó Óscar.

—Supongo. ¿Y qué hago entonces? ¿Lo corto antes de que se acabe? ¿Y si me equivoco y sigo con Fermín porque estoy muy cómodo? Ahora es Izan, pero quién sabe lo que podría venir después. ¿Otro Izan? ¿Otra ilusión? Tú siempre me decías que yo no estaba hecho para tener novio —dije mirando a Pablo—. Llevo siete años con el mismo y no paro de preguntarme si esta sensación de hacerme mayor también tiene que ver con mi relación de pareja.

De golpe, habían vuelto todas las dudas que viajaron conmigo en Semana Santa a isla Mauricio.

Después de utilizar como excusa a Pablo, y luego a David y Raúl, tuve que echar mano de Óscar para volver a pasar una noche con Izan.

—Fermín, que dice Óscar que si esta noche vamos Pablo y yo a dormir a su casa y hacemos un Miniclub antes de que me meta a ensayar. Como a partir de entonces voy a estar desaparecido…

—Como veas.

—¿Sabes que te quiero?

—Eso espero.

—¿Por qué no dejas a tu novio y empezamos tú y yo?

Acabábamos de hacer el amor. Estábamos abrazados, recuperándonos. Con la respiración todavía entrecortada, Izan pronunció esa frase que me empujó a incorporarme y mirarle directamente a los ojos:

—¿Cómo dices?

—Que por qué no dejas a tu novio y lo intentamos tú y yo.

—Tengo veintiún años más que tú.

—Tengo veintiún años menos que tú. ¿Qué te piensas? ¿Que yo no me lo planteo? ¿Cuánto tiempo vamos a estar así? ¿Hasta que nos cansemos de follar? Me gustas. Quiero pasar más tiempo contigo. Ir al cine contigo. Salir a cenar, a tomar una copa. Planear un fin de semana o unas vacaciones. Pero no me apetece prolongar esto mucho más. Me siento la puta de la estrella de la televisión, el puto becario que desaparecerá cuando acabe el contrato y entonces otro ocupará mi lugar.

Era la primera vez desde que estábamos juntos que Izan hacía referencia a mi novio.

—¿Cuánto tiempo llevas pensando eso?

—Qué más da. Lo que sé es que me estoy volviendo loco: me levanto pensando en ti, me visto para ir al trabajo pensando en ti, escucho la música que escuchamos juntos en casa, me enciendo pensando en ti, solo tengo ojos para ti.

—¿No has estado con nadie desde que estamos tú y yo juntos?

—No, no lo he necesitado, solo quiero estar contigo. Pero siento que cada vez quiero más. Necesito más. Al principio no me importaba, pero ahora me vengo abajo cuando te imagino con tu novio.

Había evitado pronunciar su nombre, pero a mí me retumbaba en la cabeza. Dejar a Fermín. Romper con él. Iniciar otra historia. Volver a empezar algo. Comenzar a sentir. Recuperar emociones. ¿Por qué no probarlo? ¿Quién dijo que todo está perdido?

—Izan, te invito este fin de semana a Londres. ¿Te apuntas?

Sonrió como un niño.

—Pero ¿y tu novio?

—Eso déjamelo a mí.

A Fermín no le diría nada hasta el viernes a mediodía. Entonces le llamaría y le diría que Pablo y Óscar me llevaban a Ámsterdam porque los directivos de una productora querían conocerme. Era una excusa muy creíble: allí se encuentra una de las más importantes del mundo.

—¿Te apuntas o no?

—¿Tú qué crees?

Se abalanzó sobre mí para besarme. Su lengua fue tan efectiva que la cosa no quedó solo en un beso.

Pasamos el resto de la semana imaginando cómo sería nuestro viaje a Londres. Él no lo conocía y me gustaba que así fuera: podría enseñárselo.

Organicé el viaje sin consultarle nada. Izan se hacía el ofendido:

—¡Me gustaría saber a qué hotel vamos a ir!

—No te preocupes, que te encantará.

Había reservado en el más lujoso de entre los más modernos. Nada de moquetas y muebles carpetovetónicos.

—Jorge, podíamos ir a un musical.

—Iremos.

—¿A cuál?

—Secreto.

Al rato:

—¿Iremos a cenar a algún sitio cool?

—Tanto que a lo mejor hasta nos encontraremos al príncipe Harry.

—¿Nos compraremos ropa?

—No, Izan. Por ahí sí que no paso.

El viernes por la mañana, veinticuatro horas antes de coger el avión, recibí un mensaje de Izan:

«Nunca había sido tan feliz.»

Me produjo ternura que alguien con veintitrés años escribiera un mensaje así. ¿Cómo acabaría lo nuestro? Ni lo sabía ni quería pensarlo, pero me gustaba saber que, con el paso de los años, quizá él me recordara como la persona con la que fue feliz por primera vez.

Me apresuré a contestarle:

«Hacía tiempo que yo no sentía algo así. Gracias, Izan.»

Volvió a sonar el móvil. Otro whatsapp. Izan estaba entregado. Yo también.

Solo que el whatsapp no era de Izan, sino de Fermín.

«¿Por qué no pasas a recogerme por Salitre y luego almorzamos por la zona? ¡Terminaremos pronto, te lo prometo! Así podrás echarte una siesta antes del *Deluxe.*»

El mensaje de Fermín me pareció providencial. Aprovecharía el almuerzo para contarle que iba a estar fuera el fin de semana.

Eso era lo que llevaba en mente cuando me abrió la puerta de Salitre un par de horas más tarde, con una sonrisa que conocía bien. Estaba intentando decirme algo, y parecía de buen humor. Mejor, así no pondría muchas pegas a lo de Ámsterdam.

—¿Qué pasa? —pregunté exagerando la entonación.

—Nada. Entra, entra.

Pero sí pasaba, desde luego. Claro que pasaba algo. Porque, si no, ¿a qué venía que me encontrara encima de la mesa del salón una botella de vino y dos copas?

11

EL ÚLTIMO VERANO

Jorge lleva un tiempo distinto. Demasiado. O el suficiente para saber que no es cosa del trabajo. No es la presión de la televisión ni de su día a día, por mucho que cada vez le salga con más facilidad algo nuevo para quitarle tiempo a lo nuestro. Me ha dicho que «ahora vamos a estar más tranquilos, ya verás, ya hemos pasado la peor época, podremos irnos unos días de vacaciones. ¿Dónde te gustaría ir?, ¿eh?, ¿dónde es verano ahora?». Lo ha dicho y yo he temblado, porque sé que no es una simple cuestión de trabajo. Ojalá fuese solo que tener que aprenderse su función de memoria lo estuviera descolocando.

Lo de ahora es algo más profundo. Lo noto. Esas salidas, tanto compromiso, tanto «me voy a quedar a dormir en casa de Pablo y Luis, mañana te veo. No te importa, ¿no?». Nunca me enfado. Intento no ser un coñazo y hacerle la vida fácil. A veces me pregunto si no me estaré pasando, si debería dejarle más claro lo que de verdad me gustaría —«No, Jorge, hoy no, por favor. He tenido un día raro y me gustaría cenar contigo. Hoy te necesito»—, pero cuando lo pienso me encuentro egoísta, con todo lo que trabaja, y termino por animarle a salir. Ni en las mejores épocas de su programa cenó tantas veces con Raúl y David. Y yo procuro no juzgar, o que no se dé cuenta.

En el fondo me gusta que también hagamos una vida por separado. Me encanta que salga con sus amigos, aunque lo decida en el último momento y lo solucione con un whatsapp, nunca me importa. Y me encanta poder hacerlo yo también, y llegar a casa borracho sin miedo al reproche de la mañana siguiente. Me gusta la vida con él sin ataduras, y me da igual que nadie nos entienda, que hasta nuestras familias, con su ideal de pareja preconcebida y vulgar, estén al margen. Le he dicho muchas veces que no somos siameses, pero me empiezo a sentir demasiado fuera de lo que se supone que es ser su primer plan, de lo que se supone que soy para él. Empiezo a sentirme fuera de nosotros. Lleva distinto tanto tiempo como yo a punto de largarme.

Siempre me ha gustado el tacto de las cosas nuevas, el que nunca más se consigue por mucho que te esmeres en limpiar. El cuerpo me pide cambio cuando el ambiente de fiesta afloja, cuando empieza a perderse la chispa de la novedad con el primer tufo de la rutina casera. Creo que ha sido mi elección. Cuando lo bonito iba desapareciendo, cuando lo nuevo se perdía y el estómago se colocaba en posición de reposo, lo normal era que yo desapareciese. Será cosa de la inmadurez, como me decía mi hermana Susana. Me fui de muchos, muchas veces. Aunque cuando me pasaba con Jorge la sensación era distinta. Mis entrañas se quejaban y mi corazón se colocaba en tiempo muerto, en una especie de modo de espera. «¿Otra vez? Fermín, algún día tendrás que arriesgar y lanzarte, no puedes estar así siempre.» Susana acertaba, y yo lo sabía. Era mi problema y, de hecho, había intentado arreglarlo alguna vez.

Cuando empezaba casi sin darme cuenta un encierro que me aislaba de prácticamente todo, como si nadie me interesara, en plan incomprendido, en el fondo sabía que por mucho que me lo quisiera negar, mi comportamiento no entraba en lo que se supone que es normal. A menudo he pasado más de una semana encerrado en casa, sin ver ni hablar con nadie, sin coger el teléfono. Semanas sin más comunicación que algún que otro «gracias» gruñido entre dientes a la cajera del súper. Me dejaba vencer y aquello siempre iba a más, poco a poco iba dejándome querer por la única compañía de mi cabeza. Hacía lo que sentía, aferrado a la absurda creencia de que, cuando no sufres, es que no hay nada que solucionar.

Sí, lo normal sería que ya me hubiera ido. Hasta con Jorge tenía experiencia. No sé abrirme, o no he querido nunca, ni siquiera con él, por mucho que haya intentado entenderme y ayudarme tantas veces. Encima, como para ponerme las cosas más fáciles, nunca le he tenido respeto a la soledad, ninguno. Soy feliz con una cerveza delante de la televisión, con un libro o caminando a solas con mi iPod; sé disfrutar sin compañía. Solo que ahora es diferente. Podría volver a marcharme; encerrarme como la primera vez que rompimos y esperar a que él venga a buscarme como hizo entonces. Si es que viene. Y sin embargo, no voy a hacerlo: ahora me descubro preparado para luchar. Será cosa de la madurez, para regocijo de mi hermana Susana. Es una sensación rara. Como caminar sobre arenas movedizas. Solo sé que él es mi sitio, eso lo tengo claro y voy a lucharlo.

Justo ahora que me siento fuerte, que me creo maduro y que quiero descubrir todas las fases de la relación, él está raro. Ahora que después de aguantarme tantas rarezas, de intentar entenderme como nadie y de conseguir siempre que yo me sintiera querido, él parece que se va. Aquello que heredé de mi madre no para de darme avisos, que son como aldabonazos justo en medio de la frente, y no quiero saber. Lo que quiero es ser su primer plan, como me decía al principio, y serlo para siempre. Quiero follar como entonces, y que eso no caduque. Quiero que sea él quien vea mi cuerpo desnudo al lado en la cama, cuando ya nadie se gire por la calle —sí, a veces me pasa— para volver a mirarme. Quiero con él el final de *El amor en los tiempos del cólera.*

No quiero perder ahora. Esta batalla no. Voy a echar el resto, voy a tirar de todas las cartas que me queden y por una vez no voy a huir, voy a apostar por nosotros. Esta vez, si me tengo que ir, será porque él ya no me quiere, porque ya no es feliz conmigo; solo entonces estaría dispuesto a mandarlo todo a la mierda, de nuevo y para siempre. Y voy a averiguarlo. Lisboa me lo va a decir.

Lisboa es nuestro pequeño paraíso interior. Hemos soñado muchas veces con mudarnos allí, o al menos con pasar una temporada larga. Sus calles adoquinadas nos han devuelto a la felicidad todas las veces que me fui de él. Lisboa siempre nos ha arreglado. En el apartamento de Salitre tengo dos piezas del mármol de sus aceras, y cuando me quedo a dormir allí me gusta tocarlas, me recuerdan que mi sitio es él. Sí, decidido, llamaré a la agencia de viajes y les diré que me envíen los billetes a la oficina, nada de correos ni de localizadores. Llamaré a Jorge y le diré que venga. Tendré el sobre y dos copas del mejor vino preparado sobre la mesa. Lo abrirá y entenderá todo. Y cuando estemos brindando por nuestro fin de semana en Lisboa, le miraré a los ojos, con mi mirada más clara y pura, la que nunca he de fingirle, y le diré: del hotel te encargas tú.

* * *

Siempre que me monto en un avión un sábado por la mañana me quedo frito en cuanto echa a rodar hacia la pista de despegue. Es matemático. Aunque los viernes me meto en la cama sobre las tres y media de la madrugada, cuando decido largarme algún fin de semana, suelo coger vuelos que salgan muy temprano para aprovechar el tiempo al máximo. La cabezadita, pues, está asegurada.

Llevábamos muy poco tiempo en el aire cuando noté unos golpecitos en el brazo, como si me quisieran despertar con delicadeza. Me costó Dios y ayuda abrir los ojos, y cuando conseguí hacerlo y le vi, me asusté:

—¿Qué te pasa?

—Tranquilo, ya nada.

—¿Llamo a la azafata?

—No, no, Jorge, de verdad. Estoy mejor.

Eso decía, pero tenía la cara blanca y estaba empapado en sudor.

Una botella de vino, dos copas, un sobre encima de la mesa del salón de Salitre y los ojos clavados en mí.

—¿Y este sobre?

—Ábrelo.

Lo hice: dos billetes de avión para Lisboa con fecha para el día siguiente, sábado, y vuelta el lunes.

Izan.

Londres.

¿Y ahora qué?

—¿No te hace ilusión?

No. No me hacía ilusión. No quería ir, prefería pasar el fin de semana con Izan, pero Fermín no se merecía que yo optara por un capricho. Para eso ya habría más fines de semana. Mentí:

—¡Sí! Claro que me hace ilusión.

—Como te has quedado tan parado.

—¡Estoy sorprendido! ¡Está muy bien que todavía consigas sorprenderme! Muchas gracias. Sabes que siempre me gusta volver a Lisboa.

—Cuando volvamos a Madrid, tienes que ir al médico, Fermín. Nunca te había visto así de blanco.

—Pues no es la primera vez. Llevo varios bajones de tensión como este en los últimos días. Ya me lo conozco, tranquilo, de verdad, que enseguida se me pasa.

—Pero…

—Últimamente tenemos tanto ajetreo que al final me ha pasado factura. Ya sabes que soy muy sensible.

Pronunciaba esa frase tan cursi del todo convencido. Achacaba cualquier malestar físico a su delicada sensibilidad: una mala contestación, una de nuestras peleas, un beso no dado, un abrazo más breve de lo que él espera.

—Todo lo que tú quieras, pero cuando volvamos a Madrid, vas al médico. Solo falta que la palmes y me dejes empantanado de marrones.

Fermín pretendía que nos quedáramos a almorzar por la zona de Salitre, pero yo estaba deseando separarme de él para llamar a Izan y contarle que teníamos que suspender nuestro viaje, así que me inventé que había quedado con Óscar y Adrián porque teníamos movida con el *Deluxe* de esa noche.

—Te lo perdono porque mañana nos vamos de viaje. Anda, dame un beso.

Se lo di, salí corriendo del apartamento, cogí un taxi y le pedí que me llevara a mi casa. Podría haber llamado a Izan desde el coche porque tenía veinte minutos largos de camino, pero necesitaba un lugar donde pudiese hablar tranquilo, y un taxi no servía.

Al llegar a casa le hice a los perros menos carantoñas que de costumbre y subí de dos en dos las escaleras hasta mi habitación. Marqué el número de Izan.

—No te puedes imaginar las ganas que tengo de coger el avión, plantarnos en Londres y disfrutar un fin de semana contigo —comenzó sin ni siquiera saludarme.

—Izan, no vamos a poder ir.

Jarro de agua fría.

—¿Qué ha pasado?

Podría haberme inventado alguna excusa relacionada con el trabajo o con la enfermedad de algún familiar, como cuando de pequeños éramos capaces de decir que se nos había muerto una abuela para explicar por qué no íbamos a entregar a tiempo los deberes. Solo que ya no era pequeño.

—Fermín me invita a pasar el fin de semana a Lisboa. Me ha pillado por sorpresa.

—No vayas —respondió enseguida Izan.

—No puedo hacerle eso.

—Claro que puedes, Jorge. Hay más fines de semana. ¿Por qué tiene que ser precisamente este?

—También podemos dejar lo nuestro para el siguiente, ¿no?

—No, no podemos. No soy un cromo que puedas cambiar cuando a ti te convenga. Habíamos quedado en que iríamos mañana a Londres. Necesito saber si vamos a ir, porque si no, me voy con unos amigos a un festival en Barcelona.

Estupendo. Yo no quería que fuera a ningún festival, que hiciera las cosas que hace la gente de su edad, que se relacionara con otros tan jóvenes como él. Me dolía su juventud, y al mismo tiempo era lo que más me atraía de él. Quería que se quedara en su casa sin salir, sin conocer a nadie. Esperándome. Quería un imposible.

—No vamos a ir, Izan. Si quieres, vamos el fin de semana que viene.

Le oí resoplar al otro lado del teléfono.

—Contigo no puedo comprometerme a tan largo plazo. Porque igual el viernes le duele la cabeza a uno de tus perros y prefieres quedarte con él a consolarlo.

—Izan…

—Vete a la mierda.

Y colgó.

Me tumbé en la cama, puse el iPhone en modo avión y cerré los ojos. Necesitaba silencio.

La primera vez que viajé a Lisboa fue con un novio, un par de años antes de cumplir los treinta. A lo largo de casi dos décadas he vuelto a visitarla en numerosas ocasiones y en diferentes estados civiles: con novio, sin novio, con amante, sin él, casi casado, separado, casi divorciado. Nunca me ha defraudado.

Casi no ha cambiado desde que la descubrí: la melancolía del Chiado; el deterioro casi literario del Bairro Alto; esa sensación de regresar al pasado cuando caminas por Alfama… He ido tantas veces a París como a Lisboa, pero las querencias son distintas. La primera es una dama casquivana y caprichosa a quien le da igual si la visitas o no, porque tiene admiradores de sobra haciendo cola para rendirle pleitesía. La segunda me recuerda a esos familiares ya mayores a los que ves muy poco, y que no solo no te lo echan en cara, sino que te reciben con un abrazo cariñoso y te dan las gracias cuando por fin los visitas.

De todas las ciudades que conozco, y ya son unas cuantas, Lisboa es la que más me recuerda que voy cumpliendo años, que el tiempo pasa, que me voy haciendo mayor, que un día fui joven. Quizá porque lo que ha variado no es la ciudad, sino la manera en la que yo me relaciono con ella.

Me acuerdo bien de mis primeras veces en Lisboa y las añoro. Antes —cuando solo existía el presente y te parecía una aventura mágica conocer a alguien, ir descubriendo poco a poco su vida y poner en marcha el juego de la seducción— la disfrutaba sobre todo por la noche. Esos sábados en el Bairro Alto, donde se concentran la mayor parte de los locales gays de la ciudad. De soltero y con amigos empezábamos bebiendo caipiroskas en plena calle, hablando con unos, tonteando con todos. Íbamos de bar en bar mientras cruzábamos miradas con turistas tan jóvenes como nosotros, y les preguntábamos a los chicos portugueses dónde continuar la marcha. Una vez nos comimos media pastilla en la calle y nos dio tal subidón que nos pusimos a buscar como locos una discoteca para bailar. Pasear un domingo por Lisboa con la resaca que te deja la química puede ser una experiencia memorable.

Lisboa me ha empujado a cometer varias locuras. La más divertida se fraguó en un avión que me llevaba de Barcelona a Madrid. Acababa de visitar a mi familia y me puse a llorar en el avión, al recordar lo bien que me lo había pasado con ellos y lo mucho que los quería. Al poco tiempo apareció un azafato con una bolsa llena de caramelos y una notita: «Para que te ayuden a endulzar el mal trago que estás pasando», así que al bajar del avión agradecí el gesto y me despedí. Sin más. Sin embargo, al día siguiente, al llegar a trabajar —estaba presentando el programa anterior a *Sálvame*—, una compañera me pasó un mail que había llegado a mi nombre. Era del azafato: me había dejado las gafas de ver en el avión. Como el mail adjuntaba un teléfono, le llamé para darle las gracias.

No sé si llegamos a tontear, pero el caso es que me invitó a una cena que daba una amiga suya en Lisboa el fin de semana siguiente. No le conocía a él, no conocía a la amiga, pero fui, claro. Prefiero vivir, no que me lo cuenten. El viernes por la noche, al llegar al aeropuerto de Lisboa, me esperaba un chófer que me llevó a una mansión a las afueras de la capital, y de repente me vi cenando en un suntuoso comedor con otras catorce personas a las que no conocía de nada. Al finalizar la cena y después de tomar café en un salón no menos aparatoso, el azafato y yo nos escabullimos a disfrutar de la noche. No pasó nada entre nosotros, pero nos divertimos muchísimo.

Al día siguiente, salí a pasear la resaca y me compré varias revistas del corazón del país. En casi todas salía la dueña de la casa en la que había cenado la noche anterior: según pude entender, era algo así como la Isabel Preysler portuguesa. Pobre, de ahí que me mirara todo el rato con cara de miedo. Conocía el polémico programa que yo presentaba en esos momentos en España, y supongo que no podía dejar de pensar que había metido al enemigo en casa.

También con Fermín he vuelto a Lisboa muchas veces. Si antes la gozaba de noche, ahora me encanta de día. Almorzar en Farta Brutos, donde una mesa recuerda a José Saramago; coger un tranvía; pasear por la Praça do Comércio; tomar una copa en la terraza del hotel do Chiado y quedarnos en silencio mientras contemplamos las vistas al barrio de Alfama. Vuelvo a mi niñez al ver la ropa tendida y esas tiendas antiquísimas en las que venden de todo. La Cervejaria Trindade, la cafetería A Brasileira y su estatua a Pessoa, fados de Amália Rodrigues sonando por las calles del centro. Nos parece que nada cambia. Todo se mantiene igual. Todo, menos nosotros. Lisboa nos ha recibido cuando más nos queríamos, y cuando menos, recién reconciliados o al borde de la ruptura. ¿Cómo estábamos ahora, mientras el avión aterrizaba en la pista? El elemento Izan me tenía un poco disperso.

En nuestros viajes a Lisboa siempre elegíamos el hotel Bairro Alto, pero en esta ocasión optamos por el Four Seasons —por lo visto, nos hemos abonado a esta cadena—, y al salir a la terminal un coche del hotel nos esperaba fuera. Más que agradarnos, a Fermín y a mí nos hacen gracia estas cosas. Nos reímos porque nos parece que viajamos como señoras de mediana edad y no como dos jóvenes.

En cuanto nos sentamos empecé a trastear con el móvil en busca de algún rastro de Izan.

—¿No puedes dejar quieto el móvil, Jorge?

—¡Ay! Estaba consultando las audiencias de ayer.

Le mentí, claro, y guardé el teléfono. Izan me había mandado a la mierda ayer mismo y Fermín me había regalado un viaje a Lisboa. Tenía que centrarme.

Entre el calor que hacía y que el hotel estaba alejado del centro, decidimos almorzar en el Veranda, uno de los restaurantes del Four Seasons. Tocaba bufé, manteles de hilo, cubertería de plata, vajilla ribeteada en oro, tapices inmensos en las paredes, sushi, sashimi, gambas, bogavante, solomillo, bacalao. Todo eso rodeados de señoras y señores mayores hablando inglés.

Creíamos que no formábamos parte del espectáculo. Que éramos meros espectadores. Supongo que nos engañábamos. No queríamos aceptar que nos encontrábamos cómodos en ese escenario. Dos anónimos. Nadie que nos mirara de reojo. Nadie que quisiera fotografiarme a traición. La libertad.

Dimos buena cuenta de los postres; me zampé dos milhojas de crema: uno por Lisboa y otro por el que no me tomé en Mauricio en Semana Santa. Me acordé de mi exnutricionista, a la que llevaba sin ver un mes. «Hace mucho que no viene por aquí. ¡Él verá lo que hace, él verá!», le había dicho toda cabreada a la amiga que me la había recomendado.

Desde Mauricio había perdido cinco kilos. Me sobraban cinco más, pero no estaba dispuesto a vivir en perpetuo estado de sacrificio. Debía empezar a aceptar que mi cuerpo era tan redondo como la Tierra.

Después de almorzar subimos a la habitación y nos abrimos una botella de Porto cortesía de la casa. Nos tomamos dos copas bien generosas y acabamos echándonos la siesta media hora más tarde.

No era domingo, pero follamos.

Eran cerca de las siete cuando nos despertamos, amodorrados perdidos. Me levanté antes que Fermín y le eché un vistazo al móvil. Ni mensajes ni whatsapps. Revisé el correo. Había uno de una promoción de entradas de teatro y otro nuevo. De Izan:

Perdóname, Jorge. Fui un poco borde contigo, pero me quedé muy chafado cuando dijiste que no íbamos a pasar el fin de semana juntos. Entiendo tu situación. Ya sé que es complicado tomar algunas decisiones. Por eso te escribo, para darte un poco de tiempo para reaccionar. Voy a esperar una respuesta tuya hasta el domingo por la noche. Si para entonces no sé nada de ti, dejo la beca de la tele y me largo a estudiar a los Estados Unidos. Sea lo que sea, que sepas que me ha gustado mucho conocerte.

Al final del todo había una posdata. Decía: «No me llames ni me escribas si no es para decirme que quieres estar conmigo». ¿Quería o no quería? Leí el mail de Izan como cincuenta veces.

—¿Es importante?

—¡Fermín! ¿Qué haces ahí? No te he oído levantarte.

—Me desperté hace ya un rato. ¿Llevas mucho tiempo leyendo el mismo mail, o me lo parece?

Me pilló tan desprevenido que no supe qué contestar.

—¿Es importante? —me preguntó otra vez al ver que no le decía nada.

—No. —Pero lo era, y yo lo sabía.

Era un punto y seguido. O un punto y aparte.

Esa tarde fue larga y al principio silenciosa, pero luego Lisboa hizo el resto. Nos perdimos por esas calles que siguen igual que la primera vez que las pisamos juntos —Travessa da Espera, Rua da Atalaia, Travessa da Queimada—, y antes de darnos cuenta ya íbamos hablando como siempre hacemos. Comentando cosas de mis colaboradores de la tele, de la Mari y de mi sobrina, de Óscar y Pablo, de la escuela de canto, del teatro, de los viajes pendientes y de mudarnos. De lo que él y yo llevamos vivido y de lo que nos queda por delante…

Cogimos un tranvía para cenar en alguna de las mesitas que colocan fuera los restaurantes del Bairro Alto cuando empieza a caer la tarde, y como era fin de semana, nos trincamos una buena botella de tinto del Duero.

Era tarde cuando entré al baño, y ya salía cuando pasó delante de mí un chico muy mono. Me recordó un poco a Izan. Me sonrió. Yo no le sonreí a él, pero sí lo hice al recordar lo travieso que había sido en esta ciudad. En otra época, quizá le habría hecho caso.

—Fermín, ¿volvemos al hotel? Hay demasiada gente por aquí. Vámonos ya y así mañana aprovechamos el día. —Me pareció curioso pronunciar esas frases y, sobre todo, creérmelas.

El chico con el que me había cruzado salió del restaurante y pasó al lado de nuestra mesa.

—Fíjate cómo camina, se cree guapo —dijo Fermín—. Es de los que piensan «menos mal que he nacido».

Y de golpe me di cuenta de que estábamos juntos y nos reíamos. Y de que no quería dejar de hacerlo.

En septiembre hará veinte años que llegué a Madrid. Antes me inquietaba el futuro. Ahora tengo menos miedos y más certezas. He perdido demasiado tiempo pensando en vidas alternativas cuando la que llevo me proporciona considerables cuotas de felicidad. Asociaba vivir a batallar con exaltados estados de ánimo: la euforia, la tristeza, el amor, el desamor, la alegría. La estabilidad me parecía lo más cercano a la muerte. Me levantaba buscando sensaciones y me metía en la cama decepcionado porque cada vez requería más gasolina emocional. Ahora sé que vivir así es el camino más corto hacia la desesperación.

Lo estaba pensando, y entonces por fin lo vi claro. No necesitaba esperar al domingo para deshojar la margarita.

Cuando regresamos al hotel y Fermín se quedó dormido, volví a abrir el correo en el móvil y releí por última vez el mail de Izan antes de mandarlo a la papelera, que quedó repleta de ansiedad juvenil. Me hubiera gustado hablar con él en persona. Intentar explicarle que tal vez no me olvidara nunca y fuera un desgraciado toda su vida, pero que, para ser sinceros, eso era muy poco probable. Con el tiempo yo no ocuparía más que dos líneas en su biografía, a lo sumo un párrafo. Y él igual en la mía.

Era feliz con Fermín. Seguía enamorado de él, y lo había visto aún más claro gracias a este libro. Además, conocer su historia de una manera más profunda me había hecho admirarlo, y no quería que volviera a pasarlo mal.

Ya no entendía mi vida sin él. No sabría qué hacer por las noches, los fines de semana, las vacaciones. Y me daba igual que estuviésemos en isla Mauricio, en Madrid o en Lisboa, cenando en un cinco estrellas o en casa metiéndonos para el cuerpo una de nuestras cenas «de putas». Y por eso me entraba la risa cuando escuchaba a otros hablar de manera grandilocuente sobre el amor y el enamoramiento. Con el paso de los años, estar enamorado significa que no te pese compartir tu tiempo con otra persona. No querer huir. No querer desaparecer. Que volver a casa no se te haga un mundo. Desear que continúe la historia y no pasar las horas suspirando por iniciar otra. Solo que el brillo de Izan me había despistado.

¿Pensé de verdad en comenzar algo con él? No lo creo. Llegaron a confundirme el sexo, el deseo, esa sensación de calor interno que te anula y te espolea al mismo tiempo, que provoca que toda tu existencia gire en torno a intentar calmarlo, frenarlo, apagarlo, para que, una vez a punto de extinguirse, vuelva a renacer con fuerza. En realidad, creo que Izan apareció en mi vida para advertirme de que gozara la aventura en su cuerpo porque estaba a punto de vivir el último verano de mi juventud.

El domingo amaneció nublado.

—Mejor —sentenció Fermín—. Así nos tiramos a la calle sin pensar en lo bien que se estaría en la piscina del hotel.

—¿Nos damos una ducha y nos vamos a pasear por el Chiado?

—¡Ay, vale!

Me encanta cuando pronuncia esa frase con tanta ilusión. Me encanta él, qué coño.

No nos cansamos de recorrer la ciudad. Siempre descubrimos una calle nueva, un edificio curioso, una tienda que nos llama la atención, y en el paseo nos cruzamos con ruidosos grupos de jóvenes en bermudas y con Havaianas por las calles que fueron el escenario de mis correrías. Esta vez no sentí la nostalgia que me invadió en una terraza de un pueblo de Vietnam al ver a un grupo de mochileros jóvenes y guapos. La sensación fue otra, mucho más placentera: la de haber cerrado una etapa y disponerme a disfrutar otra nueva.

Los miedos son distintos. Ya no tenía miedo a no estar viviendo.

Vamos por una callejuela cuando se lo digo:

—Fermín, me da miedo lo del teatro. Se lo comenté a Juan Carlos y me contestó que estaría preocupado si no lo tuviera, pero empiezo a pensar que quién me manda meterme ahí. A lo mejor me he dejado llevar por la ilusión y estoy a punto de meter la pata.

—¿No te parece bueno sentir todo eso a tu edad?

—Pues también tienes razón. Pero ¿y si me doy la gran hostia?

—Yo estaré a tu lado para recomponer los cachitos.

—Gracias. Me dejas más tranquilo.

Por la noche salimos a cenar y brindamos por el fin de semana. Fermín dejó su copa encima de la mesa y comenzó a hablarme sin dejar de mirarme a los ojos. Me acojonó un poco.

—Mañana volvemos a Madrid. Se nos avecina una temporada difícil: se acercan los ensayos, tú vas a estar muy concentrado. Sabes que esas épocas siempre han pasado factura a lo nuestro y no estoy dispuesto a que se repita. Te conozco y sé que necesitas tu espacio.

—¿Qué me quieres decir?

Me aterró la posibilidad de que desde esa tarde hasta ahora se lo hubiese pensado. De que, de una manera enmascarada, volviese a pedirme tiempo. La posibilidad de que saliera corriendo. Sin embargo, soltó:

—¿Quieres que entre semana me quede en Salitre para que tú te sientas más libre? A mí no me importa que lo hagas, en serio, Jorge, pero siento que te coarto. Que estás deseando hacerlo y que te cuesta decírmelo.

Suspiré. Qué listo era. Estaba dejando nuestro futuro en mis manos. En otra época quizá habría dudado, pero ahora tenía muy clara la respuesta.

—No. Me siento muy solo cuando no estoy contigo.

Isla Mauricio – Lisboa, 2015

ÍNDICE